Ce baiser interdit

Sous le feu de la passion

MAISEY YATES

Ce baiser interdit

Traduction française de
SOPHIA LIBRET

PASSIONS

HARLEQUIN

Collection : PASSIONS

Titre original :
ONE NIGHT RANCHER

HARPERCOLLINS FRANCE
83-85, boulevard Vincent-Auriol, 75646 PARIS CEDEX 13
Service Lectrices — Tél. : 01 45 82 47 47 - www.harlequin.fr
ISBN 978-2-2804-8808-2 — ISSN 1950-2761

Composé et édité par HarperCollins France.
Imprimé en août 2023 par CPI Black Print (Barcelone)
en utilisant 100% d'électricité renouvelable.
Dépôt légal : septembre 2023.

FSC www.fsc.org MIXTE Papier issu de sources responsables FSC® C159065

Pour limiter l'empreinte environnementale de ses livres, HarperCollins France s'engage à n'utiliser que du papier fabriqué à partir de bois provenant de forêts gérées durablement et de manière responsable.

- 1 -

— Quiconque compte acheter l'hôtel doit y passer la nuit. Tu veux savoir pourquoi ? Parce que trop de personnes intéressées par une acquisition se sont rétractées. Tu ne trouves pas ça complètement fou, grand-père ? Enfin, je suis sûre que l'endroit est hanté. Aucun bâtiment ne peut exister depuis aussi longtemps sans l'être, non ?

Cara Summers leva les yeux vers son grand-père. Il se tenait sur l'étagère derrière le bar. Dans une vieille bouteille de Jack Daniel's.

Ainsi qu'il l'avait lui-même voulu.

Cara avait fait tout son possible pour exaucer ses derniers souhaits. Se faire incinérer puis être déposé à cet endroit pour bénéficier d'un parfait poste d'observation.

Il ne répondit pas à sa question.

Du moins aucune voix ne s'éleva. Cara ne s'y attendait pas à vrai dire mais, pourtant, elle ressentait fréquemment sa présence. La sensation était difficile à décrire mais la jeune femme savait que son grand-père était là. Ce qui expliquait pourquoi elle lui parlait. Presque aussi aisément que lorsqu'il était en vie. Diable, c'était peut-être même plus facile à présent, parce qu'il ne l'interrompait plus.

— Le bar est vide, bon sang. À qui parles-tu ?

Inutile de se retourner, Cara connaissait cette voix.

Ce qui était normal après tant d'années d'amitié. Mais

le plus notable était ce qu'elle ressentait en l'entendant. Car le point crucial était là. Jace était l'un des six frères Carson. Tous avaient des voix relativement similaires, graves et viriles. Mais aucune d'elles ne faisait se hérisser ses bras de chair de poule ni ne propulsait une étrange onde de chaleur à travers tout son corps dès qu'elle s'élevait. Non. Voilà qui eût été bien trop commode. Kit Carson aimait flirter avec elle, ou du moins avait-il apprécié de le faire avant d'épouser Shelby Sohappy. Et Flint adorait faire de même dans le but d'énerver Jace. Mais elle savait que rien de tout cela n'était sérieux. Enfin. Elle avait le sentiment qu'un certain nombre de frères Carson aurait volontiers eu une aventure avec elle si elle en avait eu envie. On ne pouvait pas dire qu'ils étaient connus pour leur discernement en matière de femmes. C'était le cas pour tous les frères à l'exception de Jace. Enfin, Jace n'était pas non plus très avisé. Mais il était…

Il ne s'intéressait pas à elle de cette façon… Et le simple fait d'évoquer cette possibilité le faisait grommeler.

Ils étaient amis. Meilleurs amis. Depuis le collège. C'était une drôle d'amitié. Il se montrait protecteur envers elle. Se comportant parfois de façon un peu paternaliste. Ou à la manière d'un frère. Ainsi était leur relation. Il la voyait comme une petite sœur. La petite sœur qu'il n'avait plus.

D'une certaine façon, elle était pour lui une sorte de substitut affectif servant à remplacer ce qu'il avait perdu quand Sophie lui avait été arrachée. Elle le savait, l'avait toujours su.

De temps à autre, ces derniers temps, cette idée l'agaçait, la rendait irritable.

Parce que le problème avec Jace était qu'elle était attirée par lui et qu'il ne voulait pas d'elle.

— Je ne faisais que raconter à grand-père mon prochain projet.

— Très bien, dit-il en balayant le bar du regard. Est-il là actuellement ?

— Il est toujours là, répondit-elle en faisant un geste en direction de l'urne funéraire de fortune.

— Cara…

— Je sais que tu ne crois à rien de tout cela. Mais moi oui. J'ai la conviction que je peux lui parler. Et qu'il m'entend.

— Je suis certain que c'est réconfortant.

— Tu sais, tes paroles sonnent de façon plus condescendante et moins tolérante que tu ne le crois.

— Je ne cherche pas à être condescendant. Mais je ne souhaite pas faire preuve d'une incroyable ouverture d'esprit non plus. C'est juste que… je suis capable de comprendre pourquoi tu as besoin de le croire, j'imagine.

Ainsi était Jace. Il n'y avait rien de fantasque dans son tempérament.

Mais l'homme en lui-même était une merveille. Une merveille de virilité. Il dépassait le mètre quatre-vingts et était doté de larges épaules, d'un torse musclé et d'abdominaux superbement dessinés.

Il avait une mâchoire carrée et une bouche fascinante avec cette fine cicatrice blanche qui parcourait sa lèvre supérieure. Son nez était droit, ses yeux sombres. Chaque frère Carson semblait être une forme de variation d'un même homme, une nouvelle combinaison de traits similaires et très attirants.

Il semblait presque injuste que tous les six imposent à la gent féminine cette irrésistible beauté masculine. Mais ils étaient bel et bien là, c'était un fait.

Le pire était que le charme d'aucun d'entre eux n'avait plus d'impact sur Cara que celui dispensé par Jace.

Le jour où, adolescente, elle avait fait sa connaissance, c'était comme si un large espace s'était ouvert dans sa poitrine dans le seul but d'accueillir l'immensité des sentiments qu'il faisait naître en elle.

Le souvenir de ce moment ne l'avait jamais quittée.

Elle était si en colère, si blessée ce jour-là. Elle portait alors, pour aller à l'école, l'un de ses T-shirts trop grands, la montre de son grand-père, une paire de baskets et un jean troué aux genoux acheté dans une friperie. Elle avait un classeur rose tout neuf que son grand-père lui avait offert, et elle savait qu'il s'agissait là d'un geste qui avait un grand poids. Il y avait tant d'années que le bar dont son grand-père était le propriétaire, le Thirsty Mule, peinait à survivre. Le centre-ville de Lone Rock était presque mort au début des années 2000 et l'argent se faisait rare.

À l'époque la plupart des commerces étaient vides et affichaient dans leur vitrine des panneaux « à louer » ou « à vendre ».

Mais là n'était pas la seule difficulté, car son grand-père n'avait su que faire de sa jeune petite-fille accueillie chez lui quelques années plus tôt.

Il l'aimait. De tout son cœur. Mais il n'avait eu que des fils, et sa femme était morte depuis longtemps. Et ce geste qu'il avait eu en lui achetant le classeur dont elle avait tant eu envie… avait eu une importance cruciale aux yeux de Cara.

Cependant il y avait dans son collège un groupe de filles qui semblaient vivre pour la terroriser. Parce qu'elle était grande, maigre et qu'elle n'avait pas de poitrine. Parce qu'elle ne faisait pas partie des gens « cool ».

Parce que la moitié de ses habits étaient des vêtements d'hommes, certainement loin d'être à la dernière mode. Parce qu'elle avait de longs cheveux blonds et des taches de rousseur.

Parfois songer à ces souvenirs amusait Cara. Parce que soudain, à l'âge de seize ans, sa poitrine était apparue et qu'elle était devenue pour elle un indéniable atout. Cara affichait ainsi à présent un décolleté généreux qui lui permettait de collecter une impressionnante quantité de pourboires chaque soir au bar.

Quoi qu'il en soit.

Cara se disait qu'elle devrait peut-être se sentir légèrement coupable car, parfois, elle portait des hauts au décolleté plongeant pour récolter un peu plus d'argent. Mais alors elle repensait à celle qu'elle avait été en classe de cinquième. Celle qui avait vu la porte de son casier décorée de l'inscription *Présidente du comité des seins minuscules*. Et alors elle tirait son débardeur en peu plus vers le bas et se penchait vers le client en le gratifiant d'un lumineux sourire. Chacun avait son propre traumatisme d'enfance, non ?

Mais, malgré l'aubaine qu'avait représentée le gonflement de sa poitrine, elle pouvait toujours se souvenir avec précision du moment où le même groupe de filles avait pris son classeur orné de magnifiques papillons blancs et l'avait jeté dans la boue. L'un des garçons de l'équipe de football l'avait même tenue tandis qu'elles s'assuraient que les dégâts causés étaient irréparables.

Cara ne leur avait pas laissé voir ses larmes. Non, elle s'était retournée et avait frappé le garçon en plein visage. Puis elle avait été envoyée dans le bureau du proviseur pour s'être battue.

— Qu'étais-je censée faire ? Il me tenait.

— Tu es supposée aller chercher un enseignant, avait dit le proviseur d'un ton si calme qu'il en était exaspérant.

— Pourquoi n'y avait-il pas de professeur pour m'aider ?

— Ils ne peuvent pas être partout à la fois. Tu n'as pas le droit de riposter. Tu dois aller chercher l'assistance de quelqu'un.

Frémissante de colère, Cara avait estimé que ces paroles n'avaient pas le moindre sens et elle l'avait vertement fait savoir au proviseur, n'hésitant pas à employer le langage fleuri dont son grand-père était coutumier.

Bien entendu le proviseur n'avait pas accepté sa réponse si effrontée et il l'avait renvoyée temporairement du collège.

Cara avait alors eu le terrible sentiment que rien n'allait à son propos. Il y avait toujours un détail qui ne convenait pas. Elle disait ce qu'il ne fallait pas, employait des mots qui n'étaient pas adaptés. Elle ne savait pas être une fille. Quoi que cela puisse bien vouloir dire.

Elle était donc allée pleurer près de la rivière derrière le collège. Comment ferait-elle pour apprendre à son grand-père qu'elle était exclue du collège pendant une semaine ?

Elle tentait de nettoyer son classeur avec un peu d'eau et de reprendre ses esprits quand il était apparu.

Il était alors en classe de quatrième. Grand et dégingandé à l'époque, avec des cheveux blonds ébouriffés. Sa famille, bien qu'arrivée à Lone Rock quelques années plus tôt seulement, n'était pas considérée comme nouvelle en ville car les Carson possédaient des terres sur place et faisaient partie des familles fondatrices de la cité.

— Hey, avait-il dit. Que se passe-t-il ?

— Rien, avait-elle répondu. Enfin, c'est juste que le collège… ça craint.

— C'est vrai, avait-il rétorqué. Je ne dirai pas le contraire. Pourquoi pleures-tu ?

— J'ai été renvoyée. Parce que ces filles ont abîmé mon classeur. Et que ce garçon me tenait pour que je ne puisse pas les en empêcher. Je lui ai donc envoyé mon poing dans la figure.

— Bien, avait lâché Jace en hochant la tête avec conviction.

— Puis j'ai dit au proviseur tout ce que je pensais du collège.

— Et c'est pour ça que tu as été exclue ?

— Oui.

— Tes réactions me semblent complètement justifiées. Au fait, je suis Jace Carson. Et toi, comment t'appelles-tu ?

Et soudain Cara s'était sentie timide et mal à l'aise. Parce qu'il s'agissait d'un garçon plus âgé. Et il était si… mignon. Et puis les garçons plus vieux qu'elle, ou ceux de son âge, ou à vrai dire n'importe quel garçon, ne lui adressaient jamais la parole.

— Je suis Cara Summers. Mais je préfère t'avertir. Je ne fais pas partie des gens « cool ». Et si tu m'adresses la parole, ils vont probablement penser que tu n'es pas cool, toi non plus.

— Qui ça ? Les élèves de cinquième ? Aucun problème pour moi, tu peux me croire.

Puis il l'avait raccompagnée chez elle et l'avait aidée à expliquer la situation à son grand-père. Avant de lui prêter main-forte pour certains travaux à réaliser sur la propriété.

Il lui avait dit quelques jours plus tard, après être revenu pour lui rendre visite et finir une partie du travail, qu'elle lui rappelait sa sœur.

Il n'avait fourni aucune explication à l'époque.

Mais plus tard, près de six mois après le début de leur amitié, Jace lui avait expliqué qu'il avait eu une sœur qui aurait son âge à présent. Une sœur qui était morte quand elle était enfant.

— Tu me fais penser à elle. Ça me donne envie de veiller sur toi. Comme je veillais sur elle.

C'est ainsi que leur amitié s'était forgée. Ils étaient meilleurs amis depuis cette époque.

Elle l'avait admiré, durant des années. Il était comme un dieu à ses yeux.

Les moments où il avait eu des petites amies lui avaient été désagréables. Cara s'était alors sentie mal à l'aise, possessive.

Bien que ses histoires sentimentales n'aient jamais duré très longtemps.

Elle savait que quand il était au loin, occupé à concourir sur le circuit du rodéo, il multipliait les aventures d'un soir. Mais elle faisait de son mieux pour ne pas y penser.

Jusqu'à ce soir, au bar, où elle était venue aider son grand-père et où elle avait véritablement observé Jace faire des avances à une femme. Il avait posé sa main sur la hanche de sa future conquête puis l'avait lentement laissée remonter vers sa taille, et Cara avait senti une réaction physique, viscérale monter en elle.

C'était à cet instant que certaines réalités lui étaient apparues. Qu'elle avait réalisé qu'elle n'était pas simplement possessive ou admirative.

Elle était attirée par lui.

Elle avait envie qu'il la touche comme il touchait cette femme.

Elle avait songé à parler, à lui demander s'il ne voudrait pas être son… C'était si gênant. Pourrait-il être son premier amant ? Elle avait confiance en Jace, c'était pour cette raison que cette idée paraissait sensée.

Mais alors son grand-père était mort et elle avait été littéralement dévastée. Au cours des quatre années qui s'étaient écoulées depuis lors, elle avait fait de son mieux pour se reconstruire. Pour prendre la responsabilité du bar et le faire prospérer. Par chance Lone Rock connaissait une forme de nouvel essor, de renaissance. Les gens adoraient voyager localement et organiser des *road trips*.

Une foule de posts fleurissaient sur Internet. Quand ils s'intéressaient aux petites villes les plus charmantes Lone Rock était presque toujours citée. L'histoire des lieux était liée à celle de la ruée vers l'or et la cité possédait encore quelques belles façades datant du XIXe siècle. Son charme et le souvenir de divers hors-la-loi faisaient d'elle une destination prisée. Ce qui expliquait pourquoi Cara était à présent prête à investir dans un hôtel. Elle voulait rouvrir le vieil établissement et créer un site Internet pour en faire la promotion. L'endroit était hanté, c'était sa particularité, et les séjours dans des lieux hantés étaient incroyablement populaires.

Le fait était que trois acheteurs potentiels s'étant rétractés, le vendeur – qui ne vivait pas à Lone Rock – exigeait à présent des personnes intéressées par une acquisition qu'elles passent au moins une nuit dans l'endroit pour démontrer qu'elles étaient capables de faire face à la situation. Pour prouver qu'elles savaient dans quoi elles se lançaient.

Cara n'avait pas peur. En fait, elle adorait que l'endroit soit hanté. C'était simplement l'idée de passer la nuit là-bas seule qui ne lui semblait pas vraiment attirante.

Mais ce problème attendrait. Dans l'immédiat, elle avait un bar à gérer, et Jace se trouvait entre ses murs.

— Qu'est ce qui t'amène ici ? demanda-t-elle.

— L'envie d'une bière et d'un burger. Je me suis dit que j'essayerais d'éviter la cohue du soir. C'est trop difficile de te parler quand tu as tous ces mecs agglutinés autour du bar et qui te bavent dessus.

Cara leva les yeux au ciel à ces mots. C'était ce qui était amusant à propos de leur relation. Ils ne feignaient pas d'ignorer les réalités liées à la séduction, par exemple. Jace parlait fréquemment des hommes qui la convoitaient et sermonnait ses frères lorsqu'ils émettaient des commentaires au sujet de Cara spécifiquement destinés à l'agacer.

Quant à Cara, elle évoquait souvent la façon dont les femmes se comportaient de manière insensée quand elles se trouvaient près de Jace.

Or ils n'en faisaient pas des sujets personnels. Les remarques de Jace n'avaient pas trait à ce qu'il pensait d'elle, mais à ce que les autres hommes avaient à l'esprit.

Et bien entendu elle ne partageait jamais avec lui aucun détail à propos de sa vie sentimentale.

Enfin. La raison en était probablement qu'elle n'avait pas de vie amoureuse.

Cette question n'était pas pertinente.

— Personne ne bave, dit-elle. Et même si c'était le cas, ça me serait égal tant qu'ils laissent des pourboires.

— Ouais. Eh bien, le bar est devenu atrocement populaire.

— Oui, il est vraiment différent d'autrefois.

— Dommage que Mitch n'ait jamais pu être témoin de ce succès.

— Bien sûr qu'il le voit. Comme je te l'ai expliqué, il est là tout le temps.

— Tu es en train de me dire que son esprit continue de vivre et qu'il traîne toujours dans ce bar ?

— On en revient à ce que je te disais plus tôt… Mais quoi qu'il en soit, j'étais en train de lui parler de l'hôtel.

— Tu fais toujours une fixation sur cet endroit ?

— Oui. Et ce sera le cas jusqu'à ce que je l'aie acheté. Il y a juste un obstacle un peu spécial à franchir au préalable. Le vendeur a reçu quelques offres d'achat mais elles ont été retirées car, quand les futurs acheteurs ont passé du temps sur place, ils ont découvert certains faits… un peu troublants. Donc à présent le propriétaire exige que toute personne intéressée passe une nuit là-bas avant de présenter une offre. Par conséquent… je compte aller y dormir.

— Tu vas passer la nuit à l'hôtel ? Mais pourquoi ?

— Parce qu'il est hanté. C'est pour cette raison que les acheteurs se sont rétractés. Juste avant la signature un phénomène effrayant s'est produit. Donc…

— Donc tu dois y passer la nuit pour prouver que tu ne feras pas marche arrière après ton offre d'achat ?

— Exactement.

— Je n'ai jamais rien entendu d'aussi stupide. Pourquoi laisser les gens avec des imaginations débordantes créer des situations aussi compliquées ? Et pourquoi accorder le moindre crédit à ces histoires ?

— Dans le cas présent, le déroulement des événements a joué en ma faveur – j'ai pu ainsi avoir le temps nécessaire pour monter mon dossier financier. Quoi qu'il en soit, je *veux* absolument que cet endroit soit hanté. Je pourrai le faire inscrire dans la liste nationale des endroits les plus hantés à travers les États-Unis. Les gens accourent de partout pour séjourner dans de ce type de lieux. Ils sont littéralement fascinés par ces expériences.

— Je n'ai pas envie de dormir dans un hôtel hanté. Parce que cela me fait dire que le propriétaire n'a pas toute sa tête.

— Tu penses donc que c'est mon cas ?

Jace se contenta de répondre par un haussement d'épaules.

— Désolé si ça ne te plaît pas.

— Je ne crois pas le moins du monde que tu sois désolé. Je pense que tu es toujours bien trop content de donner ton avis.

— Bon, quoi qu'il en soit, as-tu lancé la préparation de mon burger ?

Cara maugréa puis transmit la commande de Jace à la cuisine avant de lui verser une bière à la pression. Elle savait ce qu'il aimait. Inutile pour lui de demander. Elle remplit donc son verre tandis qu'il prenait place au bar. Seuls trois autres clients se trouvaient dans l'établissement et, installés comme ils l'étaient dans un coin de la salle, près du juke-box, ils n'avaient rien entendu de sa conversation avec Jace, ou plus tôt, des paroles adressées à son grand-père.

— Ce serait agréable de ne pas passer toutes mes journées au bar, dit Cara. Si je gagne de l'argent grâce à l'hôtel, je pourrai embaucher plus de personnel.

— Oui, mais il s'agit d'une énorme dépense.

— Je le sais. J'ai économisé pour cet achat. Je peux me le permettre. En particulier si j'arrive à remplir un certain nombre de chambres durant la haute saison touristique. Il n'y a pas beaucoup d'endroits où loger les voyageurs dans les environs à part les locations saisonnières. Pour ce qui est des hôtels, les seuls qui existent se trouvent à trente ou quarante minutes d'ici.

Un établissement en plein centre serait vraiment quelque chose d'unique.

— Tu sais, si tu as besoin d'argent…

— Je ne prendrai pas ton argent. Je bénéficie de ta charité depuis la classe de quatrième, et il ne m'intéresse pas de continuer à le faire, répondit Cara.

— Il ne s'agit pas de charité. Mais d'amitié. Enfin, bref. Quand prévois-tu de passer la nuit à l'hôtel ?

— Demain soir. Enfin, tu sais… il n'y a pas vraiment de mobilier là-bas. Ce sera un peu… spécial, dit-elle en plissant le nez.

— Je n'aime pas vraiment l'idée de te savoir séjourner dans un grand endroit si peu sûr toute seule. Et encore moins alors que certains pourraient savoir que tu t'y trouves.

— Je vis seule chez moi en permanence, le sais-tu ?

— Peut-être, mais, là, c'est différent. Cette idée me met mal à l'aise. Je devrais t'accompagner.

— Tout ira bien, dit-elle en prenant soin d'ignorer le frémissement qui l'avait parcourue quand sa proposition avait franchi les lèvres de Jace.

Elle avait passé la nuit avec lui à de nombreuses reprises. Principalement quand ils avaient campé ensemble. Et ce serait un peu comme du camping, non ? Ils emporteraient certainement des sacs de couchage et probablement un chauffage d'appoint.

Ce serait exactement comme toutes ces sorties qu'ils avaient faites quand ils étaient plus jeunes.

— Entendu, très bien. Ton idée me va. En fait, maintenant, c'est la maison qui t'offre ton burger.

— Pourquoi ? Tu n'as pas à me payer pour que je reste avec toi. Je veux juste m'assurer de ta sécurité.

— Tu gagnes un burger gratuit parce que tu te portes

volontaire pour une aventure peuplée de fantômes avec moi. Et je sais à quel point tu détestes ce genre d'idées.

— Je t'en prie, ne me dis pas que tu penses vraiment l'hôtel hanté.

— C'est une possibilité qui n'aurait rien d'illogique. C'est une demeure historique et il y a eu une foule de fusillades dans cette ville à une certaine époque…

— Pourquoi me parler des fantômes comme s'il existait une logique à leur propos ? Allons, Cara, c'est complètement ridicule et je pense que tu dois le savoir.

— Non, pas du tout. Ce sujet est aussi sensé et logique que n'importe quel autre, Jace. Et puis, tu verras bien par toi-même. Je crois que nous verrons une apparition.

— Non, je ne crois pas.

— Si ce n'est pas le cas, ce sera parce que le fantôme est effrayé par toute cette énergie pleine de scepticisme qui émane de toi.

— Voilà une explication bien pratique, non ? Parce que si tu n'aperçois pas de fantôme, tu pourras en profiter pour m'en faire le reproche.

— Ne sois pas stupide, Jace. Te faire des reproches, c'est déjà ce à quoi je passe mon temps.

- 2 -

— Elle pense qu'il est hanté, dit Jace à ses frères le soir même.

Tous se trouvaient réunis au ranch de la famille Carson, assis autour d'une table installée en plein air.

Leur mère avait commandé un copieux repas dans un restaurant de barbecue et ils savouraient leur dîner ensemble. Enfin, Buck manquait à l'appel, lui qui n'était pas rentré chez eux depuis près de dix ans. Mais le reste de la famille était présent, y compris Chance et Kit et leurs épouses. Callie était absente car elle vivait à Gold Valley avec son mari, mais cette absence n'était pas de la même nature que celle de Buck.

Callie n'était pas au ranch parce qu'elle avait une vie. Une vie heureuse. Buck n'était pas auprès des siens parce que sa vie était un chaos.

Autour de la table semblaient étrangement se retrouver deux sortes de groupes. Kit et Chance, installés avec leurs épouses et qui avaient dit adieu à leur existence de cow-boys de rodéos. Flint et Boone, célibataires, heureux de l'être, et qui n'avaient définitivement pas fini de faire subir les pires châtiments à leurs corps sur le circuit.

Tous affichaient une assurance affirmée quant à leurs choix. Sans qu'il sache vraiment pourquoi Jace se sentait de moins en moins sûr des siens.

Il n'avait jamais été homme à se complaire dans le

doute. Ou même à entretenir des incertitudes. C'était impossible quand on montait des taureaux. Pour ce faire, il fallait disposer de lucidité, d'une poigne ferme et d'une sacrée dose de courage. Et il possédait les trois. Dans le cas présent il n'éprouvait pas de doutes, non, pas vraiment. Il était davantage envahi par le sentiment que son univers évoluait et qu'il lui était plus difficile désormais de vivre en partageant son temps entre Lone Rock et les rodéos.

La nécessité de faire un choix se faisait de plus en plus présente en lui.

Peut-être était-ce lié au fait que Cara s'apprêtait à acheter l'hôtel. Au fait de l'observer s'engager dans cette nouvelle existence avec autant de conviction.

— Et tu vas passer la nuit avec elle ? demanda Boone, un sourire espiègle aux lèvres.

— Voilà qui n'a rien de nouveau. Je passe la nuit avec Cara tout le temps.

Jace ignora les regards que lui adressèrent tous ses frères et mit de côté le fait qu'il s'agissait là d'un mensonge. Cara et lui avaient campé occasionnellement ensemble au temps de leur adolescence et n'avaient pas vraiment renouvelé l'expérience en tant qu'adultes, mais peu importait.

Elle était son amie et comme une sœur à ses yeux.

Il pouvait encore se souvenir de leur rencontre. Elle pleurait et était en colère, tellement en colère. Il avait adoré son état d'esprit. Ce magnifique esprit combatif dont elle faisait preuve.

Il s'était immédiatement senti attiré vers elle.

Ce qui n'avait fait que lui donner envie de… la protéger. La protéger comme il n'avait jamais pu protéger Sophie.

— Oh oui, vraiment ? Tu veux parler de soirées pyjama entre adultes, c'est ça ?

Cette question était venue de Kit qui ne tarda pas à recevoir un coup de coude en pleine poitrine de la part de son épouse.

— Non, répliqua Jace. Parce que nous sommes amis. Et contrairement à vous, bande d'abrutis, je ne vois aucun problème à avoir une amitié platonique avec une femme. Parce que je considère Cara comme un être humain à part entière et non comme un objet sexuel.

Ses belles-sœurs, Jade et Shelby, échangèrent un regard approbateur avant d'applaudir à ses mots.

— Merci, leur dit-il.

— Nos maris sont des animaux, dit Shelby.

— Et des imbéciles, ajouta Jade.

— Je le sais, renchérit Jace. J'ignore comment vous réussissez à les supporter.

— Ils sont ultra-sexy, répliqua Shelby.

— Eh bien, dit Jace en plissant le front, quoi qu'il en soit, le fait est que Cara pense que l'endroit est hanté.

— Et pas toi ? demanda Flint.

— Je ne crois pas à ces bêtises. Et tu ne me feras pas adhérer à de telles sornettes !

— Bien des questions restent inexpliquées dans ce monde, dit Kit. Je ne prétendrai jamais savoir si les fantômes existent ou pas.

— Moi je n'hésite pas à dire qu'ils n'existent pas, asséna Jace. On ne peut pas les voir, on ne peut rien prouver.

— Mais tu ne peux pas démontrer le contraire non plus, nota Boone.

— Oh ! veux-tu bien la fermer, Boone ? cingla Jace. Cet argument n'a rien de valide et tu le sais bien. Et puis je ne vois pas pourquoi vous mettez tant de cœur à me harceler à propos de Cara. Elle est ma meilleure amie depuis le collège.

— C'est parce que ça te met en colère, répliqua Boone. C'est aussi simple que cela. Tu tombes dans le piège à chaque fois, petit frère. C'est l'une des choses que je préfère chez toi.

Jace se rembrunit à ces mots. Il était vraiment pénible d'être le plus jeune de cette bande d'idiots. Enfin, le plus jeune si l'on exceptait Callie, leur sœur née bien plus tard qu'eux, quand leurs parents avaient espéré avoir une autre fille après la perte de Sophie.

Mais il était le plus jeune des garçons, et ses frères lui menaient souvent la vie dure. Ça ne le dérangeait pas vraiment, mais sa place dans la fratrie lui pesait parfois.

Et peut-être était-ce là l'une des raisons pour lesquelles Cara lui avait semblé si importante dès leur rencontre.

Elle remplissait le trou béant laissé dans sa famille. Et dans sa vie.

Il avait auprès de lui une autre personne. Il aimait sa sœur Callie. Mais elle n'était encore qu'un bébé alors que Cara avait un âge plus proche du sien, comme Sophie.

Sophie et leur sacrée complicité lui manquaient tant.

— Une autre solution serait que vous grandissiez tous un peu, tu ne crois pas ?

Le large sourire malicieux qui s'épanouit alors sur les traits de Boone donna à Jace l'envie de propulser son poing dans sa figure. Mais il se contenta de le frapper à l'épaule.

— Tu es vraiment le pire de tous, tu sais ?

— Ouais, je sais, répondit Boone avec une agaçante désinvolture.

La vérité était peut-être que personne ne comprendrait

jamais sa relation avec Cara. Il en avait besoin. Il avait beau adorer sa famille, elle était sans doute la personne la plus importante de sa vie.

Elle avait eu besoin de lui, plus qu'aucun membre de sa famille n'avait besoin de lui, et ce point comptait terriblement à ses yeux.

Son regard se porta au-delà de la table, vers la grange, et il vit un papillon d'un blanc lumineux se poser sur le bois rouge vif.

Le papillon battit des ailes un instant avant de s'envoler et de poursuivre son chemin. Ce moment sembla permettre à Jace d'éclaircir ses pensées.

Il avait envie d'aider Cara car, bon sang, il s'inquiétait de la voir franchir cet immense pas dans sa vie professionnelle sans lui à ses côtés. De plus il y aurait à l'hôtel des réparations à effectuer, des questions à résoudre…

Elle avait besoin de lui, et d'une certaine façon il avait besoin qu'on ait besoin de lui. C'était là la raison pour laquelle il se soumettait à ce ridicule projet.

Il décida donc qu'il ne laisserait pas le comportement absurde de ses frères provoquer son emportement.

Ce qu'ils pouvaient dire ou faire n'avait pas d'importance.

Ce qui comptait, c'était Cara.

Et le fait de s'assurer que quelqu'un s'occuperait d'elle. Par conséquent, c'était exactement ce à quoi il s'emploierait.

Le vieux bâtiment de l'hôtel, qui s'élevait tout au bout de la rue principale, était splendide. Un somptueux bâtiment de trois niveaux doté de balcons et de balustrades en bois orné d'un panneau indiquant en vieilles lettres dans le plus pur style western : Lone Rock Hôtel. Cara pouvait tout à fait imaginer l'enseigne repeinte et le liseré doré bordant les lettres briller d'un éclat plus vif.

Elle pouvait imaginer l'endroit étincelant de lumières au milieu de la nuit, rempli de clients.

Ce serait… presque comme une famille.

Elle chassa rapidement cette pensée intrusive. Elle était inattendue et pas particulièrement bienvenue.

Puis elle entendit le grondement d'un vieux pick-up qui s'arrêtait derrière elle et, quand elle se retourna, elle découvrit que le conducteur était Jace.

— Salut, lança-t-elle alors même qu'il était toujours dans son véhicule.

Elle agita la main pour qu'il sache qu'elle venait de le saluer et se sentit aussitôt un peu stupide.

Puis elle s'éclaircit la voix et coinça d'un geste nerveux une mèche de cheveux derrière son oreille.

Cara avait parfois la désagréable impression d'être encore l'adolescente dégingandée d'autrefois quand elle se trouvait auprès de lui. Ce qui était stupide. Mais, à vrai dire, la situation prenait des tours souvent ridicules avec lui. Elle se sentait à son aise, certes, avec Jace, plus qu'avec tout être humain. Mais ponctuellement avaient lieu des moments intensément étranges et dérangeants. Des moments où elle était terriblement consciente de ce qu'elle ressentait pour lui.

Et, alors, elle se sentait affreusement gênée. Ce qui n'arrivait jamais quand elle se trouvait en présence d'autres hommes. Elle s'amusait du fait que ce soit elle qui les intimide, à vrai dire. Cara n'était pas obsédée par son apparence et ne consacrait pas beaucoup de temps à en prendre soin. Mais elle aimait bien se maquiller un peu et arborer des tenues sexy dans le style *cow-girl*. Elle appréciait les ceintures cloutées, les petits hauts ornés de strass et l'attention qu'elle s'attirait alors.

Que les hommes du bar la trouvent jolie ne l'inquiétait pas. Si c'était le cas, génial. Sinon, aucune importance.

Pourtant, cet ancien sentiment d'insécurité revenait la frapper parfois quand ses regards se portaient sur Jace. Elle avait alors bien du mal à faire le point sur ce qu'elle ressentait. Elle ne s'était jamais sentie aussi sûre d'elle et c'était près de lui qu'elle était le plus à l'aise, mais c'était aussi là qu'elle éprouvait les plus grands moments de malaise.

Il sortit du pick-up, et elle mit ces pensées de côté.

— J'espère que tu as apporté un sac de couchage, lui lança-t-elle.

— Oui, je ne l'ai pas oublié, dit-il.

— J'ai aussi emporté un chauffage d'appoint. Tu sais, les fantômes peuvent vraiment faire baisser la température.

Elle scruta son visage et vit le moment où il décida d'ignorer son commentaire.

— Doit-on retrouver quelqu'un ici ?

— Tu veux dire à part les fantômes ?

— Cara.

Elle lui sourit.

— Non. On nous a envoyé un code à composer au niveau de la porte arrière. Alors partons à sa recherche.

Tandis qu'elle contournait l'édifice, Cara perçut le bruit des pas de Jace derrière elle et se sentit gênée à l'idée que son regard soit posé sur elle.

Elle chassa cette idée. C'était de Jace qu'il s'agissait. Tous deux étaient amis. Peut-être était-ce l'étrangeté de ce moment qui la perturbait, mais ce n'était pas comme s'ils n'avaient jamais passé la nuit ensemble. Bien sûr, ils l'avaient fait nombre de fois, lors de soirées de camping.

Mais voilà qui remontait à longtemps. Quand ils n'étaient pas adultes.

— Comment s'est finie ta soirée, hier, au fait ? demanda Jace.

— Parfaitement bien. Comme toujours. Je sais que c'est un choc pour toi, Jace, mais ma vie se passe à merveille quand tu n'es pas là.

Il lui lança alors un regard et Cara sentit son estomac se serrer à l'idée qu'il soit capable de deviner ce qu'elle avait fait la veille au soir une fois rentrée. Non. C'était impossible. Elle devait se défaire au plus vite de cette idée insensée. Car, à vrai dire, lorsqu'elle était revenue chez elle à 3 heures du matin, épuisée, qu'elle s'était glissée sous la douche, et qu'elle avait commencé à faire courir ses mains sur son corps tandis que l'eau chaude cascadait sur ses courbes, il y avait eu quelques moments où elle s'était laissée aller à imaginer que c'étaient les mains de Jace qui parcouraient sa peau. Puis, un peu plus tard, ayant eu quelques difficultés à s'endormir, elle avait emporté ces pensées érotiques jusqu'à son lit et les avait laissées la guider jusqu'à une conclusion toute naturelle…

Elle essayait vraiment de ne pas penser à lui de cette façon.

Oui, une chose était de trouver qu'il était sexy ; mais il était bien différent d'avoir de véritables fantasmes sexuels à son sujet, comportement qui lui semblait intrusif et moralement répréhensible, et dont elle se sentait toujours terriblement coupable ensuite.

Elle ne le faisait que lors des soirées où elle était

vraiment exténuée, quand tout son bon sens avait déserté son esprit et que…

Quoi qu'il en soit… Elle pouvait trouver toutes les excuses possibles, le résultat final ne changerait pas. C'était minable de penser à son meilleur ami de cette façon.

C'était ce qu'elle faisait en cet instant. Encore une fois. Alors qu'il se tenait là, tout près d'elle. Elle s'éclaircit la voix et d'un geste brutal ouvrit le boîtier et tapa le code avec beaucoup plus de force qu'il n'était nécessaire. Puis elle ouvrit la porte et poussa un soupir admiratif.

L'intérieur était splendide. Elle y avait pénétré une fois quand elle était enfant et que son grand-père s'était intéressé à cette propriété. Acheter cet endroit n'était qu'un doux rêve, une envie impossible à réaliser. La ville n'attirait pas suffisamment de touristes pour que l'achat soit rentable, et ils étaient de toute façon à court d'argent.

Mais le rêve de son grand-père était depuis lors devenu le sien. Au fil des ans, Cara n'avait fait que jeter un regard à l'intérieur à travers les fenêtres ou admirer des photos de l'hôtel dans diverses publications. Mais même à présent, malgré la poussière et sa décrépitude relative, il s'agissait du plus bel endroit qu'elle ait jamais vu.

Les sols étaient faits de vrai bois et les tentures – peut-être envahies par les mites et Dieu savait quoi encore – étaient tout simplement splendides.

Les murs étaient couverts d'un velours damassé d'un rouge profond qui devrait être remplacé en raison des dégâts que des fuites d'eau avaient causés. Mais le comptoir d'accueil était toujours là, une beauté en chêne qui avait simplement besoin d'être huilée pour retrouver toute sa superbe – Cara le savait car le bar original de l'hôtel, fait du même bois, trônait encore au Thirsty Mule et elle l'entretenait avec grand soin.

Un immense chandelier de cristal était en outre suspendu au centre de la pièce et c'était là l'élément qui la ravissait le plus.

L'électricité et un système de plomberie avaient été installés dans tout l'hôtel dans les années 1920 et, même si diverses erreurs avaient été commises au moment des différentes vagues de travaux depuis son origine, Cara aimait le moindre aspect de l'histoire des lieux.

À tel point qu'elle avait oublié un instant ses soucis liés à Jace. Mais seulement un instant.

Elle se retourna et découvrit qu'il ne l'avait pas suivie à l'intérieur. Puis, quelques secondes plus tard, il apparut, les bras chargés des deux sacs de couchage, du chauffage d'appoint et du sac de provisions qu'elle avait emporté afin qu'ils puissent dîner le soir même.

— J'adore ce que tu as acheté, lança Jace en regardant à l'intérieur des sacs une fois tout son fardeau posé par terre. Voilà les encas traditionnels nécessaires à la réussite de toute bonne soirée pyjama !

Il ne s'agissait pas simplement d'encas à vrai dire – elle avait emporté un très bel assortiment de charcuterie et de fromages – mais elle était incapable de faire émerger la moindre réplique piquante de son esprit.

Pour une raison inconnue, les mots « soirée pyjama » la rendaient nerveuse.

— Tu me connais. Je n'aime pas avoir faim.

— Qui aime ça, tu peux me le dire ?

— Enfin, quoi qu'il en soit, nous y voici. Cet endroit n'est-il pas génial ?

— C'est immense. Cette pièce à elle seule est gigantesque. Et tout cet espace est vide…

— Je ne suis pas démunie, Jace. J'ai mis de l'argent de côté de façon presque obsessionnelle. Et puis grand-père avait une police d'assurance-vie dont j'ai bénéficié à sa mort, et j'ai épargné cette somme également. J'ai vécu en me serrant la ceinture pour pouvoir acheter cet endroit. Mais j'ai tout prévu.

— Oui, et tu as bien gardé le secret.

— Je ne t'en ai pas parlé parce que je savais que tu réagirais... exactement comme ça, dit-elle en le désignant d'un geste vague.

C'est alors qu'il fit un geste qui la stupéfia. Il enroula ses mains autour de ses poignets l'espace d'un instant.

— Que veux-tu dire ? demanda-t-il d'un air taquin.

Sentir ses doigts calleux contre sa peau lui coupa littéralement le souffle. Cara eut l'impression de perdre l'esprit et oublia complètement ce qu'elle s'était apprêtée à dire. Parce qu'il l'avait touchée et qu'elle ne s'y était pas attendue. Combiner cette réalité avec ses fantasmes torrides de la veille et le fait qu'ils étaient à présent dans cet hôtel...

— Tu es un sceptique, lâcha-t-elle dans un souffle, trouvant soudain les mots dans les tréfonds de son cerveau et se libérant d'un geste de son étreinte. À propos de tout. J'avais besoin de pouvoir rêver à ce projet. Je ne veux pas de scepticisme, je voulais pouvoir croire qu'un peu de magie pouvait se produire. Que je serais capable de réaliser ce souhait que mon grand-père a caressé si longtemps... Et puis j'avais besoin de croire fermement en ma capacité de faire de ce rêve une réalité.

— Tu es dangereusement près de ressembler à l'un de ces gourous du développement personnel que je déteste tant. Tu t'es montrée pragmatique et tu as travaillé dur, ce n'est pas une question de rêve mais d'actions concrètes, voilà la vérité.

Cara sentit son agacement envers lui croître en elle. Une sensation plus que bienvenue. Et même nécessaire, à vrai dire.

— Tu te montres si sceptique à propos de tout – voilà ce que je veux dire. Il est impossible que des pensées négatives vaillent mieux que des pensées positives. Et je ne voulais pas que le moindre doute se mette en travers de mon chemin. Alors oui, j'ai travaillé dur, je le reconnais. Mais j'avais aussi besoin de croire en un peu de magie et de rêve pour garder ma motivation. Et toi…

Elle décida qu'étant donné qu'il l'avait touchée le toucher à son tour n'était qu'un juste retour des choses. Cara posa donc le bout de ses doigts contre la poitrine de Jace et le repoussa légèrement.

— Tu n'es rien de plus qu'un rabat-joie.

Tandis qu'elle prononçait ces mots, ses doigts lui semblèrent devenir brûlants au contact du torse musclé de Jace, et elle réalisa que son geste la punissait plus qu'elle ne le punissait, lui.

Elle replia ses doigts et les frotta nerveusement contre sa paume. Ce n'était pas vraiment une punition, en toute franchise. Le toucher était terriblement agréable. Le problème était que ce geste menait à toutes sortes d'autres pensées dont elle ne savait que faire et qu'elle était par conséquent livrée à une affreuse torture.

— Eh bien… Désolé que tu le ressentes ainsi. Je t'aurais soutenue, cependant. Je te soutiens. Si j'essaye de contrebalancer ton enthousiasme, c'est uniquement parce que tout le monde a besoin qu'on l'aide à garder les pieds sur terre, non ?

— J'imagine que oui. Je comprends ce que tu veux

dire. Vraiment. Mais ce qui me gêne, c'est que tu me traites comme une enfant. Nous avons environ dix-huit mois d'écart d'âge, Jace. Il n'y a aucune raison pour que tu te comportes de cette façon à mon égard.

— Oh si, il y en a une, dit-il d'une voix soudain bourrue. Où dois-je mettre toutes ces affaires ?

Elle savait ce à quoi il pensait. Ce qu'il s'apprêtait à dire. Elle n'allait pas lui offrir l'occasion de le faire.

— Eh bien, je ne sais pas. Il nous faut trouver une chambre et nous ferions aussi bien de choisir la meilleure d'entre elles.

Ils commencèrent à gravir les marches. L'une d'elles émit un sourd craquement, mais dans l'ensemble l'escalier semblait en bon état.

Le tapis qui recouvrait les marches était quelque peu élimé et Cara se demanda s'il ne vaudrait pas mieux s'en débarrasser afin de laisser voir le superbe bois de chêne couleur miel qui se cachait en dessous.

Remettre l'endroit à neuf nécessiterait d'importantes dépenses, mais elles en vaudraient la peine. Elle pouvait se les permettre. Vraiment, pour la première fois de son existence, elle pouvait s'offrir un rêve, un rêve fabuleux.

Elle n'était pas une enfant, et certainement pas la petite sœur de Jace. Peu importait comment il se comportait vis-à-vis d'elle.

Le couloir de l'étage était long et bordé de dix portes au total.

— Alors… Voyons ce que nous avons ici, dit Cara en ouvrant un battant.

La première pièce, dont l'unique fenêtre était partiellement couverte d'un rideau de dentelle, était entièrement vide, et Cara décida qu'à moins qu'ils n'aient pas d'autre choix cet endroit ne ferait pas l'affaire.

La chambre suivante quant à elle débordait de tables de chevet, d'armoires et de diverses pièces de mobilier.

— J'imagine qu'il est réjouissant d'apprendre qu'il reste tous ces meubles. Certains pourront certainement être restaurés. Ou du moins nous pourrons trouver une utilité à tout ce bois.

— Ouais, se contenta de répondre Jace.

Elle pouvait sentir qu'il se retenait de parler.

Bon sang… ce n'était pas juste.

— Continuons, histoire que tu ne te froisses pas un muscle en portant tout ça, dit-elle en poursuivant sa progression dans le couloir et en ouvrant une porte, puis une autre et enfin une troisième.

Qui révéla une pièce où se trouvait un lit.

Un grand lit à baldaquin certainement couvert de poussière et sur lequel était posé un jeté de lit orné de broderies dorées. Les rideaux du lit étaient assortis à ceux qui pendaient à la fenêtre et l'endroit semblait préparé pour recevoir des clients. Il y avait une table de chevet, une armoire et une petite coiffeuse sur laquelle étaient posées une carafe et une vasque pour pouvoir se laver.

— Eh bien, nous y voici, dit-elle.

— Écoute, Cara. Je ne crois pas à ces histoires de maisons hantées, mais même moi je sais que si une des pièces de cet hôtel doit abriter un fantôme, ce doit être celle-là, à coup sûr.

— Mais tu ne crois pas aux fantômes, répondit-elle. Et j'ai envie d'en voir un, donc ta remarque ne pourra pas me dissuader de rester.

Elle lui prit des mains l'un des sacs de couchage et balaya la pièce du regard.

— J'espère que tu n'as pas d'allergies.

— Non. Heureusement, car sinon vivre dans un ranch serait difficile. Un peu de poussière ne me dérange pas.

— Tu peux dormir dans le lit, si tu en as envie, dit-elle en lui adressant un petit sourire.

— Je préfère passer mon tour si tu veux bien.

Soudain il sembla bien trop facile à Cara de les imaginer tous les deux dans un lit, et elle se demanda si elle avait fait une erreur en choisissant cette pièce.

Une chose était de songer à dormir par terre dans des sacs de couchage – ce qu'ils feraient, comme prévu –, mais il était perturbant de se retrouver dans une pièce munie d'un grand lit…

Elle commençait à sentir un léger voile de sueur nimber sa peau. Elle était tremblante, nerveuse, incapable de se raisonner.

C'est Jace.

Elle ne réagissait pas toujours si fortement. Mais ce n'était pas rare toutefois. Certains événements, un frôlement, une situation inhabituelle, pouvaient suffire à déclencher un nouveau fantasme le mettant en scène. Mais alors, bien qu'elle ressente un étrange malaise, ils ne passaient pas la nuit dans la même chambre.

— D'accord, lança-t-elle, au désespoir de trouver un moment de répit. Toi, tu installes les sacs de couchage et allumes le chauffage d'appoint, et moi je vais au rez-de-chaussée pour voir ce que je peux trouver comme ustensiles de cuisine et préparer quelques encas. Et puis, sache que j'ai apporté pas mal de films à regarder ce soir.

— Génial. Tu vois, nous n'avons pas besoin de fantômes pour nous amuser. Nous pouvons très bien nous amuser nous-mêmes.

- 3 -

Il resta là, au milieu de la pièce, complètement immobile durant trente bonnes secondes après le départ de Cara. Quelque chose dans ses propres paroles le troublait profondément. Ils pouvaient *s'amuser eux-mêmes,* avait-il dit.

Jace, en outre, était incapable de comprendre pourquoi sa poitrine lui semblait encore comme électrisée à l'endroit où les doigts de Cara s'étaient posés.

La situation était des plus étranges. Il ne savait que faire de ce qu'il ressentait. Alors, il suivit les directives de Cara : il déroula les sacs de couchage au pied du lit, puis brancha le chauffage d'appoint entre eux.

C'était assez amusant. Voilà qui ressemblait un peu à un campement improvisé.

Son regard se posa sur le lit. Il ignora le nœud de tension qui se forma aussitôt dans son ventre. Il n'y avait nulle raison de se sentir nerveux. Ses imbéciles de frères lui avaient mis des idées en tête. C'était leur spécialité après tout, mais ce qu'ils ne comprenaient pas c'était que pour lui Cara était sacrée.

Jace ne plaisantait pas avec ce genre de considération.

Il n'était pas question qu'il retire Cara de la catégorie dans laquelle il l'avait placée depuis déjà de nombreuses années. Elle était sa meilleure amie et la femme qu'il avait envie de protéger plus que tout au monde.

Sa vie avait été dure et il voulait lui éviter de connaître d'autres difficultés majeures.

Pour tout dire, elle n'était pas une femme à ses yeux. Pas vraiment. Elle ne l'avait jamais été.

Enfin, c'est vrai, il y avait eu ce moment regrettable au lycée quand elle avait commencé à avoir des courbes féminines et qu'il avait presque dix-huit ans. Il n'était alors pas aussi expérimenté qu'à présent, et il lui avait été un peu difficile de s'empêcher de s'émerveiller des changements sur son physique.

Mais il s'agissait de faiblesses propres à l'adolescence. Des bêtises.

Il était un adulte désormais.

Il avait fréquenté assidûment depuis lors le circuit du rodéo et il s'était offert une sacrée éducation en matière de femmes durant ces années.

Il avait aussi beaucoup appris à propos de lui-même.

Perdre la foi dans tout miracle tôt dans la vie vous empêchait ensuite de croire aux relations durables et au grand amour.

Ses parents avaient continué d'espérer, sans doute, et ils avaient eu Callie après la mort de Sophie. Chance et Kit étaient tombés amoureux de femmes incroyablement fortes qui n'hésitaient pas à les remettre à leur place, ce qu'il trouvait follement amusant.

Il se réjouissait pour eux tous. Il y avait aussi Buck, qui avait quitté la ville alors qu'il avait tout juste la vingtaine et qui, de toute évidence, avait été incapable de trouver quoi que ce soit de miraculeux à quoi se raccrocher. Il y avait aussi Flint et Boone qui, comme lui, fuyaient les relations sérieuses. Flint avait même rompu avec une femme devenue une célèbre chanteuse country. La chanson qu'elle avait écrite à son propos avait eu un retentissement certain quand elle avait commencé à être diffusée sur les ondes quelques mois plus tôt.

Elle n'avait pas mentionné son nom, certes, mais tout le monde savait que c'était Flint qui avait inspiré cette chanson. Tout le monde.

Même si les habitants de Lone Rock étaient trop malins pour le mentionner… tandis que Boone prenait plaisir à le taquiner à ce sujet.

Néanmoins le fait était que Flint était le seul d'eux trois à avoir essayé de vivre une relation de couple, et ça ne s'était pas bien passé. Boone, c'était certain, n'était pas assez stupide pour ne serait-ce qu'essayer d'en faire autant.

Jace pensait que la vie de couple n'était pas pour lui non plus. Selon lui il fallait être fou ou terriblement naïf pour s'investir de la sorte dans une relation amoureuse.

Jamais il n'entraînerait une femme dans une telle aventure.

Il n'en avait jamais eu l'envie. Il avait sa famille, il avait Cara, cela lui suffisait amplement.

Un instant plus tard, Cara fut de retour.

— Voilà, j'ai réussi à préparer ce petit repas pour nous.

Elle portait un plateau chargé de charcuterie et de fromage, deux verres de vin ainsi qu'une bouteille de…

— Rosé ?

— Cela te pose un problème ?

— Tu veux parler de ces encas adorablement présentés et de cette bouteille de vin qui ont l'air spécialement choisis pour une soirée entre filles ?

Elle le fixa sans mot dire.

— Pas quand personne ne peut assister à la scène, non, poursuivit-il.

Cara soupira lourdement avant de s'installer sur son sac de couchage et de placer le plateau face à elle.

— Ta masculinité toxique a dévoré ton cerveau, on dirait.

— Non, pas du tout.

Jace prit place à son tour sur son propre sac de couchage et saisit un petit morceau de fromage.

— Ce serait le cas si je refusais d'y goûter. Mais ici, dans cet espace hanté…

— Tu es vraiment idiot, le sais-tu ?

— Ouais. Probablement.

— Comptes-tu retourner sur le circuit du rodéo, au fait ?

Jace avait jusqu'alors évité cette question. Même ses frères ne lui avaient rien demandé à ce sujet. Boone et Flint étaient toujours très impliqués, Buck ne l'était plus depuis longtemps, et Kit et Chance avaient récemment pris leur retraite sportive.

Jace était plus jeune que Boone et Flint, mais il savait qu'il approchait de l'âge où il fallait commencer à songer au nombre de blessures permanentes avec lesquelles on avait envie de vivre pour le restant de ses jours au prétexte de vouloir continuer à poursuivre une certaine gloire.

Il appréciait de recevoir certains honneurs, c'était vrai, mais il accordait aussi du prix au fait de ne pas boiter, réalité qui devenait de moins en moins probable à mesure qu'on persévérait sur le circuit.

Leur père était quant à lui sur le point de prendre sa retraite. Ces frères voudraient-ils lui succéder à son poste de responsable de l'association professionnelle des cow-boys de rodéo ? Ils n'en avaient pas parlé mais Jace avait une certitude : ce poste ne l'intéressait pas. La famille était de plus en plus enracinée à Lone Rock maintenant que certains fréquentaient moins le circuit, et peut-être que cela n'était pas si mal.

— Je ne sais pas, répondit-il.

— Voilà qui ne te ressemble pas.

— Peut-être pas, en effet, dit-il en repoussant un sentiment de malaise. Je me pose des questions. La situation change peu à peu. Tout a commencé quand Callie s'est mariée… et maintenant la famille est plus ancrée ici. Durant longtemps mon père a semblé ne faire que courir. Comme pour fuir son chagrin et tout le reste… Mais à présent ils ont tellement développé le ranch que je crois qu'il est enfin prêt à arrêter d'être sans cesse en mouvement.

— Ce qui te fait songer à changer toi aussi ?

— En fait, ça me fait juste m'interroger sur ce que je fais. Tu sais, nous avons tous gagné les premières places de toutes les compétitions auxquelles nous avons participé. Au bout d'un certain temps il n'est plus possible d'aller plus haut, on ne peut que faire moins bien. Et c'est alors qu'on se demande dans quel but on agit.

— Cela te plaît-il ?

Il s'agissait là d'une étrange question. Il n'y avait jamais vraiment songé. Le rodéo était l'affaire de la famille. Depuis sa plus tendre enfance son père était à la tête de l'association et il avait été comme un fait acquis qu'ils deviendraient tous des compétiteurs en grandissant. Callie avait monté des chevaux sauvages durant quelques années ; elle prenait une pause pour avoir un bébé, ce qui était fabuleux. Elle avait brisé l'obstacle empêchant les femmes de concourir dans cette discipline et avait ouvert la voie pour beaucoup d'autres.

Kit et Chance étaient au sommet dans leur domaine. Lui avait monté des chevaux sauvages sans selle durant un certain nombre d'années, eux, des taureaux. Il était tellement habitué à cette vie qu'il ne savait plus si elle lui plaisait vraiment ou si une autre activité pourrait l'intéresser. L'élevage, peut-être ?

C'était facile de grandir dans une famille dans laquelle on n'avait pas à se demander ce que l'on ferait une fois grand. Il y avait une forme d'héritage et on n'avait qu'à l'endosser à son tour. Cara savait ce que c'était. Il doutait toutefois que la gestion du bar soit son activité favorite au monde. Il était évident que ce projet d'hôtel comptait énormément à ses yeux, mais il devait poser la question…

Il fit un grand geste pour désigner la pièce autour d'eux.

— C'est vraiment ce que tu veux ou c'est juste ce que Mitch voulait faire ?

— C'est ce que je veux vraiment. J'aime cet endroit depuis l'enfance. Et oui, réaliser ses rêves m'est agréable. Parce qu'il n'a pas pu le faire. Et qu'il a été là pour moi alors que mes parents ne l'étaient pas. Mon père se trouvait… je ne sais toujours pas où. Ma mère était là où elle est encore. Complètement droguée dans un parc pour caravanes quelque part, enchaînant les mauvaises décisions en matière d'hommes. Heureusement grand-père a été là pour moi. Je ne crois pas me lancer dans cette aventure juste pour rendre qui que ce soit fier. Je le fais parce que ce qui était important pour lui l'est devenu pour moi. Cette ville a pris de l'importance à mes yeux.

— D'accord.

— Et toi, participes-tu à tous ces rodéos juste parce que c'est ce que ton père veut que tu fasses ?

— Non. Pour être franc, je ne pense pas que mon père se soucie de ce que nous faisons. Je crois qu'il aurait été parfaitement heureux si nous n'avions pas risqué notre vie et notre santé sur le circuit. Il adore le rodéo mais en connaît les risques, et depuis qu'un jeune garçon est mort il y a quelques années il n'a plus été le même. Son regard sur la discipline a totalement changé.

Ce qui était fort dommage car le rodéo avait été le moyen utilisé par son père pour échapper à son chagrin en s'activant afin de s'empêcher de trop penser.

Jace, quant à lui, se sentait à un point critique de son existence. Il ne voulait plus continuer à bouger en permanence. Mais rester à Lone Rock semblait propice à laisser la douleur s'installer en lui.

Bien sûr une solution serait de s'autoriser à faire son deuil, mais il avait passé des années à éviter d'en arriver là.

Des années passées à utiliser Cara comme une forme de substitut de sa sœur.

Toutefois, en l'observant à présent, en la regardant prendre le contrôle de sa vie et obtenir ce qu'elle désirait, il se sentait un peu honteux.

— Je suis désolée que tu ressentes ces doutes, reprit Cara. Je sais que le rodéo était ton rêve…

— Non, ça ne l'était pas. Le rodéo s'est simplement imposé à nous et il était facile de se plonger dans cet univers parce que nous en connaissions tout. Ce doit être différent quand il s'agit de ton propre rêve. Comme pour Callie qui a obtenu de monter des chevaux. Ma sœur est pleine de détermination. Tu sais, elle s'est mariée avec Jake juste pour avoir accès à l'argent qui lui revenait.

À l'inverse Jace n'avait jamais attendu l'argent qui lui était destiné. Il ne l'intéressait pas. Il n'en avait pas besoin.

Voilà qui le rendait un peu honteux également.

— Je ne t'ai jamais posé la question, mais avez-vous tous des fonds fiduciaires comme le sien ?

— Oui. Mais nous ne recevons l'argent que lorsque nous atteignons nos trente ans.

— Donc tu percevras cette somme très bientôt.

Il n'y avait sincèrement pas beaucoup réfléchi. Il avait tout ce dont il avait besoin et il gagnait beaucoup d'argent, et assez facilement, sur le circuit du rodéo.

— Ouais.

— Tu ne sais pas ce que tu veux en faire ?

— Non, je l'ignore.

Songer à l'avenir, ce n'était pas son truc à vrai dire. Et cela le ramenait aux remarques de Cara. Il avait, c'était vrai, la fâcheuse tendance à préférer la réalité aux rêves. Et d'ailleurs il ne rêvait pas vraiment lui-même.

— Je n'aime pas me projeter dans l'avenir. Je vis dans le présent. J'aime travailler. C'est ça qui m'aide à avoir les idées claires. Quand on monte une bête lors d'un rodéo, on ressent cette bouffée d'adrénaline. Il n'y a rien d'aussi puissant. À part le sexe, pour être franc.

Soudain Cara se sentit violemment rougir. Depuis le cou jusqu'à la racine de ses cheveux. Ce qui surprit Jace car ce n'était pas comme si elle était une jeune femme prude. Elle travaillait dans un bar. Elle entendait des discussions crues tout le temps. Bon sang, elle évoluait dans cet endroit en arborant des tenues sexy en diable la plupart du temps et les hommes passaient leur soirée à la regarder. Elle semblait adorer cette sensation. Parce qu'elle contrôlait ce qui se passait entre eux et qu'elle pouvait les jeter hors du bar s'ils devenaient trop dissipés.

Il ne s'était pas attendu à ce qu'elle rougisse simplement parce qu'il évoquait le sexe. Mais il jeta alors un regard derrière elle, vit le lit, et la tension ressentie un peu plus tôt se réveilla brusquement en lui.

— Bref, dit-il en s'éclaircissant la gorge. Je n'ai pas

vraiment réfléchi à ce que je ferai de cet argent. Ni à ce que je ferai quand j'en aurai terminé avec le rodéo. Et quoi qu'il en soit je pourrais continuer encore quelques années si je le voulais.

— Oui, mais tu ne le veux pas, dit Cara en prenant un bout de fromage.

Elle semblait se remettre du petit incident qui venait d'avoir lieu.

Mais il ne pouvait s'empêcher de se demander pourquoi ce moment avait constitué une forme d'incident.

— Comment le sais-tu ?

— Je le sais parce qu'il ne te ressemble pas d'avoir des doutes et que c'est ce qui se passe. Si tu es incertain c'est qu'il se passe autre chose.

Voilà qui ne plaisait pas à Jace. Il détestait avoir l'impression que le sol se dérobait sous ses pieds.

Ces sensations étaient probablement liées au mariage de ses frères. Mais ce n'était qu'un simple changement, n'est-ce pas ? Qui les concernait, eux. Il n'avait pas à imaginer qu'un tel changement de vie le frappe, lui.

Il n'aimait pas non plus que Cara lise aussi facilement en lui. C'était lui qui avait besoin de décrypter les attitudes et pensées de Cara. Pour prendre soin d'elle. S'assurer qu'elle allait bien. Car lui possédait une grande famille. Or, depuis le décès de son grand-père, Cara n'avait plus personne. Elle avait toujours été moins entourée que lui. Ce qui faisait de lui une personne très importante et de chaque geste en faveur de Cara une action essentielle.

— Tu sais, il y a d'autres commerces en vente dans la rue principale.

— Me suggères-tu d'investir dans l'immobilier ?

— C'est une idée, non ?

Oui, bien sûr, mais c'était aussi… s'enraciner quelque

part. Créer des liens avec un lieu. Ce n'était pas comme s'il envisageait de quitter Lone Rock, non, mais s'il ne possédait pas de terre, c'était pour une bonne raison.

Et quelle était donc cette raison ?

Jace chassa la pensée de son esprit.

— Par quel film commençons-nous la soirée ?

— Oh ! dit Cara, tu vas l'adorer.

Elle prit sa tablette et l'installa sur le sol près d'eux. Elle s'allongea à plat ventre sur son sac de couchage, son menton entre ses mains.

— Je me suis dit qu'un peu de nostalgie ne nous ferait pas de mal.

— Oh non, soupira Jace.

— Te souviens-tu quand on séchait les cours pour aller voir ton film policier préféré ?

— Tu peux en citer la moindre réplique. As-tu vraiment besoin de le revoir ?

— Oui, vraiment ! Mais ne t'inquiète pas, j'ai aussi toute une série de films pour adolescents.

— Je déteste ces films !

— Je le sais, mais ça m'est égal. Et puis nous nous endormirons avant parce que nous n'avons plus dix-huit ans. Nous sommes vieux.

— Parle pour toi.

— Je suis plus jeune que toi, précisa Cara.

— Mais oui, bien sûr, dit-il en la repoussant doucement du coude.

Elle le regarda alors en plissant le nez et, pour une raison inconnue, les yeux de Jace furent irrésistiblement attirés vers les taches de rousseur qui parsemaient sa peau.

Elles étaient adorables et mettaient en valeur ses yeux verts. Des yeux magnifiques, légèrement félins. Elle ne portait pas de maquillage, ses cils étaient donc pâles. Souvent, elle les parait d'un mascara très sombre qui donnait à chacun de ses regards la force d'un coup de poing en plein estomac. En cet instant, ses yeux lui évoquaient un lever de soleil de printemps. Une symphonie de teintes vertes et dorées.

La tension était revenue.

— Très bien. Tu peux lancer la vidéo, dit-il.

— Avec joie, répondit Cara.

Elle remplit deux verres de vin et lui en tendit un. Jace s'étendit de nouveau sur son sac de couchage et décida de concentrer toute son attention sur le film et non sur la couleur des yeux de son amie.

- 4 -

Elle était si consciente de sa présence, de la proximité de chaque parcelle de son corps, de la façon dont il était allongé sur le sac de couchage, dont son bras se mouvait, dont tout son corps bougeait quand il buvait une gorgée de vin ou prenait un morceau de fromage sur le plateau.

Sa tête commençait à tourner et il lui semblait qu'il lui fallait manger davantage pour réduire l'impact de l'alcool sur son organisme. Mais plus Cara se sentait nerveuse, plus elle buvait vite.

Ce qui était ridicule.

Le problème était qu'avoir choisi des films qu'ils avaient vus ensemble au temps du lycée lui rappelait des moments partagés avec Jace. C'était à cette époque-là que son faible pour lui avait commencé à se manifester. Se rendre compte qu'elle avait envie de coucher avec lui était arrivé plus tard, quand elle était plus mûre. Mais elle se souvenait encore des élancements qui traversaient son ventre quand le bras de Jace frôlait le sien quand ils étaient assis côte à côte au cinéma, au temps du lycée…

Elle éprouvait une réelle nostalgie en songeant à cette période. Et voilà qu'elle se trouvait là, seule avec cet homme dans une maison vide – à moins qu'il y ait des fantômes, c'était une possibilité – en tant qu'adulte, et en ressentant les mêmes sentiments.

C'était presque drôle.

C'était presque *drôle*, de savoir qu'à présent ils étaient adultes, absolument seuls et tout près d'un lit, et qu'il n'y avait aucune chance pour que Jace Carson ait envie qu'ils fassent l'amour. Non. Il était bien plus probable que ce soit elle qui en ait envie.

L'idée alluma une intense chaleur en elle. Bien trop intense. Elle fit de son mieux pour replacer son attention sur le film.

Le suivant n'était pas son préféré et l'ambiguïté du moment l'irritait. Elle commença à s'agiter.

— Je crois que je vais descendre chercher le gâteau. Et une autre bouteille de vin, dit-elle.

— Une autre bouteille de vin ? D'accord.

Elle savait qu'il ne s'agissait pas d'une bonne idée. Elle se sentait déjà un peu chancelante, son esprit était embrumé sous l'effet de l'alcool, et la situation était tellement étrange et périlleuse avec lui que…

Mais elle était amie avec cet homme depuis treize années, elle n'allait pas soudain briser le lien qui les unissait.

Cette pensée habita son esprit tandis qu'elle descendait l'escalier.

Une fois au rez-de-chaussée, elle entendit un bruit sourd s'élever sur sa gauche. Elle tourna vivement la tête et patienta, le cœur battant.

Aux aguets, elle resta un instant dans l'attente d'un autre fracas retentissant ou d'un mouvement quelconque. Mais le seul son qui lui parvint fut celui de sa propre respiration saccadée et bien trop rapide.

— Bon sang, marmonna-t-elle.

Cara se sentait passablement ridicule. Elle était un peu éméchée, guettait l'apparition de fantômes, et la proximité de Jace la rendait terriblement nerveuse.

Boire plus de vin n'était pas la bonne solution. Peut-être était-ce seulement un moyen pour elle de se détendre et ainsi réussir à reprendre ses esprits.

Elle attendit encore mais, n'ayant perçu aucun autre bruit, elle prit le gâteau et le vin et les rapporta à l'étage.

Jace était étendu sur le sac de couchage sur le dos, le bras replié sur son front, ce qui avait pour effet de relever légèrement sa chemise et de laisser apparaître son ventre plat et musclé.

Dieu tout-puissant, songea Cara.

Elle avait besoin qu'une intervention divine ait lieu pour lui donner la force de résister. D'un miracle. Ou alors peut-être juste d'un peu plus de vin.

— Voilà le nouveau ravitaillement ! lança-t-elle en s'efforçant d'adopter un ton enjoué et en venant se placer juste au-dessus de lui.

Le visage de Jace s'illumina d'un sourire et son regard fut tellement capté par ce spectacle qu'elle ne vit pas sa main se projeter vers le bas de sa jambe.

Soudain, elle sentit qu'il agrippait l'arrière de son genou et elle poussa un cri au moment de basculer vers le sol. Seuls les muscles de Jace l'empêchèrent de s'écraser par terre, car il parvint à la guider lentement vers le sac de couchage d'un seul bras.

— Jace ! s'écria-t-elle, tandis qu'elle était étendue en travers de son corps.

Qui était si chaud sous le sien.

Et si dur.

Et *oh non*.

Tandis qu'elle tentait péniblement de se relever, sa main venait de toucher par inadvertance un fessier des plus musclés.

Elle parvint à se rasseoir et récupéra le vin et le gâteau tombés sur son sac de couchage.

— Pourquoi es-tu si puéril, Jace ?

Il s'étendait de nouveau tout en la regardant comme…

La sensation était si intense que Cara dut détourner les yeux.

— Tu peux être sûre d'une chose, Cara. Je ne suis plus un enfant.

— Mais tu es immature. J'ai entendu un bruit en bas, dit-elle pour tenter de ne pas songer au fait qu'il n'était vraiment pas un enfant, mais clairement un homme en pleine possession de ses moyens. Peut-être était-ce un fantôme.

— Eh bien, je peux te dire que ce n'était pas le cas. Parce que les fantômes ne sont pas réels. Mais ce gâteau a l'air très réel, lui, et j'en veux un morceau.

Elle ne s'était toujours pas tout à fait remise de l'émotion ressentie au contact du corps de Jace.

Elle découpa le gâteau et se servit plus de vin.

Ils finirent de regarder le film favori de Jace puis visionnèrent le sien, et elle était plus qu'un peu éméchée quand ils passèrent à la dernière comédie de la soirée qui relatait les aventures d'un groupe d'élèves de terminale cherchant à perdre leur virginité.

Ils l'avaient déjà vu une centaine de fois. Comment avaient-ils pu le visionner sans qu'elle se sente incroyablement mal à l'aise ?

— Bon sang, je n'ai pas la moindre nostalgie pour l'époque du lycée, dit Jace en vidant son verre de vin.

Cara regarda sa pomme d'Adam monter et descendre, et cette vision lui donna une sorte de vertige. Elle détourna les yeux.

— Oui, ce n'était pas exactement la meilleure partie de ma vie non plus.

— Tous ces jeunes qui se prenaient pour les rois du monde, c'était vraiment ridicule. J'aurais peut-être dû décider à cette époque-là de ce que je voulais faire plus tard, mais toutes les petites histoires de lycée occupaient trop mon esprit. Tu sais, j'étais en dernière année quand j'ai perdu ma virginité.

— Pourquoi ne me l'as-tu jamais dit ? demanda Cara, sentant ses paroles de plus en plus difficiles à formuler à cause de l'alcool.

Elle regrettait déjà d'avoir posé une question pareille. Tout comme elle regrettait qu'il ait fait mention de cette information.

— Voulais-tu que je te dise que j'avais obtenu une fausse carte d'identité et que j'étais allé dans la ville voisine pour draguer une femme dans un bar ?

— C'est ce que tu as vraiment fait ?

— Oui, bien sûr. Je n'imaginais pas qu'un garçon sans expérience doive infliger son ignorance à une fille qui n'y connaissait rien non plus, tu vois ce que je veux dire ?

Cara plissa le front à ces mots.

— Oui, bien sûr.

— C'est ce qui me semblait logique. Et puis, tu sais, je suis encore comme ça. Je n'aime pas avoir d'aventure avec des femmes vivant trop près de l'endroit où je passe ma vie.

Cara se rembrunit. Cette conversation était malvenue et tout lui semblait plus confus encore à cause du vin. Elle n'était plus seulement mal à l'aise, les dernières révélations de Jace la mettaient à présent de mauvaise humeur.

Ils étaient censés regarder une comédie, qu'ils avaient déjà vue des dizaines de fois, certes, mais tout de même.

— Je n'ai jamais fait l'amour avec une vierge, à vrai dire, lança soudain Jace.

Ces mots eurent un effet étrange sur le corps de Cara, et sur son esprit.

Elle sut alors qu'elle devait s'empêcher de prononcer certaines paroles. Qu'il lui fallait absolument se ressaisir. Elle savait que rien dans cette conversation ne la concernait directement. Ou peut-être se trompait-elle. Peut-être concernait-elle leur amitié. Le fait qu'ils étaient amis et l'avaient toujours été. Donc, même si Jace ne lui avait pas avoué ses petites manigances concernant sa vie sexuelle quand ils étaient au lycée, il lui semblait anodin de lui faire part de toute la vérité à présent. Ce qui… la blessait, à vrai dire. Il aurait dû se sentir ne serait-ce qu'un peu mal à l'aise de lui parler de sexe. Ces paroles devraient l'amener en outre à s'imaginer faire l'amour avec elle. Elle avait une *superbe* poitrine.

Et il n'était pas gay. Pourquoi dans ce cas ses seins le laissaient-ils indifférent ? Ce n'était pas juste. Il y avait toutes sortes d'hommes au bar qui adoreraient les voir. Mais Jace semblait tout simplement insensible à ses charmes. Et il se tenait là, à lui parler de sexe. Comme si ce n'était rien.

— Eh bien, on dirait que tu es loin d'être le tombeur que je croyais, lâcha Cara.

— Ah, vraiment ?

— Oui, j'aurais pensé que tu avais couché avec toutes sortes de filles vierges. Que tu corrompais des innocentes ou quelque chose dans le même genre.

— Non, ce n'est pas le cas, vois-tu. C'est l'une des rares expériences que je n'ai jamais tentées.

— Eh bien…

Cara pouvait entendre une petite voix dans sa tête crier « Ne le dis pas, Cara », mais cette part sensée d'elle-même fut réduite au silence par celle qui avait bien trop bu et qui mourait d'envie d'exprimer certaines vérités.

— Si tu avais envie de faire l'amour avec une vierge, reprit Cara, je pourrais t'offrir une aide précieuse.

— Je te demande pardon ? Tu me proposes de me trouver une fille vierge parmi les personnes que tu connais grâce à ton travail au bar ?

Il ne comprenait pas.

Elle ne pouvait plus faire marche arrière.

Elle ne le fit pas.

— Non, dit-elle en repoussant légèrement l'épaule de Jace. Si tu as envie de coucher avec une vierge, tu n'as qu'à faire l'amour avec moi.

- 5 -

Jace était figé sur place. Durant de longues secondes régna dans la pièce un silence de plomb… qui fut soudain brisé quand retentit un puissant fracas. Cara vint aussitôt se blottir contre sa poitrine puissante, les yeux écarquillés par la peur.

— Bon sang, qu'est-ce que c'était ?

— Je ne sais pas, dit-il, sans savoir s'il répondait à sa question ou si ses mots faisaient écho à la révélation qu'elle venait de lui faire.

Elle lui avait appris qu'elle était vierge et lui avait pratiquement proposé de coucher avec lui.

Le cœur de Jace battait à présent à coups sourds, et il voulut se convaincre que la raison devait en être la vive surprise causée par le bruit. Sa réaction n'avait certainement rien à voir avec le fait que Cara soit plaquée contre lui, n'est-ce pas ?

Qu'elle ait agi de la sorte était dû à tout ce vin qu'elle avait bu, tenta-t-il de se rassurer. Tout ce qui venait de se passer n'était dû qu'au vin. Il n'y avait aucune raison de se tracasser davantage. De se fâcher. Ou de chercher d'autres implications à ce qui venait d'avoir lieu.

La seule question devait être : qu'était donc ce bruit ?

— D'où ce son venait-il ? lança Cara d'une voix apeurée.

— Je ne sais pas, dit Jace en s'écartant d'elle.

Mais la chaleur du corps de Cara restait comme imprimée sur sa peau telle une marque au fer rouge.

— C'est probablement ton fantôme, dit-il. Ne voulais-tu pas qu'il y en ait un ?

— Oui, mais je n'avais pas envie qu'il m'effraye.

Cara leva les yeux vers lui, une expression hébétée sur le visage.

— Oh ! souffla-t-elle.

— Qu'y a-t-il ?

— Je crois que je viens de te dire que j'étais vierge.

— Mettons ça de côté, veux-tu ? Enfin, pour être plus clair, n'en reparlons plus.

Il n'avait pas réellement eu pour intention de prononcer cette dernière phrase à voix haute. Mais il était un peu ivre et, même si la surprise causée par le bruit l'avait un peu sorti de sa sidération, il n'était pas non plus dans son état normal.

— D'accord. Mais allons voir de quoi il s'agit.

Cara se leva et commença à tirer sur la chemise de Jace pour l'inciter à l'imiter. Il se remit sur pied et lui saisit le bras.

— Tu penses que quelqu'un a pu s'introduire dans l'hôtel ?

— Non, dit-elle, d'une voix inquiète. Je pense juste qu'il s'agit d'une bonne vieille apparition.

— Et si ce n'est pas le cas ? Voilà pourquoi je suis avec toi cette nuit. Et si l'un de ces pervers du bar savait que tu étais là ?

— Arrête, Jace, tu me fais peur. Si je croyais mes clients capables de pareilles intentions, je ne les laisserais pas franchir le seuil du bar.

— Je ne fais confiance à personne. Un point, c'est tout. Donc reste avec moi et allons voir de quoi il s'agit.

Soudain, un autre bruit retentit. Cara se serra de nouveau contre lui, et toute l'attention de Jace se concentra subitement sur la façon dont sa poitrine se pressait contre son bras. Elle était ferme, haute, généreuse. Et plus qu'attirante.

Une vierge.

Bon sang, quelle était donc cette histoire ?

Mais Jace ne pouvait pas accorder plus de temps à la question. Il tendit l'oreille. Le bruit venait-il du rez-de-chaussée ?

— As-tu laissé quoi que ce soit d'ouvert quand tu es descendue tout à l'heure ?

— Non, rien du tout.

Le son, qui se répétait, résonnait à présent fortement.

— Je doute qu'il s'agisse d'un fantôme, dit Cara.

— Oh ! parce qu'ils n'existent pas ?

— Non. Parce qu'il est facile de retrouver l'origine d'un pareil bruit et que quiconque ayant passé la nuit ici avant nous aurait pu le faire. La présence d'un fantôme doit avoir quelque chose de beaucoup plus… ambigu, selon moi.

— Oh ! très bien. Des apparitions ambiguës, donc. Par opposition à ces manifestations massives et évidentes.

— Tout à fait.

— Arrête, veux-tu ?

— Aurais-tu une arme, Jace ?

— Dans une boîte sécurisée dans mon pick-up, oui. Mais pas dans l'hôtel.

— Mais tu pourras aller la chercher, n'est-ce pas ? Si tu en avais besoin ?

— Ce ne sera pas utile. Quoi qu'il se passe, la question se réglera à main nue.

Jace sentit alors que Cara se détendait.

— Je veillerai sur toi, dit-il d'un ton rassurant. Je veille toujours sur toi. Et d'ailleurs, je préfère que tu restes ici finalement, c'est plus prudent.

Quand il se tourna pour lui faire face, Jace fut ébloui en voyant levés vers lui ses superbes yeux verts bordés de longs cils pâles.

Leur précédente conversation toujours gravée dans son esprit, il fut soudain submergé par l'envie de la protéger.

Sans réfléchir, il toucha sa joue du bout des doigts.

— Reste là.

Cara battit des paupières et ferma les yeux. Saisi par une émotion des plus troublantes, Jace recula d'un pas.

— Je ne serai pas long.

Après avoir descendu les escaliers, il gagna la cuisine et ne mit pas longtemps à découvrir que le bruit provenait du cellier.

Des bruits de pas derrière lui le firent se retourner brusquement.

— Je t'ai dit d'attendre en haut, lança-t-il en voyant Cara.

— Je n'en ai pas envie.

— Je ne t'ai pas demandé ton avis. Je te protège, c'est tout.

— Eh bien, quel que soit notre visiteur il sait à coup sûr que nous sommes là. Parce que tu parles vraiment fort, tu sais.

— C'est toi qui parles fort.

— Le bruit vient du cellier, reprit-elle, l'esprit visiblement toujours embrumé par l'alcool.

— Oui, je m'en étais aperçu, je te remercie.

Jace ouvrit la porte de la pièce d'un geste vif. Et là, dans un sac de farine, apparut sous ses yeux une queue d'animal cerclée d'anneaux. Ils perçurent un mouvement puis un nuage de poussière blanche s'éleva, et un petit visage masqué et deux pattes chétives apparurent au-dessus du sac.

— Mais qu'est-ce que c'est, bon sang ?

— Un raton laveur, dit Cara, visiblement charmée.

— Ces saletés seraient capables de te défigurer, le sais-tu ?

— Elles sont adorables, au contraire.

— Pas du tout, elles sont dangereuses. Allez, petit voyou, sors de là.

Jace n'allait pas appeler la fourrière pour pareille petite bête. Il se sentait tout à fait capable de s'en débarrasser lui-même.

— Tu vois, dit-il, je savais bien qu'une raison très sensée expliquait ces bruits.

— C'est un raton laveur, dit-elle. Et un raton laveur n'est pas un fantôme.

— C'est exactement ce que je veux démontrer.

— Non, dit Cara en secouant la tête.

Elle se mit à vaciller sur ses pieds et Jace réalisa qu'elle était toujours bien plus ivre que lui.

— S'il s'était agi d'un raton laveur depuis le début, les personnes ayant dormi ici l'auraient vu. Mais ça n'a pas toujours été un raton laveur. C'est un fantôme qui s'est manifesté.

— Quoi qu'il en soit, il s'agit d'un raton laveur dans le cas présent et je dois le chasser d'ici.

Sans lâcher du regard la créature, qui le fixait de ses petits yeux perçants, Jace tendit la main vers un coin de la pièce et saisit le balai qui s'y trouvait.

— Je vais me servir de ça pour te faire partir, sale petite bête.

— Comptez-vous nettoyer la ville, shérif ? lança alors Cara d'un air goguenard.

— Tu es soûle. Pousse-toi de là.

Jace supposait qu'il aurait dû se sentir mieux en sachant qu'elle était ivre. Peut-être avait-elle voulu lui faire une blague à propos de cette histoire de virginité. Il était impossible qu'elle soit vierge. Elle travaillait dans un bar, bon sang. Elle avait une allure si… Elle avait cette allure, voilà tout.

Elle avait voulu le taquiner, c'était certain.

Une fois que Jace eut fait sortir l'animal de sa cachette, il le poussa vers la porte ouverte et la bête disparut bientôt dans la nuit.

— Bon sang, lâcha Jace en refermant la porte. Je ne m'attendais pas à ça.

— Non. Cette situation était ridicule. Mais cet animal était très mignon.

— Non, pas du tout.

— Je ne suis pas d'accord avec toi.

— Donc, pour résumer, l'hôtel n'abrite peut-être pas de fantômes, mais des ratons laveurs y pénètrent sans peine. Tu devras sans doute effectuer certaines réparations pour les en empêcher.

— Je regrette de ne pas avoir eu la preuve que l'endroit est hanté.

— Et tu ne l'obtiendras pas parce que cet hôtel ne l'est pas.

— Tu n'en sais rien.

— Eh bien, si, je le sais parfaitement. Parce que les fantômes n'existent pas.

Cette petite querelle avec Cara était la bienvenue. Au moins, dans cette situation, Jace se sentait en terrain sûr. Il n'était plus question de ce qui s'était passé… plus tôt.

— Remontons, dit Jace. Nous chercherons par où rentrent les ratons laveurs demain matin.

— D'accord.

Ils n'avaient pas mis le film sur pause avant de quitter la chambre mais c'était sans importance. En voyant Cara boire dès son retour un autre verre de vin, Jace s'abstint de tout commentaire. L'alcool lui ferait avec un peu de chance oublier ce qui s'était passé plus tôt. Et, d'ailleurs, il semblait que c'était déjà le cas.

Une fois le film terminé, Cara sombra dans le sommeil, étendue sur son sac de couchage, et Jace ne put s'empêcher de contempler sa silhouette endormie à la lueur de la lune filtrant à travers la fenêtre. Le doux renflement de ses seins se soulevant et s'abaissant à chacune de ses respirations.

Il se sentait désormais incapable de détacher ses yeux d'elle.

Elle était magnifique, ainsi qu'il l'avait toujours su. Mais…

C'était comme si une avalanche de vérités endiguées durant des années s'abattait soudain sur lui.

Il avait soigneusement écarté toute pensée le ramenant au fait que Cara était une femme.

Elle avait brisé cette digue avec sa proposition formulée sous le coup de l'ivresse. Parce que, soudain, Jace ne pouvait s'empêcher d'y voir quelque chose de réel, de possible. Il pourrait glisser ses mains sous sa chemise, révéler sa peau… Était-il possible que personne ne l'ait fait avant lui ? Ses mains seraient-elles vraiment les premières à…

Non. Il la protégeait. Voilà ce qu'il faisait.

Il était impossible qu'il y réussisse s'il était…

Il lui tourna le dos, espérant trouver ainsi le moyen de reprendre la maîtrise de ses pensées.

Mais Cara laissa alors échapper un petit gémissement dans son sommeil. Il se redressa brusquement. Cette proximité était intenable. Il traversa donc la pièce, grimpa sur le lit – au diable la poussière – et s'y étendit.

Il avait besoin d'espace. Il avait juste besoin d'un peu d'espace.

Cara avait le tournis quand elle ouvrit les yeux. Elle peinait à comprendre pourquoi elle s'était réveillée ainsi, au beau milieu de la nuit.

Soudain, elle aperçut devant elle ce qui ressemblait à une lueur. Une forme de halo flottant au milieu de la pièce et qui se mouvait près du sol, au niveau de ses yeux. Cara se redressa et regarda tout autour d'elle, découvrant bientôt que Jace avait quitté son sac de couchage. Elle se releva difficilement, le cœur battant à coups sourds, et le vit étendu sur le lit, dans l'abandon du sommeil.

Elle grimpa sur la couche pour le rejoindre, mais il ne bougea pas. Il dormait à poings fermés.

— Va-t'en, lança-t-elle à l'adresse de la lueur flottante qui se mit à se déplacer en zigzag à travers la pièce. Je t'en prie, va-t'en. Tu me fais peur.

La lueur sembla lui répondre en se figeant un instant sur place et Cara aurait alors pu jurer qu'il ne s'agissait pas d'une lueur, mais d'un… papillon. Un papillon d'un blanc éclatant.

Elle resta ainsi figée sur place, clignant des paupières de stupéfaction, s'interrogeant sur ce qu'elle voyait. Peut-être la vision était-elle due à sa consommation excessive de vin et au terrible mal de tête qui tenaillait son cerveau ? Quoi qu'il en soit, elle était littéralement effrayée. Elle saisit les liens qui retenaient les lourdes tentures du baldaquin et les laissa retomber autour du lit afin de créer un abri pour Jace et elle.

Puis elle se roula en boule près de son ami et pria le ciel pour se rendormir au plus vite, se concentrant sur sa propre respiration et sur celle de Jace et espérant de tout son cœur que le halo ne puisse pas franchir la barrière des rideaux.

Elle déglutit avec peine, tenta de calmer son cœur affolé puis, enfin, sombra dans un sommeil troublé.

- 6 -

Lorsque Cara s'éveilla, l'obscurité régnait dans la chambre. Elle plissa les paupières et réalisa qu'elle était allongée sur le lit à baldaquin. De petits rais de lumière filtraient à la lisière des tentures.

Oh ! très bien. Elle s'était éveillée dans la nuit et avait cru voir… un fantôme. Une lueur flottante. Ou bien était-ce un papillon d'une blancheur étincelante ? Les nombreux récits de chasseurs de fantômes qu'elle avait lus lui avaient appris que les halos lumineux étaient généralement signe d'activité paranormale. Mais pour ce qui était des papillons brillants, elle ignorait totalement le sens de leur présence.

N'était-ce qu'un rêve ? Ou une forme de crise de panique ?

Elle se tourna pour regarder Jace, qui dormait près d'elle.

Tout en elle se figea. Elle cessa de penser aux fantômes. Ou à quoi que ce soit d'autre.

Le fixer était tout ce dont elle était capable. Il paraissait bien plus détendu qu'à l'habitude dans l'abandon du sommeil. Bien plus détendu qu'il ne l'était jamais quand il était éveillé. Dans ces moments-là il semblait toujours prêt à passer à l'action. À tout instant. Pour triompher d'un raton laveur ou…

Oh non, c'était vrai. Il y avait eu un raton laveur.

La nuit passée était auréolée d'une impression d'étrangeté, et tout restait confus dans son esprit parce qu'elle avait été ivre. Elle avait bu trop de vin en raison de son intense nervosité. Mais oui, ils avaient entendu un bruit et il s'était avéré qu'il s'agissait d'un raton laveur. Ils s'étaient rendus au rez-de-chaussée et Jace l'avait chassé…

Mais un autre événement avait précédé cet épisode.

Cara fut de nouveau interrompue par la vision offerte par son ami.

Par son profil.

Par tout ce qu'il était. Absolument tout.

Elle prit une profonde inspiration et le parfum de Jace lui sembla presque trop irrésistible. Puis elle se dit qu'elle agissait de façon quelque peu inquiétante en se tenant assise ainsi à l'observer dans son sommeil. Elle se redressa, replia ses genoux contre sa poitrine, et sa tête lui sembla aussitôt insupportablement lourde et douloureuse.

Voilà qui était fabuleux. Elle avait une gueule de bois carabinée.

Si tu as envie de coucher avec une vierge, tu n'as qu'à faire l'amour avec moi.

Cara plaqua vivement sa main contre sa bouche.

Non.

Elle ne pouvait pas avoir prononcé cette phrase. Il fallait absolument qu'il s'agisse d'un rêve, d'une pensée fugace ou de…

Mais elle parvint subitement à revoir la scène avec clarté. Elle s'était produite juste avant l'épisode du raton laveur… L'animal avait interrompu leur dialogue. Elle avait littéralement *fait des avances* à Jace et lui avait dit qu'elle *était vierge*.

Elle serra ses mains encore plus fort contre sa bouche pour s'empêcher de gémir de désespoir.

C'était affreux. Et à présent elle se trouvait sur ce lit près de lui, et il allait penser qu'elle était… qu'elle avait perdu la tête.

Je promets que je n'essaye pas de te draguer. C'est juste que j'ai vu un fantôme. Et j'ai paniqué.

Mais oui, bien sûr. Voilà qui semblerait une explication parfaitement sensée.

Son cœur battait à tout rompre. Jace lui reprocherait-il de l'avoir dragué si ouvertement ? L'interrogerait-il à propos de sa virginité ? Oh ! elle ne pouvait songer à rien qui soit plus embarrassant. C'était absolument horrible. L'idée qu'il puisse savoir… Non.

C'était insupportable.

Mais peut-être ne s'en souviendrait-il pas, non ? Lui-même avait consommé un peu de vin la veille. Quoi qu'il en soit, ils avaient réussi à passer une nuit entière dans l'hôtel hanté. Car l'endroit était bel et bien hanté, elle le savait désormais. Sauf que cette vision avait peut-être été un simple rêve parce qu'elle était ivre.

Cara ne savait plus que penser. Ni qu'espérer.

Soudain, Jace s'agita dans son sommeil en laissant entendre un grognement grave des plus virils. Puis il se retourna et, quand il ouvrit les yeux, Cara eut le sentiment que le monde entier s'éclairait.

Jamais plus belle vision ne s'était offerte à elle. Au point que le regarder était presque douloureux.

Tu l'aimes.

Non. Une telle pensée était interdite, elle le savait. Oui, elle l'aimait mais seulement comme un ami, presque comme un frère. Tout autre sentiment plus intense, tout désir pour lui devait être conservé dans une boîte devant rester absolument fermée.

Mais en cet instant précis, alors qu'elle était étendue près de lui sur ce lit, il était difficile de garder ce qu'elle ressentait enfermé dans cette boîte. Ses sentiments semblaient l'envelopper entièrement comme des lianes invisibles. Jace. Tout ce qu'il était pour elle. Et combien elle avait envie de se pencher vers lui et de…

Elle roula de l'autre côté, vite, et atteignit aussitôt les limites du matelas pour tomber à l'extérieur des rideaux du baldaquin.

— Oh !

Son regard parcourut la pièce, éclairée par la lumière du soleil, et elle se sentit… stupide. À cause de cette histoire de fantôme. À cause de ce qu'elle avait ressenti en se tenant près de Jace sur le lit…

— Que se passe-t-il ? demanda-t-il.

Elle pouvait l'entendre s'agiter derrière le rideau.

— Je suis tombée. Je…

— Tu étais là, sur le lit ?

— Oui. Quelque chose m'a fait une peur bleue cette nuit.

Elle poussa un lourd soupir.

— Je suis donc montée sur le lit et j'ai refermé les rideaux autour de nous. Désolée.

— Inutile de t'excuser.

Elle entendit les pieds de Jace se poser sur le plancher de l'autre côté et elle se releva rapidement. Nul besoin qu'il la voie par terre, n'est-ce pas ?

Cara arrangea sa chevelure en hâte et s'appuya d'un air plein de décontraction contre le montant du lit. Jace contourna le baldaquin et elle tenta d'ignorer la façon dont son propre cœur tambourinait dans sa poitrine.

— Bonjour, lança-t-elle.

— Tu as réussi, Cara. L'hôtel est à toi. En supposant bien sûr que tu aies toujours envie de l'acheter après l'épisode du raton laveur.

— Oh ! au contraire, j'ai encore plus envie qu'il m'appartienne.

— Très bien. Alors, que dirais-tu d'aller au *diner* pour prendre un petit déjeuner ?

Cara accueillit l'idée avec joie. Parce qu'elle avait besoin de retrouver un environnement plus familier avec son ami. De retrouver leurs vieilles habitudes. Jace quant à lui se comportait normalement. C'était presque comme si la nuit précédente n'avait pas eu lieu. Peut-être ne se rappelait-il rien de ce qu'elle lui avait dit ? Dans le cas contraire, elle pourrait toujours prétexter qu'il s'agissait simplement d'une blague, non ?

C'était juste... qu'elle savait que c'était faux. En outre, elle se sentait blessée de savoir qu'elle s'était mise à nu de cette façon. Pourquoi s'être infligé ce tourment ? Jace ne voulait pas d'elle. Si cela avait été le cas, il aurait eu amplement l'occasion de lui faire savoir depuis le temps qu'ils se connaissaient. Non pas qu'elle lui ait jamais avoué la nature de ses sentiments. Mais... il était vrai également qu'il aurait pu prendre conscience du fait qu'il n'y avait jamais eu personne d'autre dans sa vie.

Cara ignora la douleur qui étreignait sa poitrine. Elle ne devait pas penser à l'amour et arrêter de se complaire dans ce qu'elle ressentait pour lui. Ils étaient Jace et Cara, voilà tout, les mêmes que ceux qu'ils avaient toujours été. Un moment étrange n'allait rien changer à leur si longue amitié.

Ils ramassèrent toutes leurs affaires et gagnèrent le pick-up de Jace.

— Si ça te dit, je peux nous conduire au *diner* puis nous ramener ici ensuite.

— Parfait, dit Cara.

En ce dimanche matin le *diner* était bondé. L'église offrait un petit déjeuner à certains habitants de Lone Rock et d'autres étaient venus soigner leur gueule de bois en s'offrant un copieux repas.

— Bonjour, leur lança Rosemary, la serveuse qu'ils connaissaient depuis le temps du lycée.

Jace et Cara la saluèrent et la femme leur adressa un petit regard en coin.

Tout le monde en ville supposait à tort qu'ils couchaient ensemble et ce rappel fit monter en Cara une intense frustration. Elle avait envie que ce moment passé au *diner* ramène une forme de normalité entre eux. Mais un étrange sentiment d'intimité semblait perdurer entre eux.

Ils prirent place à table. Rosemary leur tendit les menus et leur proposa un café qu'ils acceptèrent en chœur.

— J'ai un mal de tête abominable, lança Jace.

— Tu n'avais pas l'air très soûl pourtant, hier soir.

— C'est à cause de ce rosé que tu m'as fait boire, grommela Jace.

Quelques minutes plus tard, leur café leur fut servi et ils passèrent commande de toasts, d'œufs, de bacon et de pommes de terre sautées.

Dès qu'elle but sa première gorgée de café, Cara se sentit reprendre un peu ses esprits.

— J'ai envie d'investir dans l'hôtel, lança Jace.

— Comment ?

— J'ai réfléchi. Après notre discussion d'hier, au sujet du fonds fiduciaire et de tout le reste… Je veux investir dans l'hôtel.

— C'est ce que tu veux vraiment ou c'est une décision

malavisée qui découle de ton envie de jouer les grands frères avec moi ?

Cara essayait de voir clair dans le tourbillon de sentiments que cette proposition faisait naître en elle. Elle ressentait une forme de soulagement, car la perspective d'un soutien financier supplémentaire était fabuleuse. Mais d'un autre côté, si Jace se souvenait de leur conversation de la nuit précédente…

Elle croisa les doigts pour qu'il n'en soit rien.

— Donc tu veux… appuyer ce projet ?

— Oui. J'ai besoin d'une chose en laquelle je crois. Pourquoi ne pas investir pour le bien de la ville ?

— Je ne peux pas m'empêcher de penser que tu agis en mère poule.

— Je préfère l'image du grand frère si ça ne te dérange pas.

— Je n'ai pas besoin d'un grand frère, dit Cara d'un ton crispé. Mais il me faut un ami, c'est certain, un ami qui me considère comme son égale.

— Que je me sente comme ton grand frère ne m'interdit pas de te voir comme mon égale, Cara.

Mais ce fait l'empêchait sans le moindre doute de la voir comme la femme qu'elle était. Fabuleux. Peut-être la situation était-elle même pire que ce qu'elle imaginait. Peut-être se souvenait-il réellement de ce qu'elle avait dit la nuit précédente et n'était-il pas surpris qu'elle soit vierge ? Et peut-être ne prenait-il pas au sérieux sa proposition de la soulager de ce fardeau, car pourquoi le ferait-il, à vrai dire ? Il devait croire qu'elle avait blagué. Et de toute évidence, aux yeux de Jace, il était clair qu'ils n'étaient aucunement attirés l'un par l'autre.

Cara fut sauvée par l'arrivée de son petit déjeuner

auquel elle s'attaqua avec appétit, plongeant son toast dans le jaune de ses œufs au plat d'un air enthousiaste.

— Tout va bien ?

— Je meurs de faim, dit-elle.

— Parfait. Écoute, je me disais que si tu allais à la banque aujourd'hui, je pourrais peut-être t'accompagner et cosigner les documents.

— Je n'ai pas besoin que tu apposes ta signature sur ces papiers, Jace. Et si tu imagines que c'est une façon de garantir ma sécurité ou je ne sais quoi encore…

— OK, très bien. Si tu ne veux pas que mon nom figure sur les documents, pas de problème. J'essayais simplement de rendre service. Je te promets que je ne doute pas de toi.

— Quel que soit ton problème, il n'a rien à voir avec moi.

— Je n'ai pas de problème, Cara. J'ai mené ma vie comme je l'ai fait jusqu'ici à dessein. Je ne possède aucun bien, j'ai tout cet argent gagné lors de rodéos, et… quel est le sens de tout cela ? Maintenant je vais en plus recevoir une somme conséquente, un argent que je n'ai même pas gagné. Je ne sais pas quoi penser. Une partie de moi veut vivre comme je l'ai toujours fait, mais à stade de mon existence agir ainsi commence à sembler un peu futile et un peu vain, non ? Tu as des envies à concrétiser et j'admire ta volonté. Tu as raison. Je n'accorde pas beaucoup de crédit aux rêves. Je ne sais toujours pas si je suis capable d'en avoir pour moi-même. Mais je suis heureux d'investir dans les tiens. N'y vois aucune autre explication. Tes rêves sont précieux à mes yeux. Donc…

— D'accord, dit Cara tout en sentant son cœur se serrer à ses mots.

Pourquoi était-il ainsi ? Elle était vraiment touchée par son attention. Il le faisait pour elle. Il n'agissait pas de manière condescendante mais bel et bien parce qu'elle comptait à ses yeux.

Cependant la perspective de ce nouveau projet ne semblait pas le rapprocher d'elle. Il était clair une nouvelle fois que ce qu'elle ressentait au fond de son cœur n'existait pas dans celui de Jace.

Elle ne serait jamais capable de lui en parler, parce qu'il était tout ce qu'elle avait. Elle s'était ridiculisée la nuit précédente, certes, mais elle ne devait pas oublier que Lone Rock regorgeait de cow-boys sexy ainsi qu'elle pouvait le voir chaque soir au bar. Si elle voulait perdre sa virginité, les possibilités ne manquaient pas pour y réussir. Ce qu'elle ne pourrait ni imiter ni recréer était cette relation avec lui. Jamais elle ne connaîtrait avec un autre ce qu'elle partageait avec Jace. Cette longue amitié fondée sur une confiance totale. Quelque chose qui ressemblait un peu à une famille, si elle voulait se montrer honnête.

Et il était l'unique famille qui lui restait.

Il était important à ses yeux, de plein de façons.

— D'accord, répéta Cara. J'accepte ton aide. Tu peux investir mais je signerai seule les documents.

— Entendu. Dans ce cas j'aimerais aider à financer la restauration de l'hôtel.

— Parfait !

— Tu peux donc considérer que tu as à présent un associé !

— Un associé pour l'hôtel hanté.

— Il n'est hanté par rien d'autre que par des ratons laveurs, tu peux me croire.

Cara tendit sa main ouverte vers lui pour conclure leur

accord, et ce ne fut que quand la large paume chaude et calleuse de Jace se referma sur la sienne qu'elle reconnut son erreur. Oui, ce n'était peut-être pas le geste le plus malin à faire. Mais il était son ami ; elle n'allait pas ne pas le toucher. Ne pas lui serrer la main.

C'est donc ce qu'elle fit, d'un geste ferme, avant de retirer prestement sa main et de reprendre son repas.

— Je vais faire mon offre d'achat au vendeur juste après le petit déjeuner, dit-elle. Puis je signerai les documents et ensuite… nous pourrons organiser un rendez-vous avec le maître d'œuvre.

— Excellente idée.

Quand Jace revint au ranch, il ne pensait presque pas au moment partagé la nuit précédente.

Presque pas.

Il estimait s'en être bien sorti en faisant montre de la plus grande décontraction durant la matinée. Quand il s'était réveillé le matin même, ce n'était pas le raton laveur qui occupait son esprit, mais bien le souvenir de cet instant où Cara l'avait regardé, les yeux brillants, et lui avait dit qu'elle était vierge.

Et que s'il avait envie de faire l'amour avec une vierge…

Bon sang.

Que faire de cette information ?

Ses mots étaient graves, il était profondément troublé, mais restait déterminé à investir dans l'hôtel. Et encore davantage après ce qui s'était passé la nuit précédente. Cara avait besoin de lui. S'il ne lui apportait pas son aide, elle finirait endettée jusqu'au cou.

Et peut-être… peut-être, il était prêt à l'admettre, avait-il besoin d'elle également.

Quoi qu'il ait pu se passer la nuit précédente, il avait pris conscience au *diner* que le temps était sans doute venu pour lui de faire un choix. Par conséquent il investirait dans l'hôtel et resterait à Lone Rock.

Il gara son pick-up, le quitta et se dirigea vers la grange. Il devait bien y avoir une tâche à accomplir au ranch pour calmer son esprit chauffé à blanc depuis les paroles de Cara.

Il s'apprêtait à saisir un râteau pour nettoyer l'écurie quand son frère Boone apparut.

— Eh bien, tu as l'air fatigué, mon vieux.

— Quel est ton problème, Boone ?

— Moi je n'en ai pas, mais on dirait que toi, oui.

— Je n'ai aucun problème. Je ne fais que réfléchir à certaines questions.

— Oh oui ? lança Boone en croisant les bras et en s'endossant à la porte de l'écurie. Quel genre de questions ?

— J'ai décidé d'investir dans le projet d'hôtel de Cara. Tu sais, elle va racheter le Lone Rock Hôtel. Ce qu'elle veut faire est assez ambitieux. Et comme je recevrai l'argent du fonds fiduciaire la semaine prochaine, j'en mettrai une partie dans son affaire.

— Waouh. Eh bien, bravo. Et moi qui croyais que tu utiliserais cette somme comme je l'ai fait.

— En femmes et substances diverses ?

Boone éclata de rire.

— Oui, on peut dire ça, en quelque sorte.

— Je crois que nous savons tous deux que c'est faux.

— Ouais. Mais tu ne peux pas en être sûr.

— Je crois que tu fais comme si rien d'autre ne comptait, mais nous savons tous que ce n'est pas vrai.

— C'était peut-être le cas autrefois, répondit Boone,

le regard soudain perdu vers le lointain. Mais ça ne l'est plus maintenant.

Il était impossible de savoir ce que Boone pensait de quoi que ce soit. Pourtant, parfois, Jace ressentait la tristesse qui habitait son frère. Elle semblait différente de celle qu'ils partageaient tous et il ne pouvait en déterminer l'origine.

— As-tu déjà songé à investir dans un bien ?

— Me fixer quelque part ? dit Boone. Ce n'est vraiment pas dans mes projets.

— Alors que vas-tu faire de tout cet argent ? Ne veux-tu rien posséder ?

Boone eut un léger haussement d'épaules.

— Je dois trouver un projet qui en vaille la peine.

— Que veux-tu exactement ?

— Le temps des confidences est terminé, asséna Boone. Jace comprit qu'il venait de toucher un point sensible.

— Qu'y a-t-il, Boone ?

— Rien. Quoi qu'il en soit, ce ne sont pas tes affaires. Mais il n'y a rien de mal à vivre simplement sa vie. Nous avons tous connu de beaux succès dans le rodéo, non ?

— Oui, mais parfois je me demande quel est le sens de cette réalité.

— C'est une forme d'héritage familial, non ?

— J'ai suivi le chemin tracé par papa, ce n'est pas une voie que j'ai choisie moi-même. Maintenant j'ai envie de m'aventurer sur d'autres terrains.

— Et c'est là qu'intervient le projet concernant l'hôtel, c'est bien ça ?

— Oui, j'imagine, en effet.

— Eh bien, bonne chance à toi. Cependant, voilà qui ressemble affreusement à un engagement, selon moi. Et honnêtement, c'est encore autre chose qui te lie à Cara. C'est un peu comme si vous étiez mariés, non ? Enfin, quoi qu'il en soit je te souhaite toute la réussite possible et de régler ce qui visiblement te rend si tendu. Parce que j'ai comme l'impression que ce projet d'hôtel n'est pas le seul sujet que tu aies à l'esprit.

Sur ces mots, son frère partit, laissant Jace au comble du mécontentement. Parce que, bon sang, Boone avait raison. Un autre tracas emplissait son esprit. Le fait que son corps semblait avoir développé une attirance absolument irrésistible pour Cara.

Il ne pouvait pas soutenir que ce sentiment était soudain. Il *semblait* soudain, voilà tout. Jace savait pertinemment que son amie était magnifique, c'était juste qu'il n'avait jamais laissé cette réalité prendre la moindre place dans son esprit. Parce que, quelle était l'importance de la beauté ? Les belles femmes étaient nombreuses. Mais il y avait fort peu de personnes dans sa vie qui comptaient à ses yeux autant que Cara. Et personne n'était semblable à elle. Il laissait donc ce qu'il éprouvait à l'arrière-plan pour que jamais cela ne se transforme en attirance.

Mais les faits étaient là. Soudain il ne pouvait s'arrêter de songer à ses paroles et aux pensées qui avaient inévitablement germé dans son esprit.

Comme il avait envie de…

Bon sang.

Il avait envie d'elle.

Non. Il ne devait pas aller si loin. Il s'intéressait un peu à elle, voilà tout. Et aucun sentiment de ce type à son égard ne devait être trop profond.

Il ne le permettrait pas.

Ce soir, il irait simplement la retrouver au bar et ils

parleraient de leur projet. Il s'assurerait que le moment ne soit teinté d'aucune étrangeté, ferait en sorte que tout soit comme avant. Il était tout à fait possible que Cara ne se rappelle même pas lui avoir avoué sa virginité. Elle n'avait fait aucune allusion à ses paroles durant la journée. Peut-être avait-elle même voulu plaisanter ? Parce qu'il ne pouvait tout simplement pas imaginer…

Dire qu'il ne la désirait pas était faux, toutefois. Il devenait de plus en plus facile d'imaginer ses propres mains caresser sensuellement ses courbes.

Il se souvenait du moment où il l'avait rattrapée quand il l'avait fait tomber sur lui la veille au soir. Combien sa peau lui avait semblé douce.

Bien sûr agir de la sorte avait été puéril, mais les sentiments qui en avaient découlé n'avaient rien eu d'enfantin.

Puis après…

Tu as essayé de provoquer quelque chose.

Il aurait voulu nier. Mais la façon dont il l'avait taquinée avant même qu'elle lui ait parlé de sa virginité l'amenait à s'interroger sur ce qu'il avait réellement en tête.

Peut-être avait-il besoin de repartir sur les routes. Peut-être était-ce là que se nichait le problème. Il était resté longtemps à Lone Rock. Après leurs études, durant la plus grande partie de leur amitié, ils avaient connu de fréquentes séparations quand il était sur le circuit du rodéo. L'occasion pour lui de multiplier les aventures d'un soir.

Cette pensée toutefois lui était désagréable. Elle laissait entendre que seul le fait de coucher avec d'autres femmes l'avait empêché d'être attiré par Cara. Que seule l'absence récente de relations avec d'autres femmes le faisait se sentir différent à son égard.

Mais ce n'était pas juste. Voilà qui semblait diminuer le prix de ce qu'ils partageaient, alors que tout à propos de Cara avait de la valeur à ses yeux. Il serra les mâchoires et tenta de se ressaisir.

Oui, ce soir il s'assurerait que la situation revienne à la normale. Très bientôt cette petite bribe de conversation de la veille sombrerait dans l'oubli. Cette fameuse discussion n'en serait plus qu'une parmi tant d'autres.

Elle n'avait pas à résonner dans son esprit et dans son corps de la sorte. Vraiment pas.

Jace s'attela alors à la tâche et savoura la sensation douloureuse qui s'empara bientôt de ses bras.

Il travaillerait jusqu'à l'épuisement. Puis il irait boire un verre avec sa meilleure amie et élaborerait des projets pour cette affaire toute neuve.

Ce n'était pas comme être marié, contrairement à ce qu'avait dit Boone. Parce qu'un mariage ne faisait pas partie de ses projets. En aucun cas.

Mais s'engager dans cette entreprise ? Voilà qui était plaisant. Voilà qui lui donnait l'impression de s'approcher de ce qu'il avait besoin de faire. Des changements étaient nécessaires. Il n'allait pas atteindre ses trente ans et continuer à tout faire de la même façon. Boone était peut-être à l'aise avec cette idée, mais lui ne l'était pas.

C'était la bonne décision. Il en était convaincu.

Il repoussa donc toutes ses inquiétudes et redoubla d'efforts.

- 7 -

Quand Jace entra dans le Thirsty Mule avec deux de ses frères, il était très fatigué. Ce qui correspondait parfaitement à ses souhaits. Il voulait être éreinté au moment de se coucher, plus tard dans la soirée. Il ne voulait surtout pas réfléchir. Il vit que Cara se tenait derrière le bar, l'air rayonnant, et qu'elle riait et parlait avec deux hommes assis face à elle et dont les yeux étaient rivés… sur son décolleté.

Soudain, Jace se sentit incapable de détourner les yeux. Non pas du généreux renflement de sa poitrine, bien que ses yeux y soient irrésistiblement attirés, mais d'elle.

Ses cheveux d'un blond lumineux semblaient former un halo autour de son visage et elle irradiait de bonheur. Elle était maquillée, ce soir : mascara noir et rouge à lèvres donnant à sa bouche un éclat brillant et rosé, ainsi qu'un peu de poudre irisée qui rehaussait ses pommettes et aussi… la naissance de sa poitrine…

— Bon sang. Cara est sacrément jolie, dites-moi.

C'était Flint qui venait de parler.

Jace émit un grognement contrarié.

— Veux-tu bien la fermer ?

— Du calme, mon garçon, répliqua Boone.

— Eh bien, si vous deux vouliez bien cesser de jouer les pervers en ce qui concerne ma meilleure amie, j'en serais vraiment ravi. Vous la considérez comme un objet, et j'en ai plus qu'assez.

— Pour que tout soit clair, quand nous te taquinons à son sujet, dit Boone, ça n'a rien à voir avec elle. C'est juste pour te faire enrager. Mais là Flint ne fait qu'exprimer ce qu'il ressent sincèrement. Parce qu'elle est vraiment superbe, ce soir.

Le problème de Jace était qu'il ne pouvait pas dire le contraire. Et il était loin de la considérer comme un objet. Il ressentait un trouble singulier, comme s'il était secoué au plus profond de son être. Percevoir ce trouble ne lui plaisait vraiment pas. Le pire dans cette situation était que ses frères étaient présents et que le bar était noir de monde. Car si tel n'avait pas été le cas… il s'imaginait clairement s'approcher du comptoir, se pencher vers elle, nouer d'autorité son bras autour de sa taille et…

Non, c'était impossible. Que lui arrivait-il ? Elle était supposée être comme une sœur pour lui… Elle était…

Quelque chose était en train de changer en lui et il ne pouvait identifier précisément de quoi il s'agissait. Peut-être était-ce lié à son besoin de repenser son existence ? Peut-être cherchait-il un point d'ancrage auquel se raccrocher et Cara représentait-elle ce repère dont il avait besoin ?

Il devait voir la réalité en face. En toute honnêteté, elle avait toujours été ce à quoi il s'était raccroché.

Mâchoire serrée, il se dirigea vers un tabouret vide et s'assit, Boone et Flint de part et d'autre de lui.

Cara inclina sa tête sur le côté et, dès l'instant où son regard se posa sur lui, elle eut une expression particulière, qu'il ne pouvait déchiffrer. Cette vision lui évoqua aussitôt le lever du soleil derrière les montagnes. Cette beauté semblait lui apparaître pour la première fois et dépassait tout ce qu'il connaissait. Il n'était pas poète mais son âme était bouleversée. Il se sentit soudain indigne de se trouver face à elle, de poser les yeux sur elle.

Il regarda derrière elle la bouteille de bourbon remplie des cendres de Mitch qui trônait sur l'étagère.

Bien que doté d'un esprit pragmatique, il ne put s'empêcher de se demander si le vieil homme ne lui avait pas jeté un sort à lui, comme à tout homme du bar contemplant Cara.

Pourquoi était-ce moins insensé que de penser que l'esprit du grand-père de Cara était présent dans cette pièce, ainsi que le croyait sa petite-fille ? Il ne pouvait le dire.

Pourtant il avait toujours été clair dans son esprit que la fin était la fin. Il n'y avait rien au-delà de la mort. Espérer autre chose était vain. Il ne cherchait pour sa part nulle consolation dans ce type de pensée, ce n'était pas son genre.

Oui, tu es tellement doué, Jace. Tu as maintenant trente ans, au fait, et tu n'as pas la moindre idée de ce que tu veux vraiment faire de ta vie.

— On peut boire un verre ?

Son ton avait été acerbe et il se sentit honteux car il n'avait nul besoin de parler à Cara de la sorte. Et encore moins quand elle le regardait de cette façon. L'expression de son amie se rembrunit et il se sentit plus que stupide.

— Oui… bien sûr.

Elle s'était rapidement ressaisie, lui souriant comme s'il n'était qu'un autre client du bar.

Elle s'approcha, une main sur la hanche.

— Boone ? Flint ? Que puis-je vous servir ?

— Un alcool fort, répondit Flint.

— J'ai perdu au tirage au sort, dit Boone. C'est moi qui conduis. Donc je ne prendrai qu'une bière.

— Je sais ce que tu aimes, dit-elle à Jace.

Ses mots lui firent l'effet d'une flèche venant aussitôt transpercer sa poitrine.

— Elle sait ce que tu aimes, répéta Boone d'un ton malicieux.

— Je pourrais savoir ce qui te plaît également, Boone, si tu me le disais, ajouta Cara.

— Incroyable, Cara ! s'exclama Jace. Il est déjà pénible qu'ils passent leur temps à vouloir m'énerver. Mais maintenant c'est toi qui t'y mets à ton tour ?

Cara le regarda d'un air innocent puis haussa les épaules.

— Quel mal y a-t-il à faire ça ?

— Dieu tout-puissant, dit Jace. Vous allez tous avoir ma peau.

Cara adressa alors un clin d'œil à Boone. *Incroyable.*

— Eh bien, nota ce dernier. Oublie tout ce que j'ai dit sur le fait que tu étais pratiquement marié avec elle. De toute évidence, Cara est bel et bien célibataire.

— Vous voulez vraiment me faire sortir de mes gonds, c'est ça ?

— Pourquoi es-tu si furieux ? questionna Flint.

Le problème de Jace était qu'il n'avait pas la réponse à cette question.

— J'aimerais un burger, Cara, dit-il. Si tu as fini de flirter avec mon frère, bien sûr.

— Oui, j'ai terminé, répliqua-t-elle. Pour le moment.

Elle s'écarta du bar, et il ne put s'empêcher de fixer le balancement de ses hanches et la façon dont son jean mettait en valeur sa chute de reins.

C'était comme si les vannes s'étaient ouvertes et qu'il ne pouvait plus rien maîtriser désormais.

Si tu as envie de coucher avec une vierge…

Il était impossible qu'elle soit vierge. Inconcevable. Ce n'était pas parce qu'il ne la croyait pas capable de faire un tel choix, c'était qu'elle était… incroyablement sexy. Elle était si à l'aise avec elle-même, avec son corps. Il y avait cette façon dont elle s'y prenait avec tous les hommes de la pièce… pour les faire manger dans la paume de sa main. Elle donnait l'impression d'être une femme *expérimentée*. Il l'avait accepté. Il n'y pensait même pas vraiment. Ils n'abordaient jamais ces sujets, ce qui lui convenait amplement. Ces questions ne faisaient pas partie du champ de leur amitié.

À présent qu'il y songeait, il ne pouvait se souvenir d'elle sortant avec qui que ce soit. Mais il n'avait pas été toujours présent sur place, ce qui l'empêchait d'avoir la moindre certitude dans ce domaine. Quoi qu'il en soit, Jace s'imaginait sans peine qu'elle avait probablement eu sa part d'aventures d'un soir grâce à son travail dans ce bar…

Il regarda tous les hommes assis au comptoir. Imaginer que l'un d'eux puisse poser la main sur son amie l'emplit d'une telle fureur qu'il eut soudain l'impression de voir rouge.

Cara se pencha vers deux hommes et entama la conversation avec eux à l'autre bout du bar. Leurs yeux étaient plongés dans son décolleté, et Jace savait qu'elle en avait parfaitement conscience et que si elle n'avait pas eu envie qu'il en soit ainsi, elle ne se serait pas tenue dans cette position. Elle avait le contrôle sur elle-même. Elle savait exactement l'effet qu'elle produisait sur les hommes, et elle savourait cette sensation.

Il ne pouvait simplement pas imaginer qu'elle n'ait pas…

Mais peut-être était-ce juste la preuve de son aveuglement. Il trouvait presque amusant de constater qu'il ignorait certaines vérités au sujet de Cara Summers, que certaines réalités au sujet des femmes lui échappaient.

Alors qu'il se tenait ainsi à la dévorer des yeux, il se demanda si certaines réalités à propos de lui-même ne lui échappaient pas également. Encore une boîte de Pandore pleine d'absurdités qu'il n'avait nulle envie d'ouvrir.

Leurs burgers leur furent servis quelques instants plus tard, avec leurs boissons, et Jace fit de son mieux pour écouter Boone parler de ses projets pour la nouvelle saison de rodéo.

Flint lui aussi voulait repartir sur les routes. Jace se rendit compte alors qu'aucune de ces perspectives ne faisait écho en lui, plus maintenant.

— Je crois que je vais rester ici, dit-il en engloutissant ses frites.

— Vraiment ? s'étonna Boone. Tu ne repars pas avec nous ?

— J'ai gagné un tas d'argent. Le temps est venu pour moi de songer à l'étape suivante. J'ai besoin de quelque chose qui… soit à moi.

Au même instant son regard se porta derrière le bar et ses yeux rencontrèrent ceux de Cara. Il pouvait le jurer, il n'avait rien fait pour qu'il en soit ainsi. Mais c'était le cas et la sensation qui en résultait résonnait tout au fond de son âme, à son grand regret.

— Eh bien, tant mieux pour toi, dit Boone. Moi, je n'en ai pas encore fini avec la gloire.

— Et moi, je pourrais me contenter d'un peu moins de déshonneur, dit Flint d'un ton songeur.

Sa remarque arracha un ricanement à Boone.

— Tout se passera bien, dit ce dernier. L'an prochain, plus personne ne se souviendra que Tansey Martin a écrit une chanson à ton sujet.

— Cette chanson ne parle pas de moi, rétorqua Flint en grognant presque.

— Ah vraiment ? Parce qu'il me semble me souvenir…

— Elle ne m'aimait pas, reprit Flint. Si elle m'avait aimée, je l'aurais su.

— Tu le crois vraiment ? interrogea Boone.

— Oui, affirma Flint. Je le crois. Cette histoire, ce n'était rien.

Jace n'en croyait pas un mot. Peut-être était-ce stupide de sa part, mais d'une certaine façon il aimait le fait que son frère ne soit pas si sûr des choses qu'il prétendait l'être.

Boone et Flint ne vivaient pas sans la moindre attache ainsi qu'ils s'en vantaient. Les réflexions émises par l'un et l'autre au cours des derniers jours lui en avaient apporté la preuve.

Bien sûr, cela ne l'aidait pas vraiment, et ne faisait que l'amener à s'interroger sur sa propre situation concernant tout attachement. S'était-il menti à lui-même ?

Ils terminèrent leurs burgers, et Boone engloutit un autre verre.

— Allons-y, lâcha Flint. Je suis fatigué de rester là sans pouvoir boire.

— À plus tard, les gars, dit Jace. Je vais traîner un peu plus longtemps par ici.

Le bar était de plus en plus rempli et l'idée de partir lui déplaisait fortement. Il n'allait pas s'en aller alors que Cara était si sexy et que tous les hommes avaient les yeux rivés sur elle.

Tu as envie de continuer à la regarder, voilà tout.

Elle était son amie. Elle était plus qu'une femme splendide qu'il prenait plaisir à contempler. Il en serait toujours ainsi.

Ses frères s'en allèrent et Jace garda sa place au bar. Il y resta jusqu'à ce que l'animation se calme et jusqu'à ce que Cara fasse sonner la cloche pour inviter les clients à commander leur tout dernier verre.

Jusqu'à ce que le dernier client quitte le bar, et qu'il n'y ait plus qu'eux deux à l'intérieur.

— Quelqu'un va devoir me reconduire chez moi, lui dit-il alors.

Il n'était pas soûl. Tout le bourbon qu'il avait pu boire avait cessé d'agir dans son organisme quelques heures plus tôt. Mais il aurait aimé être encore un peu soûl.

— C'est étrange, répliqua Cara. Je ne me souviens pas avoir accepté de le faire.

— Je me disais que tu ne m'abandonnerais probablement pas ici.

— Eh bien, peut-être que tu ne sais pas tout à mon propos.

Il lui brûlait les lèvres de lui répondre qu'il en savait plus à son propos qu'une semaine plus tôt. Qu'il en savait plus la concernant qu'il ne le souhaitait.

Mais il essayait de retrouver l'équilibre de leur relation.

C'était sacrément difficile alors qu'elle se tenait là et qu'elle était si terriblement attirante.

Mais il réprima aussitôt cette pensée. Elle était sa meilleure amie et il ne voulait pas songer ainsi à elle. Pas en cet instant, ni jamais.

— Je pensais qu'on pourrait discuter un peu plus, au sujet de l'hôtel.

— Oh génial, répondit Cara en s'adossant au comptoir.

Elle arqua alors légèrement le dos et il ne put s'empêcher de remarquer la façon dont ses seins furent poussés vers le ciel.

Il détourna les yeux.

— Quels sont tes projets ?

— Eh bien, ça dépend. Quelle serait l'ampleur de l'investissement que tu prévois ?

Jace tourna de nouveau la tête vers elle. Car peu importait qu'il se sente déstabilisé, il n'éviterait pas de croiser son regard au moment de parler de leur projet commun.

— En fait, j'ai plus d'argent que nécessaire. Je déteste l'oisiveté et comme tu l'as fait remarquer, je ne suis pas un rêveur.

Il baissa les yeux vers ses mains. Il était grand temps de donner vie à un projet concret. Et le faire pour Cara… c'était tout simplement logique.

— Je mets un pied devant l'autre, tout simplement. Je vis l'instant présent. Ce faisant, je ne laisse pas de place aux inquiétudes et aux suppositions. En vivant ainsi j'ai gagné beaucoup d'argent, un argent dont je suis fier, parce qu'il m'appartient. Les sommes qui proviendront du fonds fiduciairc ? Elles ne sont pas réellement à moi, juste le fruit de ce que mon père a bâti. Et plus j'y réfléchis, plus j'ai envie d'investir cet argent dans quelque chose de permanent. Parce que j'ai ces sous, qu'il me semble ou pas légitime de les détenir. Donc mon budget est considérable. Aurais-tu envie d'une piscine ?

Cara éclata de rire à ces mots.

— Non. Je ne crois pas en avoir besoin. Mais… je ne sais pas vraiment quoi faire de ta proposition… Nous sommes amis et je sais que tu te soucies de moi. Comme toujours. Mais ceci…

— Il s'agit d'une décision concernant un projet commercial, Cara. J'espère en retirer un bénéfice. Cet argent sera dû à ma propre implication, pas vrai ?

— Pour un homme qui prétend ne pas se projeter dans l'avenir… Je suis sûre que tu as un plan, pas vrai ?

— Écoute. Je n'ai pas…

Il la regarda, observa l'expression confiante qui se peignait sur son visage, le pétillement dans ses yeux.

— Oublie tout ça, dit-il.

— Oublier quoi ?

— Oublie que j'allais dire quoi que ce soit. Nous n'avons pas besoin d'en parler.

— Je veux en parler. Dis-moi ce qui se passe.

— Très bien. Tu sais, quand une personne qu'on aime meurt, se projeter dans l'avenir revient à imaginer un futur sans elle. J'ai grandi en me disant que si j'imaginais ce que je voulais faire une fois grand… cela reviendrait à imaginer un monde duquel Sophie serait absente. J'ai pris l'habitude de raisonner de la sorte.

C'était l'une des raisons pour lesquelles il avait toujours des avis si tranchés, qu'il vivait dans l'instant et jamais dans l'avenir. Pour lui il n'y avait pas de nuances à envisager. Il y avait eu un avant où Sophie était là, et un après où elle était morte. C'était tout. Vivre ainsi, en considérant que tout était soit noir, soit blanc, était facile et c'était ainsi qu'il avait mené son existence.

Les yeux pétillants de Cara s'emplirent de larmes à ces mots.

— Jace…

— Tout ceci remonte à longtemps. Je ne vis pas dans le passé. On apprend à vivre dans le présent et elle, elle ne peut pas… On ne peut pas revenir en arrière, voilà tout.

— Eh bien, c'est très triste, mais tu pourrais inviter ta sœur dans ton présent.

— Elle est partie, Cara.

— Je ne crois pas que les gens que nous aimons disparaissent jamais complètement, Jace.

Elle leva les yeux vers l'étagère où était posée la bouteille contenant les cendres de son grand-père.

— Tu sais, je parle à grand-père chaque jour. Il est avec moi. J'en ai la conviction.

— Eh bien. Sophie n'est pas avec moi. Elle est partie. Un jour, elle est morte, c'est tout. Et elle n'a plus jamais été à mes côtés. C'est tout ce que je sais.

Il ne savait pas pourquoi il s'était toujours senti si intransigeant à ce sujet, si rigide. Peut-être parce que s'il était possible que des miracles aient lieu dans ce monde, si la puissance divine existait, et si rien n'avait réussi à garder Sophie près de lui, alors il ne voyait pas à quoi cela servait d'y croire. Et en toute franchise il était bien plus réconfortant de penser qu'il n'y avait simplement rien après la mort.

Peut-être certaines personnes préféraient-elles le réconfort apporté par la foi. Mais il ne trouvait pas pour sa part réconfortant de songer que quelqu'un aurait pu agir pour sauver sa sœur et ne l'avait pas fait.

Il ne trouvait pas réconfortant de songer qu'une personne pouvait être présente par l'esprit sans qu'on puisse échanger avec elle.

Toutes ces idées étaient vaines. Elles ne réparaient rien.

Il ne savait pas pourquoi Cara insistait tant.

— Je regrette de ne pas l'avoir connue, dit-elle.

Il songea au garçon qu'il était quand il avait fait la connaissance de Cara.

— Eh bien, si elle avait été en vie, toi et moi ne nous

serions jamais rencontrés. Parce que durant sa maladie il nous fallait vivre à Portland, pour être proches de l'hôpital.

— Je sais. Je parle juste d'éventualités, de ce qui aurait pu avoir lieu.

— Je ne vois pas l'utilité de réfléchir ainsi.

— Pas même un peu ? Tu ne t'es jamais demandé… Ce qui se passerait si tu empruntais un autre chemin ? Si tu empruntais celui-ci plutôt qu'un autre ?

Cara leva alors les yeux vers lui et ses lèvres rose tendre s'entrouvrirent. Elle prit une légère inspiration et sa poitrine se souleva.

Bon sang. En cet instant précis Jace avait envie de se demander ce qui arriverait s'il choisissait un autre chemin. Mais dans quel but ?

Depuis quand s'intéressait-il au moindre but ?

On mettait un pied devant l'autre, c'était tout. On n'avait pas à regarder loin devant soi, plus loin que l'horizon.

La force du moment présent lui semblait évidente. Il paraissait si simple de croire qu'il n'existait rien en dehors de ce bar. C'était ce qu'il ressentait quand il se trouvait sur le dos d'un taureau.

Il n'y avait plus rien que ses cuisses pressées contre les flancs de l'animal et le souffle de la bête alors qu'il se préparait à s'élancer sur la piste, à débuter l'affrontement.

Il adorait ces moments où plus rien d'autre n'existait. Comme ici dans ce bar. Rien n'existait à part Cara et lui. Même les contours de la pièce étaient devenus sombres et flous.

Un air de musique country s'échappait du juke-box, l'air était chargé d'une odeur d'alcool, de friture et de tabac. Cara ressemblait à une créature tout droit tombée du ciel, dont la silhouette lumineuse se détachait sur un fond d'obscurité.

Nul moment ne semblait devoir exister au-delà de celui-ci, au-delà du prochain souffle.

Par conséquent rien ne semblait plus simple que de faire un pas vers elle, puis un autre. De se tenir face à elle et de la regarder presser délicatement son corps contre le comptoir. De voir dans ses yeux qu'elle ne voulait pas s'écarter de lui.

Tout à coup le regard de Cara plongea vers sa bouche avant de s'abîmer dans le sien. Si on avait demandé à Jace ce qu'ils étaient en train de faire, il aurait été incapable de formuler la moindre réponse.

Mais il n'avait pas besoin de réponse car il n'imaginait rien au-delà de cet instant.

Il y avait ce moment. Là. Et rien d'autre.

C'est alors qu'il referma ses mains sur le bar de part et d'autre du corps de Cara et qu'il la regarda comme s'il était possible qu'il trouve des réponses tout au fond de ses magnifiques yeux verts.

Elle leva une main qu'elle vint placer délicatement contre sa poitrine et il sentit ses doigts brûlants se serrer sur le tissu de sa chemise. Son cœur se mit à battre plus fort, comme lorsqu'il s'apprêtait à se lancer sur la piste, et le monde ne sembla plus se résumer qu'à ses joues rosées, ses lèvres veloutées et son regard envoûtant.

Cara baissa légèrement la tête, le regardant à présent sous la frange de ses longs cils sombres, et elle se pencha vers lui. Jace sentit son souffle effleurer sa peau. Puis elle fit glisser sa main vers sa nuque. Le bout de ses doigts était si doux.

Cara s'avança, se hissa sur la pointe des pieds.

Et elle l'embrassa.

- 8 -

Oh ! mon Dieu, elle le faisait. Elle était en train de l'embrasser. Sa bouche effleura la sienne, et un éclair de feu se propulsa à travers elle. Elle s'écarta presque aussitôt.

— Désolée, dit-elle en se retournant.

Il saisit son bras pour l'amener à pivoter vers lui, puis referma ses mains sur ses poignets contre la bordure du bar pour la maintenir bien en place.

— Tu viens de m'embrasser.

— C'est vrai, dit-elle.

Soudain, elle sentit qu'il attirait son corps contre le sien en nouant son bras autour de sa taille.

Quand il l'embrassa à son tour, Cara n'eut pas la moindre envie de s'écarter de lui.

Non. Son baiser était profond, intense. Torride.

C'était Jace.

Elle avait envie de hurler de joie.

Jace.

C'était Jace.

Et il l'embrassait. Ses lèvres expertes étaient délicieusement fermes et bientôt il l'amena à incliner la tête et elle entrouvrit ses lèvres pour lui. Sa langue se glissa alors dans sa bouche pour se mêler à la sienne.

Cara se sentit trembler de tout son corps. Immédiatement le feu du désir se mit à flamber tout au bas de son ventre.

Ses fantasmes l'avaient préparée à ce moment au fil des années, pourtant tout était tellement meilleur que ce qu'elle avait pu imaginer.

Ce baiser allait au-delà de tous ses rêves. Il était presque trop intense. Jace était si grand, fort et sexy. C'était comme s'il exigeait une réponse d'elle, comme s'il voulait la puiser tout au fond de son âme.

Il n'y avait pas de place pour le doute dans son esprit. Comment pourrait-elle douter alors qu'elle était embrassée par un homme qui savait si parfaitement ce qu'il faisait ? Un homme qui ne semblait habité d'aucun doute.

Il l'écarta doucement de lui et baissa les yeux vers son visage.

— Es-tu vraiment vierge ?

— Eh bien… Je pensais que ce n'était pas le sujet de notre conversation, non ?

— Tu m'as *embrassé*, Cara.

— Toi aussi tu m'as embrassée. Je pense donc que nous sommes à égalité.

— Allons, tu parlais sérieusement ?

Cara plissa les paupières, et tenta de paraître confuse.

— Voyons, Cara, tu sais exactement ce que je veux dire. Étais-tu sérieuse ?

— Oui, concéda-t-elle, réalisant que toute résistance était futile à présent.

Si elle exprimait le moindre malaise, la situation ne ferait que devenir plus gênante encore. Selon toute vraisemblance le moment était venu de faire preuve d'honnêteté.

— J'étais sérieuse. Oui. Je n'ai jamais couché avec personne. Tu sais, c'est un peu étrange maintenant d'avoir laissé cette question en suspens, et si tu avais envie d'être celui qui m'aide à me libérer de cette situation, j'en serais vraiment heureuse. Il suffira d'une fois… mais j'apprécie déjà que tu m'aides avec le projet d'hôtel, ce serait peut-être un peu trop te demander de payer pour les rénovations et aussi de faire l'amour avec moi.

Voilà, c'était dit. Elle mourait d'envie de se cacher sous le bar. Et elle avait prononcé tous ces mots sans même être soûle, ce qui aurait pu représenter une excuse.

— Tu es vierge ?

— Oui.

— Et tu voudrais ne plus l'être.

Jace n'avait pas formulé une question mais bien énoncé une affirmation destinée à clarifier la situation.

Bien que, pour tout dire, ce ne soit pas là la vérité. Si elle avait vraiment eu envie de perdre sa virginité, si sa condition lui avait posé le moindre problème, elle se serait chargée de régler la question. C'était juste qu'elle était… coincée dans une étrange situation, un peu floue, avec Jace.

Drôle de façon de présenter la réalité : tu es amoureuse de lui, voilà tout.

Bon sang. Elle n'avait pas envie d'imaginer que ce soit vrai. Cette simple pensée lui donnait envie de pleurer. C'était sacrément stupide. Non, elle ne voulait pas avoir de sentiments pour lui.

Mais alors qu'elle regardait son visage, si beau et si cher à son cœur, elle ne pouvait nier qu'il s'agissait bel et bien de la vérité. Et que c'était la raison pour laquelle elle n'avait jamais partagé l'intimité d'un autre homme. Parce que tout simplement personne ne lui avait fait ressentir ne serait-ce qu'une fraction de ce qu'il lui faisait éprouver. Parce qu'être avec quelqu'un d'autre que Jace ne pourrait être qu'une parodie de ce qui existait entre eux et ne s'approcherait en rien de ce qu'elle désirait.

— J'ai envie de toi, murmura-t-elle alors d'une voix qu'elle aurait préférée plus assurée.

C'était si loin de l'entière vérité qu'elle eut envie de rire. En même temps ses paroles lui semblaient si inappropriées qu'elle eut envie de pleurer. Elle se sentait tellement à nu qu'elle aurait rêvé pouvoir se cacher. Mais en regardant Jace elle pouvait apercevoir une promesse.

C'était comme si le soleil se levait et qu'il baignait tout autour d'elle d'une lueur chaude et inspirant l'espoir.

Et si… et si elle pouvait tout avoir avec lui ?

C'était un moment radieux et même si tout lui semblait illusoire, même si elle pensait que tout cela ne mènerait jamais à rien, elle avait envie d'en profiter pleinement. Elle se laissa aller à rêver. Ne serait-ce que pour une seconde. Elle s'autorisa à rêver, parce que c'était si bon et parce que, parfois, les rêves étaient tout ce que l'on possédait et qu'ils étaient beaux, magiques et qu'on devait s'accrocher à eux quand on le pouvait.

Qui pouvait savoir si elle pourrait vraiment tout avoir avec Jace ? Elle ne s'était jamais sentie spéciale.

Sauf à ses yeux.

Elle savait qu'il avait un caractère difficile, qu'il n'y avait pas une once de romantisme en lui.

Les relations à long terme, ou même les relations courtes mais exclusives, ce n'était pas pour lui. Oui, elle le savait également.

— Tu as envie de moi ?

La voix de Jace était rauque et elle propulsa un frisson fiévreux à travers tout le corps de Cara.

Que faisait-elle donc ? Que se passait-il ? Il était son ami. Son meilleur ami. Elle lui avait simplement avoué son désir pour lui et il la regardait comme s'il éprouvait la même chose. Elle avait presque envie de fuir.

Elle s'éclaircit la voix.

— Ce n'est pas évident ?

Jace l'interrompit en pressant sa bouche sur la sienne, et une onde d'intense chaleur se diffusa en elle. Il enroula son bras autour de sa taille et l'attira vers lui. Quand il l'embrassa… C'était si réel, si intense. Toute envie de parler ou de penser déserta l'esprit de Cara. Elle n'avait qu'un désir : s'abandonner sans retenue à la force de ses sensations. Au plaisir de le sentir, lui. C'était ce qu'elle voulait plus que tout.

Elle ne voulait pas réfléchir au fait qu'elle rêvait de grand amour alors que lui refusait fermement de songer à tout avenir.

Peut-être ces questions ne comptaient-elles pas car, en cet instant, leur vérité et leurs croyances s'accordaient et donnaient lieu à ce baiser… Par conséquent, tout devait certainement être considéré comme parfait.

Peut-être devrait-elle prendre exemple sur lui. Juste pour une fois. Parce que la sensation de sa barbe naissante contre sa joue était magique, et la caresse de sa langue contre la sienne la bouleversait au plus profond de son être. Parce que sentir ses grandes mains agripper sa taille puis venir épouser la courbe de ses hanches… c'était son fantasme qui se réalisait. C'était fabuleux. C'était… tout.

Elle se mit à trembler, ce qui n'échappa pas à Jace.

— Tout va bien ? demanda-t-il en caressant sa joue.

— Oui, ne t'inquiète pas. C'est juste que… je t'ai regardé, un jour. Séduire une femme au bar. La façon dont tu l'as touchée… Je suis rentrée chez moi et ça m'a fait fantasmer toute la soirée.

— Bon sang. Ne prononce pas des mots pareils, Cara.

— Pourquoi ? Tu ne vois pas où nous en sommes tous les deux ?

Jace ne put réprimer un rire doux et sexy. Puis il lui décocha un petit sourire.

— C'est vrai. Tu as entièrement raison.

Puis il l'embrassa de nouveau et elle se sentit perdre pied.

Elle glissa ses mains sous son T-shirt et ne put retenir un grognement ravi quand ses doigts rencontrèrent sa peau brûlante. Ses muscles durs comme la pierre.

Elle commença à tirer sur le tissu mais Jace interrompit son geste.

— Écoute, Cara, ce serait sans doute très amusant de le faire sur le bar, mais je pense que c'est un lit qu'il nous faut.

— Comment ?

— Je suis sérieux. Tu n'as vraiment jamais connu aucun homme ?

— Non.

Elle fit glisser ses mains sur son torse.

— Je n'ai jamais couché avec personne, je veux être avec toi et je suis très excitée.

— Le temps viendra pour les étreintes rapides et passionnées, je peux te le garantir, je suis tout à fait partant pour ça. Mais nous devons prendre notre temps d'abord. Parce que je prends soin de toi, Cara. Il me revient de te protéger et je vais faire en sorte que ce moment soit parfait pour toi. Ce qui signifie que nous avons besoin d'un lit et de ne pas nous précipiter.

— Je suis vierge, dit-elle. Mais je ne suis pas totalement innocente. J'ai un sex-toy.

— Très bien ! J'ai malgré tout envie de prendre mon temps.

— Enfin… je veux dire que je sais ce que je ressens quand je suis sur le point d'atteindre l'orgasme. Crois-moi quand je te dis que…

— Gardons les paroles coquines pour plus tard, veux-tu ? dit-il, pressant son pouce contre ses lèvres. Tu vas me faire atteindre mes limites bien plus tôt que ni toi ni moi n'en avons envie.

Qu'il plante son regard dans le sien au moment de dire ces mots était presque plus qu'elle ne pouvait supporter. Et il s'agissait de Jace.

Son Jace

Il n'y aurait jamais que lui.

Elle avait attendu ce moment, durant tout ce temps.

— Eh bien, nous pourrions rentrer… chez moi.

La maison dont elle avait hérité au décès de son grand-père se trouvait à proximité du bar.

— Oui, on pourrait faire ça.

— C'est pratique, vu que tu n'as pas ton pick-up.

— Oui, lâcha-t-il, le souffle court. Sache que je n'avais pas prévu d'en arriver là. Comme tu le sais, je ne suis pas censé… planifier quoi que ce soit.

— Vraiment ?

— Je ne vais pas te mentir. Ce que tu as dit sur le sujet m'a touché. J'essaye de ne pas penser à toi de cette façon. Quand je dis que j'essaye, je veux dire que j'ai décidé de ne pas le faire, donc je n'ai pas cherché à obtenir quoi que ce soit ce soir. Mais tu dois savoir que tu es splendide.

— Je sais que les hommes réagissent à ma présence d'une certaine façon. Mais j'ignore si c'est la preuve que je suis belle.

— Eh bien, tu l'es, crois-moi. Tu es aussi belle qu'un

fichu lever de soleil. Ça te convient ? Je ne suis pas expert en belles paroles, désolé.

— Tu mens. Tu séduis des femmes en permanence. Tu dois être très doué pour les flatteries.

— Je ne suis pas mauvais pour les compliments creux, c'est vrai. Mais les mots franchissent mes lèvres sans même que j'y réfléchisse. « Salut, ma belle. Salut, bébé. Tu es superbe. J'aime ta robe mais elle serait encore plus belle sur le sol de ma chambre », des phrases dans ce style, c'est tout ce dont je suis capable.

Cara pâlit à ces mots.

— Je t'en prie, dis-moi que tu n'as jamais dit ça.

— Je l'ai probablement fait sans même me rendre compte de l'impression que ça donnerait. Mais je peux te garantir que ça n'a pas perturbé ma partenaire non plus. Parce que nous étions tous les deux là pour une bonne raison, et que le fait que nous nous appréciions ou non n'avait pas la moindre importance. C'est le type parfait d'aventure pour un homme comme moi qui ne pense jamais au lendemain.

Sa voix se fit plus grave et Cara se sentit frémir.

— Tu sais, même si je ne songe pas au futur, Cara, je sais une chose à son sujet. Je sais que tu seras là. Ça compte à mes yeux. Ça compte sacrément.

Sa gorge se serra si fortement que Cara peina à articuler sa réponse.

— Ça compte aussi pour moi.

— Donc mes paroles t'importent, n'est-ce pas ? Je ne compte pas te faire des compliments creux. Peut-être que celui-ci n'était pas fantastique, mais j'étais sincère. Je le pense du fond du cœur, je te le promets. Tu es splendide et j'ai dû m'aveugler pour ne pas le remarquer. Même si j'ai eu du mal quand tu as commencé à… changer.

Cara éclata de rire.

— J'apprécie que tu l'exprimes avec tant de diplomatie, dit-elle.

— Ce soir, j'ai observé ces hommes qui t'admiraient... En te regardant avec leurs yeux... eh bien j'ai été pris de l'envie de les étrangler. Mais je me suis aussi senti incapable de détourner mon regard de toi. Je veux que ce soit clair. Ce n'est pas comme si je n'avais jamais remarqué ta beauté. Ta beauté n'est pas de celles qu'un homme peut ignorer.

— Merci. Mais nous n'avons pas besoin de parler, tu sais ?

Parce que s'ils continuaient à parler, alors peut-être aurait-elle à livrer davantage de détails à propos de ce qu'elle ressentait pour lui. De ce qu'elle avait toujours ressenti pour lui.

— Ramène-moi chez moi et donne-moi du plaisir.

Ses paroles étaient directes, crues, mais sincères. Jace sembla y voir une volonté indiscutable parce qu'il saisit son bras et la guida vers la sortie de service du bar.

Voyant que Cara peinait à mettre la main sur les clés de son pick-up dans son sac, il s'approcha et les trouva à sa place avant de s'installer sur le siège passager.

Ils se mirent en route pour rejoindre la maison de Cara, une humble demeure située dans l'une des rues proches du bar. Rien n'avait changé à l'intérieur depuis l'époque où elle y avait vécu avec son grand-père. Elle adorait qu'il en soit ainsi car cela lui rappelait le vieil homme.

Jace se sentait bien entre ces murs lui aussi et, d'une certaine façon, ces deux faits combinés ne la rassuraient pas. Elle se sentait même un peu en danger.

Ils avaient passé la nuit ensemble, partagé un lit à l'hôtel, mais ce qui se produisait en cet instant était différent. Eux-mêmes n'étaient plus les mêmes qu'alors, elle ne pouvait que l'admettre.

La vérité était que la machine s'était emballée. Ils pourraient faire à présent marche arrière, certes, mais tout entre eux serait quand même différent pour toujours.

Ils avaient exprimé des sentiments et ils s'étaient embrassés. Le point de non-retour était franchi. Quelque chose s'était brisé entre eux. Quand ils étaient au bar. Ou peut-être même dès leur nuit à l'hôtel. Ou bien encore dès l'instant où Cara avait vu Jace poser sa main sur la hanche de cette femme et qu'une bouffée de jalousie avait enflé en elle. C'était peut-être là qu'une limite avait été franchie.

Cara sentit qu'elle devait absolument se comporter comme Jace. Simplement aller de l'avant sans regarder trop loin vers l'avenir.

Il sortit du pick-up et prit ses clés pour ouvrir la porte d'entrée.

Elle entra la première et la pièce familière lui sembla moins accueillante qu'à l'habitude, sans doute en raison du tourbillon d'émotions qui s'était emparé d'elle.

Puis Jace referma et verrouilla la porte derrière eux et soudain tout sembla trop réel.

Cara était terriblement sensible à tout son environnement. Au bruit de sa propre respiration. Au son des pas de Jace s'avançant vers elle.

— Jace, murmura-t-elle.

— Cara.

Il s'agissait là d'une affirmation, du fait qu'il était bien conscient de qui elle était, qu'il la voyait et qu'il la désirait lui aussi.

C'était ce qu'elle avait vraiment besoin de savoir.

— Il n'y a pas que cette question de virginité à tes yeux, n'est-ce pas ? Le fait que cette nouveauté t'intrigue ?

— Je ne me sens pas le moins intrigué, crois-moi. Mais je me soucie vraiment de toi, Cara. De ce que tu veux. Tu as attendu longtemps pour faire l'amour pour la première fois et… je veux que ce soit bon pour toi. Alors non, ce n'est pas cette question de virginité qui compte à mes yeux. Uniquement toi.

Ses paroles semblèrent la délester du peu de résistance qui lui restait. Pourtant, bien qu'elle ait désiré avec ardeur de voir ce moment se concrétiser, elle ne pouvait ignorer sa gêne.

Mais c'était comme si Jace savait. Comme s'il savait exactement quoi faire. Il se pencha vers elle et l'embrassa, l'empêchant dès lors de former la moindre pensée dans son esprit. C'était précisément ce dont elle avait besoin. D'un moment suspendu. Elle pouvait comprendre pourquoi il vivait ainsi qu'il le faisait, pourquoi il était plaisant de ne se concentrer que sur le présent.

Par conséquent elle laissa son baiser l'emporter au loin. Ou peut-être au contraire lui permettre de garder les deux pieds sur terre. Afin qu'elle se concentre sur le moment présent et non sur ceux qui suivraient. Ceux où il la verrait, la toucherait et jouerait de son corps comme aucun homme avant lui.

Ses mains étaient fermes et assurées quand il agrippa sa taille, l'ancrant sur place, dans la réalité de l'instant.

Le cœur de Cara commença à s'emballer, son corps se tendant presque douloureusement sous l'effet du désir.

C'était si bon. La sensation surpassait tout, le moindre de ses fantasmes, la moindre rêverie torride à laquelle elle s'était livrée au cours de ces soirées où en secret elle avait pensé aux mains calleuses de Jace courant sur son corps. La réalité était tellement plus douce. Tout était tellement meilleur.

Soudain Cara fut prise de l'irrépressible envie de voir son corps musclé. Parce que, après tout, c'était là son fantasme.

Elle glissa ses mains sous son T-shirt et, saisissant aussitôt son intention, Jace attrapa le tissu derrière sa nuque et le tira pour faire passer le vêtement par-dessus sa tête.

— C'est le geste le plus sexy que j'ai jamais vu, lâcha Cara qui l'avait observé faire, bouche bée.

Son émerveillement se porta bientôt sur un sujet encore plus sexy : son corps, ses larges épaules, ses pectoraux, sa taille mince et ses abdominaux saillants.

Elle passa sa langue sur ses lèvres. Elle l'avait vu torse nu un certain nombre de fois, mais jamais auparavant il n'avait été envisageable de le toucher, ce qu'elle pouvait s'autoriser à présent.

Il n'y aurait rien d'inapproprié dans son geste parce qu'il le voulait et qu'il la voulait, elle.

Elle pressa donc sa main contre son torse. Sa peau était chaude et elle sentit le tumulte des battements de son cœur sous ses doigts.

Elle le touchait vraiment, touchait sa peau, son corps.

Elle ne l'avait jamais fait parce qu'ils étaient amis. Ce n'était pas ce qu'on faisait à son ami. Sauf que c'était exactement ce à quoi elle était actuellement occupée et il était toujours son ami.

Elle scruta son visage et constata que, soudain, Jace lui paraissait être un inconnu. Elle ne connaissait pas cette expression tendue, ce regard aiguisé. Jamais elle n'avait vu cet air sur ses traits. Elle se demanda alors combien d'autres femmes l'avaient vu ainsi.

Mais, toi, tu as cette autre part de lui. Celle que nulle autre ne possède.

C'était vrai, elle le savait. Ils avaient un lien particulier, et il était plus grand que tout. Ils avaient aussi un passé qui faisait que cet instant prenait place dans une histoire singulière.

Cette pensée calma un peu les battements affolés du cœur de Cara.

Elle continua à déplacer ses mains sur ses muscles, lentement, entre ses pectoraux, puis plus bas, sur ses abdominaux. Elle déglutit avec peine et leva de nouveau les yeux vers lui.

— Que dois-je faire ?

— Tout ce que tu voudras.

— Eh bien… J'ignore ce que je veux. Pourrais-tu… Peux-tu prendre les commandes, s'il te plaît ?

Ce fut comme si un éclair d'un bleu intense traversait le regard de Jace. C'était comme si une déflagration les frappait tous deux.

Elle s'était sentie en sécurité avec Jace, durant toutes ces années, et pourtant, en cet instant, c'était comme si elle se trouvait en zone dangereuse, sur le fil du rasoir. Comme si elle pouvait voir qu'il y avait de vastes parcelles de la personnalité de cet homme qu'elle ne connaissait pas, n'avait jamais connues. C'était plus que de la tension qu'elle pouvait lire sur son visage. Elle avait ouvert la porte vers un univers insoupçonné.

Elle pressentait qu'elle s'apprêtait à faire nombre de découvertes sur elle-même.

C'était terrifiant, véritablement.

Mais c'était aussi merveilleux, fabuleux. C'était quelque chose qui allait au-delà de tout ce qu'elle avait cru possible.

Ses fantasmes à propos de Jace ne l'avaient pas préparée à cet instant. Parce qu'il ne s'agissait que de fantasmes. Et que c'était elle qui était alors à la manœuvre de toutes ces caresses auxquelles elle s'était livrée.

Elle venait de lui donner le contrôle. Ce qui signifiait qu'elle devait s'abandonner. D'une façon à laquelle elle n'avait jamais osé rêver.

— Tu en es sûre ? souffla-t-il d'une voix rauque.

— Oui.

— S'il y a quelque chose que je fais et qui te déplaît, tu devras me dire d'arrêter, Cara. D'accord ?

— Entendu.

Mais elle ne pouvait pas l'imaginer faire quoi que ce soit qu'elle n'apprécierait pas. C'était d'ailleurs ce qui l'effrayait. Il serait difficile de fixer des limites à ce qu'ils s'apprêtaient à partager. Parce que découvrir qu'il avait envie d'elle était déjà fabuleux, mais réaliser qu'elle mourait d'envie de perdre tout contrôle…

C'était comme se jeter dans les profondeurs de l'océan, sans savoir si elles n'étaient pas infinies.

— C'est ce que je veux, insista Cara. Je veux… je te veux, toi.

Jace poussa un grognement satisfait, saisit les mains de Cara et tint ses deux poignets serrés dans le bas de son dos.

— Bien.

Son ton était ferme, déterminé.

Elle adorait ça.

Ce qu'elle aimait encore davantage était qu'il voulait prendre soin d'elle sans la ménager plus que de raison.

Jace, son meilleur ami qui posait sur elle le regard d'un inconnu, s'empara alors avidement de sa bouche.

Puis il sema un chemin de baisers brûlants le long de son cou et sur la peau soyeuse de son décolleté.

Quand les lèvres de Jace rencontrèrent ses seins, Cara se figea. La sensation était si fabuleuse. Sa bouche était chaude et allumait un désir ardent à travers tout son corps.

Elle s'était sentie au bord de l'extase quand il l'avait embrassée au bar. Mais ce qui se passait en cet instant était plus extrême, plus intense.

Il saisit le débardeur de Cara, le fit passer par-dessus sa tête, découvrant ainsi son soutien-gorge de dentelle noire.

— Bon Dieu, Cara. Tu es vraiment unique.

Son regard était admiratif, avide, et rien ne pourrait jamais égaler ce moment. Ce moment où Jace Carson posait sur elle des yeux au fond desquels brûlait le feu ardent du désir.

Voilà qui la rendait impatiente, et non nerveuse, d'aller plus loin. Mais avant qu'elle puisse dégrafer son soutien-gorge, il glissa ses mains dans son dos et le lui enleva pour le laisser tomber au sol. Elle sentit les pointes de ses seins durcir sous l'intensité de son regard et un frisson la traversa.

— Tu es sacrément belle, lâcha-t-il avant de déposer un baiser sur ses seins puis de capturer la pointe de l'un d'eux entre ses dents et de tirer délicatement sur le bouton de chair.

— Jace, dit-elle, enfouissant ses doigts dans ses cheveux, le tenant serré contre sa poitrine tandis qu'il jouait de sa langue, ce qui eut pour effet de propulser une enivrante onde de chaleur tout en haut de ses cuisses.

— Ça te plaît ?

— Oui, dit-elle. Tu peux considérer que tout ce que tu feras me plaira.

La voix de Cara paraissait haletante. Chaque seconde, chaque contact avec la peau de Jace, était un pur délice.

Il accueillit ses seins au creux de ses paumes et les caressa de ses pouces tandis qu'il s'emparait de nouveau de sa bouche.

— S'il te plaît, le supplia-t-elle.

Il défit le bouton et baissa la fermeture du jean de Cara, et elle commença à se délester de ses chaussures tandis qu'il baissait son pantalon et ses sous-vêtements le long de ses jambes.

Elle se trouva alors nue, tout simplement. Face à Jace. C'était si bon, si évident.

La façon dont il la regardait… c'était comme s'il mourait d'envie de la dévorer. Elle était prête. Prête à ce que tout ceci soit plus qu'une promesse. Prête à ce que tout ceci soit bien réel.

Il plaça ses mains autour de sa taille, les fit glisser sur la courbe de ses hanches puis remonter vers ses seins sans détacher ses yeux des siens. Son regard était si torride qu'elle eut l'envie de s'en détourner mais elle découvrit qu'elle en était incapable. Tout ce qu'elle pouvait faire était rester là, tremblante sous ses mains.

— Tu es si belle, Cara.

Il la souleva alors du sol comme si elle était aussi légère qu'une plume, la tint entre ses bras et la porta jusqu'à sa chambre. Bien sûr il savait où elle se trouvait. Il était déjà venu chez elle nombre de fois. Mais jamais en ayant au fond des yeux une lueur si dangereuse. Jamais elle ne s'était trouvée chez elle ainsi nue et accompagnée d'un Jace à demi vêtu.

Il la déposa au centre du lit puis se redressa, se délesta de ses bottes et porta ses mains à sa ceinture.

À cet instant, Cara se figea. Saisie par l'envie de le

voir nu. Jamais elle n'avait vu un seul homme nu avant ce jour. Elle pouvait distinguer les contours de son érection sous le tissu délavé de son jean.

Bien qu'elle ne dispose d'aucun élément de comparaison, elle comprit qu'il était généreusement doté par la nature.

Elle se mordit la lèvre tandis qu'il commençait à défaire la boucle de sa ceinture avec lenteur.

— Oui, murmura-t-elle.

— Es-tu impatiente ? demanda-t-il alors d'une voix grave.

— Oui, souffla-t-elle.

— Parfait. Parce que tout ça, c'est pour toi, bébé.

— Ne m'appelle comme ça.

— Comment ?

— Ne m'appelle pas « bébé », s'il te plaît. Appelle-moi Cara.

— Cara, dit-il en grognant presque.

Il retira ses vêtements et Cara découvrit alors son corps nu, la puissance de son désir pour elle.

— Oh mon Dieu, lâcha-t-elle.

— Eh bien, voilà qui ne te ressemble pas, Cara.

Il était splendide. Tout en lui était magnifique.

Il s'approcha du lit et enfonça un genou dans le matelas tout en la regardant avec fièvre. Puis il plaça ses mains sur ses genoux, les fit remonter le long de ses cuisses, avant d'amener ses jambes à s'écarter.

— Jace, protesta-t-elle faiblement.

— Ne te cache pas, dit-il d'un ton si ferme qu'elle n'eut pas d'autre choix que d'obéir.

Elle détendit ses muscles et laissa s'ouvrir l'espace entre ses jambes.

— Parfait. Montre-toi. Montre-moi tout, ma belle.

Cara se relaxa un peu plus et laissa l'excitation monter en elle à mesure que le regard, perçant, intense, de Jace s'attardait sur elle. Le regard brûlant de désir, il fit courir ses doigts habiles au centre, brûlant, de son être.

— Tu es si parfaite, Cara. Si parfaite. J'ai besoin de te caresser là à présent.

Elle s'apprêtait à protester mais il abaissa alors sa tête, enfouit son visage entre ses cuisses et le jeu de sa langue se révéla si exquis et assuré que Cara sentit son souffle se couper et toute pensée déserter son esprit.

Elle baissa les yeux vers lui et aussitôt sa propre excitation grimpa d'un cran. Voilà qui semblait impossible. Pourtant c'était bien son meilleur ami qui était là, occupé à lui donner du plaisir.

Elle réprima une plainte tandis que les prémices de l'orgasme s'annonçaient. Puis Jace glissa un doigt en elle et elle perdit complètement pied. Elle se cambra sous l'assaut du plaisir.

— Tu es si sexy, gronda-t-il avant de reposer sa bouche sur la sienne.

Il l'embrassa en renforçant l'intensité de ses caresses et elle laissa échapper un gémissement sourd tout en laissant aller sa tête sur l'oreiller. Tant d'idées se bousculaient dans son esprit. Elle voulait lui donner du plaisir avec sa bouche. Avait envie d'embrasser chaque parcelle de son corps. Elle avait envie de lui tout entier. Mais les mots lui manquaient pour l'exprimer.

Il poussa un autre doigt en elle et elle arqua le dos.

— Je sais que tu as dit que tu possédais un sex-toy. Mais je veux tout de même m'assurer que tu es prête.

— Crois-moi, murmura-t-elle. Je le suis.

C'était absurde ces choses si incroyablement intimes qu'ils étaient en train de faire. Qu'ils puissent passer d'une relation platonique depuis toujours à ce qu'ils partageaient en cet instant, en l'espace d'une seule heure, semblait tout simplement irréel.

Et étrangement tout à fait normal en même temps.

Parce que tout existait déjà avant, sous la surface des apparences.

Parce que ce n'était pas dû au hasard, ni né de rien. Il s'agissait d'une vérité. La vérité de ce qu'elle ressentait pour lui.

Et certainement celle de ce qu'il éprouvait pour elle, même si cet élan se limitait strictement à une attirance physique.

Cara n'était même pas tentée de se demander si Jace ne faisait que lui rendre un service. Parce qu'il était différent en cet instant. Il n'était pas le Jace qui se comportait comme un frère et l'avait aidée en de nombreuses occasions.

Elle l'aurait perçu si tel avait été le cas, parce qu'elle le connaissait.

— J'espère que tu as des… préservatifs, dit-elle.

— Oui, j'en ai.

Jace s'écarta d'elle et retourna là où il avait retiré son jean pour prendre son portefeuille et en sortir un préservatif. Il déchira l'emballage puis déroula lentement la protection sur son sexe tendu. La scène parut si érotique à Cara qu'un frisson puissant la saisit. Elle tremblait encore quand il revint près d'elle, l'embrassa et s'installa entre ses cuisses. Elle sentit son sexe se presser contre l'endroit le plus secret de son corps et elle retint son souffle au moment où il la pénétra. Oui, elle avait déjà utilisé un sex-toy mais sa taille était bien moindre que celle du sexe de Jace.

Elle pouvait le sentir pulser en elle. Elle pouvait éprouver combien c'était différent.

Elle leva les yeux vers lui et leurs regards se percutèrent. Une étrange bouffée d'émotion gonfla dans la poitrine de Cara. Jace. Jace était en elle, et rien n'aurait pu la préparer à cet instant. À son importance. À son intensité. Soudain il sembla à Cara que ce moment était trop puissant. Parce qu'elle ne pouvait nier la profondeur des sentiments qui s'agitèrent en elle quand elle sentit leurs deux corps si intimement, si parfaitement unis. C'était comme si elle se sentait complète. Comme si elle n'avait jamais rien voulu avec plus de force.

Jace.

Elle ne savait pas si elle avait parlé à voix haute, si elle avait crié son nom ou l'avait murmuré et qu'il ne faisait que résonner dans son âme. Elle n'avait qu'une certitude : Jace était là et elle avait envie de lui.

Il était trop tard pour faire machine arrière. Rien ne serait plus jamais pareil entre eux désormais. Parce que c'était trop profond. Trop réel. Trop bouleversant.

Il se mit alors à bouger, et chaque assaut que lui livrait son corps la poussa de plus en plus près de l'inévitable sommet. Les mouvements de Jace se firent peu à peu plus francs, plus vifs, plus rapides. Il n'était plus question du moindre contrôle. De la moindre tendresse née de l'envie de prendre en compte son innocence. Il y avait même dans ses élans une certaine rudesse. Mais c'était ce qu'elle avait voulu. Elle noua ses jambes autour de sa taille et retint un instant son souffle. C'était merveilleux.

— Jace…

— Cara, lâcha-t-il d'une voix rauque, tandis que ses poussées leur faisaient perdre la tête à tous deux.

Cara laissa échappa un cri de plaisir avant même

d'avoir réalisé que l'orgasme, puissant, implacable, s'était abattu sur elle. Puis elle perdit pied. C'était comme si elle était emportée par les vagues et ne pouvait rien trouver à quoi se raccrocher.

— Jace, répéta-t-elle dans un souffle.

Il baissa la tête, pressant son front fermement contre le sien, et un grognement presque primitif s'échappa de sa gorge au moment où l'orgasme le terrassait à son tour. Ils se retrouvèrent ensuite allongés ensemble, leurs corps couverts de sueur et le souffle court.

Cara tenta de se souvenir du temps d'avant.

Quand ils étaient ainsi qu'ils avaient toujours été l'un avec l'autre. Quand ils ne s'étaient pas encore vus nus. Quand il n'avait pas encore été en elle. Elle comprit que ce passé n'aurait plus jamais la même coloration.

Parce que ce qu'ils venaient de faire ne serait jamais effacé.

Parce que tout souvenir de lui serait teinté par de nouvelles sensations.

Le fait de savoir qui il était quand il faisait l'amour. À quoi il ressemblait sans ses vêtements. Ce qu'elle ressentait quand son corps était si intimement lié au sien.

Tout avait changé : leur futur mais également leur passé.

Elle n'avait jamais vraiment réfléchi au fait qu'il en serait ainsi. Mais ils en étaient là.

Réduits à leur état d'êtres humains qui s'étaient délectés d'un moment improbable un instant plus tôt seulement.

Il n'y avait personne d'autre au monde avec qui elle aurait pu l'avoir fait. Elle le savait. C'était une évidence.

Elle n'avait pas envie que Jace prononce le moindre mot. Parce qu'elle ne voulait pas quitter le présent. Gérer le passage vers l'avenir lui semblait impossible.

Elle avait juste besoin de rester calme encore un peu, de tenter de reprendre son souffle.

Elle continua d'essayer jusqu'à ce que ses paupières soient lourdes, et l'image de Jace étendu près d'elle fut la dernière chose qu'elle vit avant de sombrer dans le sommeil.

- 9 -

Il ne pouvait se remémorer la dernière fois ou il avait fumé une cigarette et, par chance, tout comme pour les préservatifs, il en avait toujours sur lui.

Parce que parfois, après une nuit passée à boire, seule un peu de nicotine apportait un certain soulagement. Or ce n'était pas à l'alcool qu'avait été due son ivresse ce soir, mais à Cara.

La nuit était calme et froide. Il s'assit sur la terrasse, à l'arrière de la maison, et fixa l'obscurité. Sans son pick-up, il ne pouvait quitter les lieux. Quoi qu'il en soit, repartir après avoir… envoyé sa meilleure amie au septième ciel n'était probablement pas la meilleure façon de procéder. À vrai dire, était-ce lui qu'il l'avait propulsée au-delà des limites du plaisir, ou bien l'inverse ? Difficile à dire.

Il n'avait jamais rien ressenti de comparable. Ce lien qui les unissait, combiné à cette alchimie… C'était tout simplement irréel.

Jace alluma sa cigarette, tira une longue bouffée puis regarda les volutes de fumée blanche s'élever dans le ciel nocturne.

— Que fais-tu là, dehors ?

Il se retourna et aperçut Cara qui le regardait depuis l'entrebâillement de sa fenêtre.

— Désolé. Je n'avais pas vu que la fenêtre était ouverte.

— Ne t'inquiète pas, j'étais réveillée avant de sentir la fumée.

Elle referma la fenêtre et, un instant plus tard, fit coulisser la baie vitrée pour venir le rejoindre.

— Que se passe-t-il ?

— Rien. Enfin… je m'accorde juste une petite pause cigarette.

— Mais tu ne fumes pas.

— En général, non. Mais, parfois, oui.

— Est-ce le moment où je découvre tout un tas de secrets à ton propos ?

— Ce n'était pas un secret.

— J'imagine, en effet.

Elle prit place sur un siège près de lui, seulement vêtue d'un T-shirt bien trop grand. Ses cheveux blonds étaient en bataille.

Un nœud de culpabilité se forma dans la poitrine de Jace. Était-ce bien de la culpabilité ? Non, il ne le croyait pas. C'était tout différent.

Une forme d'incertitude, sans doute. Ou, s'il voulait se montrer sincère envers lui-même, une résistance à toute certitude.

Il avait pris soin d'elle, comme il avait été résolu à le faire. Il avait vraiment adoré faire l'amour avec elle. Le moment avait été fabuleux et tous deux l'avaient grandement apprécié. Il n'y avait donc aucune raison de se sentir coupable. Elle avait consenti à leurs ébats avec enthousiasme, tout comme lui.

— Pourquoi ne me dis-tu pas pourquoi tu n'as jamais couché avec quiconque ?

— Tu veux vraiment le savoir ?

— Eh bien… J'ai enfoui mon visage entre tes jambes,

Cara Summers. Je crois donc que peut-être nous pouvons nous montrer sincères l'un envers l'autre.

— Dis-m'en plus d'abord à propos de cette cigarette, veux-tu ?

— Parfois je fume après l'amour. Voilà. C'est aussi simple que cela. Ou alors quand je suis vraiment soûl. Parfois ces deux situations se produisent en même temps. C'est relaxant, voilà tout.

— Je vois.

L'intimité qu'ils venaient de partager lui donna alors envie de ne rien cacher de la vérité.

— Je n'ai jamais été un adepte des drogues dures. Je peux te dire que les opportunités d'en consommer ne manquaient pas sur le circuit du rodéo. Mais j'ai trouvé le moyen de me rendre parfois la vie plus douce. Je bois du bourbon de temps en temps. Et les orgasmes sont un excellent somnifère. La cigarette complète le tableau. C'est tout. Quand je n'ai plus envie de penser, c'est ce que je fais. Je suis un expert en automédication, comme tu peux le voir.

— Oh. J'imagine que… je te vois comme quelqu'un de fabuleux, de fort et qui se porte à merveille. Et, parfois, je ne perçois pas combien ta douleur est encore grande.

— Non, pas du tout, n'as-tu pas entendu ce que je viens de dire ? Je ne souffre pas parce que je sais comment faire avec ce que je ressens.

— D'accord. Donc tu ne fumes pas à cause de moi en particulier. C'est juste une habitude de ta part.

— J'avais besoin de réfléchir.

— As-tu… enfin… as-tu passé un bon moment avec moi ?

Jace se redressa vivement à ces mots.

— Bien sûr ! Comment peux-tu en douter ?

— Je le peux parce que je suis quelqu'un de très… vulnérable dans ce domaine. Il y a une explication au fait que je n'ai jamais eu d'amant avant toi. Tu voulais la connaître, n'est-ce pas ? J'ai grandi en étant isolée sur tant de plans… Tout le monde ici faisait preuve de méchanceté envers moi. Je ne faisais pas partie des gens « cool ». J'étais cette fille pauvre, aux vêtements démodés qui vivait avec son grand-père. Ma mère était une toxicomane et tout le monde le savait. Je n'ai jamais su qui était mon père, et personne ne le savait non plus. J'étais une de ces gamines qu'on préfère éviter. C'est mon grand-père, mais aussi le bar et la ville qui m'ont aidée à faire ma place ici. Alors, oui, j'aime flirter quand je suis au bar, mais peux-tu imaginer ce qui se passerait si je laissais l'un de ces gars coucher avec moi ? Alors tous s'imagineraient pouvoir être le prochain. Quand je flirte, ce n'est qu'un amusement sans conséquence.

Elle détourna les yeux.

— Quoi qu'il en soit, ce que j'ai dit est vrai. Je t'ai vu toucher cette femme un jour… Et une pensée n'a plus quitté mon esprit. Je voulais savoir ce que c'était de sentir tes mains sur moi. Je t'en fais le serment, Jace : tu es mon ami et tu l'as toujours été, j'ai énormément culpabilisé d'avoir ces pensées. Mais j'ai imaginé à quoi ressemblerait de coucher avec toi. Souvent.

Il tira une autre bouffée sur sa cigarette.

— Raconte-moi, dit-il avant de souffler la fumée dans l'air de la nuit.

— Le soir précédant notre soirée à l'hôtel. Avant ce moment où je t'ai avoué que j'étais vierge. Eh bien, je ne parvenais pas à dormir. J'ai commencé à penser à toi… et il m'a semblé tout naturel alors de me caresser.

Il propulsa le mégot sur le sol et l'écrasa du talon de sa botte.

— Qu'es-tu en train de me dire exactement ?

— Parfois je me caresse en pensant à toi. En pensant que ce sont tes mains qui touchent mon corps. En nous imaginant tous les deux… dans un lit.

— Tu sais, mieux vaut que je ne l'aie pas su avant. Parce que tu ne serais pas restée vierge aussi longtemps.

— Tu ne te sens pas heurté par cette révélation ?

— Tu croyais vraiment que je le serais ?

— Je ne sais pas. Parfois je me sens affreusement coupable. Comme s'il s'agissait d'une invasion de ton intimité. Mais…

— Mais, tu es trop brûlante de désir pour t'en soucier réellement ?

Cara éclata de rire et il put voir combien son adorable embarras avait fait rosir ses joues.

— J'imagine que oui. Mais ainsi le veut la condition humaine, non ?

— C'est vrai. Je suppose que ce qui s'est passé ce soir en est une parfaite illustration. Écoute, Cara, pour ce qui me concerne… j'ai décidé il y a bien longtemps que je ne te considérerais pas de cette façon. Je n'allais pas m'autoriser à penser à toi de cette manière parce qu'il me fallait te protéger contre tout ce que ces personnes si méchantes envers toi pourraient dire. Parce que tu as raison : des ragots circulaient à propos de tes parents. Je ne voulais pas que quiconque pense que je t'utilisais pour mon plaisir et qu'on raconte à ton propos ce qu'on disait au sujet de ta mère.

— Oh !

— Donc, voilà une première raison. L'autre est simplement que je voulais prendre soin de toi ainsi que je l'aurais fait avec Sophie. Donc je t'ai fermement rangée dans cette catégorie. Je voulais te traiter comme ma sœur. Mais tu n'étais pas ma sœur. C'est amusant, parce que je me considère comme une personne réaliste. Je ne parle pas à des bouteilles remplies de cendres posées sur une étagère derrière un bar. Mais il est certain que j'ai passé ma vie à essayer de compenser son absence en imaginant qu'elle pouvait voir ce que je faisais. Comme si mes actes pouvaient avoir de la valeur à ses yeux. Bon sang. Je n'en avais jamais vraiment pris conscience. C'est incroyable. J'aime me dire que je suis trop… logique. Pragmatique. Mais je ne fais que vivre ma vie comme s'il s'agissait d'un hommage rendu à un fantôme alors que je prétends ne même pas croire en leur existence. Alors, que suis-je censé faire de tout cela ?

— Mais ce n'est pas ainsi que tu as agi ce soir, dit Cara en baissant les yeux vers ses mains.

— Non. Pas ce soir. Ce qui s'est passé n'avait trait qu'à toi et à moi.

Une nouvelle fois le sentiment puissant qu'il lui fallait agir concrètement enfla dans la poitrine de Jace.

Il s'était répété qu'il ne savait pas ce qu'il voulait durant les derniers mois, et pourtant, en définitive, il était quasiment sûr d'avoir la réponse.

— Tu me rejoins bientôt au lit ? demanda Cara.

— Oui, dit-il. Dans une minute.

Cara se leva et lui jeta un dernier regard avant de rentrer dans la maison.

Jace s'accorda encore quelques instants avant de la rejoindre. Le temps de sentir l'apaisement infuser en lui et une certitude s'imposer à son esprit.

Il l'avait embrassée avant de partir le matin même vers 5 heures, et Cara avait eu le sentiment qu'il avait agi ainsi afin d'éviter toute conversation avec elle.

En outre, il n'avait pas embrassé ses lèvres. Seulement sa joue.

Ils n'avaient pas refait l'amour. Il l'avait serrée contre lui et tous deux s'étaient finalement endormis.

Elle ignorait comment il était rentré chez lui – s'il avait téléphoné à l'un de ses frères ou s'il avait pris un taxi.

Cara ressentait une légère mélancolie à son réveil et celle-ci l'accompagna au fil des heures suivantes. Son offre d'achat pour l'hôtel avait été acceptée et elle fixa un rendez-vous pour la signature des documents. Il s'avéra également que l'entrepreneur avec lequel elle souhaitait travailler était libre pour la rencontrer à l'hôtel l'après-midi même. Voilà qui aurait dû être assez exaltant pour qu'elle cesse de penser à Jace.

Il était parfaitement normal qu'ils ne se contactent pas lors d'un jeudi banal.

C'était simplement que ce jeudi n'était pas banal. Il faisait suite à une nuit durant laquelle ils avaient couché ensemble.

Elle n'était plus vierge désormais.

Cette idée semblait si froidement objective.

Elle aurait aimé dire qu'ils avaient fait l'amour, mais ce n'était pas la douceur qui avait caractérisé leur étreinte. La réalité avait été plutôt… douloureuse émotionnellement.

À présent elle se sentait ébranlée. Peut-être l'était-il, lui aussi ?

Elle ne pouvait faire disparaître cette image de lui, assis sur la terrasse, à l'arrière de sa maison, les coudes reposant sur ses genoux et sa cigarette entre ses doigts.

Son chapeau de cow-boy vissé sur sa tête comme s'il se préparait à repartir loin d'elle au beau milieu de la nuit.

Elle devait lui parler, parce qu'il était son ami et qu'elle ne voulait pas qu'il parte.

Cara poussa un lourd soupir et gara son pick-up devant l'hôtel. L'établissement était presque à elle. Il ne restait plus que quelques pages à signer pour que ce soit le cas.

Le maître d'œuvre était déjà arrivé et son gros pick-up blanc était garé devant la bâtisse. Elle quitta son véhicule et tenta de peindre un sourire sur ses traits. Elle avait passé la journée à essayer de sourire.

— Bonjour, lança-t-elle. Contente que tu aies été disponible aujourd'hui.

— Ravi de te voir, Cara.

Mike Colton était un habitué du bar et ils s'entendaient plutôt bien. Il ne flirtait jamais ni avec elle, ni avec les autres femmes du bar, ce qui était un point positif, étant donné qu'il était marié. Elle avait donc une excellente opinion de lui et, en outre, elle savait qu'il travaillait bien.

— Laisse-moi te montrer les lieux, proposa Cara.

Tout à coup un bruit de moteur la fit se retourner et elle aperçut Jace qui s'engageait dans l'allée.

— Oh ! dit-elle, sentant soudain son esprit se vider.

Jace stationna son pick-up et sortit du véhicule.

— Je n'avais pas… Je n'avais pas compris que tu viendrais, articula-t-elle avec peine.

— Bien sûr. Je me suis dit que… enfin, tu sais, il s'agit de mon investissement. J'ai pensé que je viendrais voir comment se prépare la suite des événements.

Néanmoins il n'avait pas pu savoir qu'elle avait rendez-vous avec l'entrepreneur, car ils n'en avaient pas parlé. Cara se demandait donc ce qui l'avait réellement poussé à la retrouver.

— Content de te voir, Jace, lança Mike.

Cara apprécia toutefois que l'homme continue à la considérer comme sa principale interlocutrice. Mais elle ne pouvait contenir le ressentiment qui enflait en elle. Pourquoi Jace était-il venu la trouver ? Au beau milieu de son rendez-vous avec l'entrepreneur ? Quelle était la véritable raison de sa venue ? Qu'avait-il donc en tête ?

Elle se dirigea vers l'arrière de l'hôtel et ouvrit la porte.

— Par ici, Mike, dit-elle. Je vais te faire visiter.

Ils entrèrent et Mike leur livra peu après quelques commentaires techniques. Selon lui, la structure de l'édifice était saine et solide.

— J'ai l'impression que l'endroit a simplement besoin d'une petite remise au goût du jour, dit Cara.

— Oui, répondit Mike. Si tu es d'accord, je vais faire un tour dans le bâtiment et je te dirai ce que j'en pense.

— Dis-moi simplement ce que les autres propriétaires te demandent en permanence. J'ai besoin de m'assurer que je dispose de tous les équipements disponibles pour mes clients.

— Je crois que les travaux se concentreront pour une grande part sur les salles de bains, précisa Mike. Ce qui peut faire rapidement gonfler la facture. Mais crois-moi, ce type d'investissement en vaut toujours la peine.

— Elle peut se le permettre, intervint Jace.

Mike lui sourit puis commença à arpenter la pièce en prenant des notes sur un bloc.

Cara se tourna vers Jace dès qu'ils furent seuls.

— Comment savais-tu que je serais là ?

— Je l'ignorais. Il se trouve que j'ai voulu aller au bar et que j'ai aperçu ton pick-up garé devant l'hôtel en passant.

— Oh.

— À vrai dire, je te cherchais.

— Vraiment ?

— Oui, j'avais envie de te parler. Parce que…

Il s'interrompit, glissa son bras autour de la taille de Cara, l'attira à lui et l'embrassa, comme elle aurait aimé qu'il le fasse le matin même.

— Oh ! lâcha-t-elle dans un soupir troublé.

— Cara…

— Désolé, intervint Mike en s'éclaircissant la voix. Je voulais juste te montrer un détail inquiétant.

— Serait-ce un trou par lequel les ratons laveurs pourraient rentrer ? demanda Cara.

Mike, confus, plissa le front à ces mots.

— Non. Dois-je en rechercher un ?

— Oui, répondirent en chœur Jace et Cara.

Mike afficha un visage surpris.

— L'important, c'est que vous ayez une vision réaliste concernant cet endroit.

— Je crois que nous sommes assez réalistes, pas de problème, répondit Cara.

Mike les conduisit vers l'espace où se trouvait le cellier et leur montra des endroits où le bois avait pourri.

— Je m'inquiète simplement de trouver d'autres problèmes du même genre ailleurs, indiqua l'entrepreneur.

— Comme je l'ai dit, expliqua Jace, nous disposons véritablement du budget nécessaire. Nous n'avons pas envie de lésiner sur les dépenses. Cet endroit doit être fait pour des escapades à la fois luxueuses et abordables. Les personnes désireuses de loger, ici, dans un lieu historique, veulent que ce soit ravissant sans être inconfortable. Nous n'avons pas envie qu'ils pensent que l'hôtel est vieillot et démodé.

Le regard de Mike passa de l'un à l'autre, et Cara

sut qu'ils auraient désormais à mener une rude bataille contre les commérages, parce que l'homme les avait bel et bien vus s'embrasser.

— Je vais continuer à examiner les lieux, dit simplement Mike.

— Eh bien, reprit Cara une fois qu'ils furent de nouveau seuls dans le cellier. Il nous a vus.

— Ce qui ne me dérange pas le moins du monde, répondit Jace.

— La plupart des gens penseront que nous couchions déjà ensemble, mais…

— Voilà ce dont je voulais te parler, Cara. J'ai décidé de rester ici. Je ne retourne pas sur le circuit des rodéos en plus d'investir dans l'hôtel. Ce n'est pas que je ne savais pas ce que je voulais, mais j'opposais visiblement une forme de résistance à mes propres désirs. Tu sais que je n'aime pas les rêves. Et tu sais que j'aime ce qui est sûr, certain. Ce projet d'hôtel est un peu un pari, mais miser ainsi de l'argent ne me dérange pas. Quant au reste… Rien dans ma vie ne m'appartient et c'est volontaire. J'adore ma famille, mais j'ai compris assez tôt qu'aimer les gens faisait souffrir. Je me suis investi dans le rodéo parce que l'occasion s'offrait à moi et que c'était une façon d'occuper mon existence. Mais cela ne me suffit plus. J'ai besoin de posséder quelque chose. Je vais rester à Lone Rock – c'est ce que je m'efforce de t'expliquer.

Le cœur de Cara commença à s'emballer.

— Et ?

— Et je te veux. Je te veux, Cara.

— Tu… tu me veux ?

Ce n'était pas véritablement une déclaration d'amour…

Avait-elle même envie d'en entendre une ? L'idée en elle-même était quelque peu terrifiante. Elle n'avait pas fait le point sur ses sentiments pour lui. Et il était… Eh bien, ce n'était pas un romantique. Voilà qui était certain.

— Oui. Je veux…

Des bruits de pas retentirent de nouveau tout près.

— Garde ça en tête pour plus tard.

Mike était de retour.

— Désolé, dit-il. Je voulais juste que vous regardiez certains problèmes dans la salle de bains.

— Partie remise, dit Jace.

Son cœur battait si fort que Cara ne pensait pas être capable de patienter. Mais ils décidèrent de suivre Mike pendant qu'il poursuivait son exploration des lieux.

— Je vais établir un devis, annonça-t-il une heure plus tard. Il se concentrera avant tout sur la modernisation des salles de bains et je m'assurerai du fait que vous ayez une nouvelle plomberie, de bons chauffe-eau et des installations modernes dans la cuisine. Je sais que ce n'est pas directement lié au confort de vos clients, mais si vous prévoyez d'embaucher quelqu'un pour cuisiner… la vie en sera facilitée.

Cara n'avait vraiment que faire des problématiques de cuisine. Ou de plomberie. Tout ce qui comptait pour elle était ce que Jace avait été sur le point de lui dire. Mais elle savait devoir se concentrer sur ce qui concernait ses affaires.

— Voilà qui me semble parfait, lança-t-elle au maître d'œuvre. Merci beaucoup, Mike.

Elle sourit, espérant qu'il verrait dans ces mots une invitation polie à quitter les lieux, ce qu'il fit, les saluant d'un petit geste de la main avant de regagner l'extérieur.

Cara leva les yeux vers Jace.

— Je suis impatiente d'entendre ce que tu t'apprêtais à me dire.

— Eh bien. Tu es ma meilleure amie. Et j'ai envie de m'impliquer dans ce projet avec toi… Mais, tu le sais, je n'aime pas que les choses soient faites à moitié. Par conséquent, je crois que nous devrions nous marier.

- 10 -

Il y avait réfléchi. Il était confiant quant à sa proposition. Et il savait que nombreux seraient ceux qui ne comprendraient pas comment on pouvait passer de l'amitié au mariage, le tout après n'avoir fait l'amour qu'une seule fois avec sa future épouse. Mais il n'était pas homme à faire les choses à moitié. Il n'avait jamais pris de réel engagement dans sa vie. Et s'il devait en prendre un, ce serait vis-à-vis de Cara. Il était impossible d'envisager de faire l'amour avec elle puis d'agir comme si rien ne s'était jamais produit.

Il était inconcevable qu'il prenne la situation avec légèreté et la voie avec d'autres partenaires. Ce qui signifiait qu'une seule option s'offrait à lui.

Officialiser leur union.

C'était tout.

Il voulait s'impliquer dans l'hôtel et dans tous les aspects de la vie de Cara. Quels que soient ses désirs et ses besoins. Il avait en outre envie d'acheter des terres, où il voulait bâtir une maison. Et il allait faire… ce qu'il avait toujours promis de faire. Il allait prendre soin de cette femme.

Voilà qui ressemble dangereusement à un rêve.

Ce n'était pas un rêve. C'étaient des actes, un projet. C'était ce qui devait se produire.

— Jé… je ne comprends pas.

— D'après moi, c'est notre seul choix. As-tu envie que je couche avec quelqu'un d'autre ?

— Bon sang, non, s'exclama Cara.

— Et moi, je n'ai pas envie que tu couches avec un autre homme que moi. Veux-tu que nous passions ensemble quelques nuits encore pour voir où cela nous mène, prendre le risque que tout cet élan s'épuise ?

— Je…

— Non, tu ne le veux pas. Penses-tu qu'il est possible que nous fassions machine arrière ? Crois-tu que nous puissions faire comme si rien ne s'était passé ?

— Non. C'est la raison pour laquelle nous ne l'avions jamais fait avant et pourquoi il s'agissait… d'une mauvaise idée.

— Mais ce n'était pas vraiment une idée, pas vrai ? C'est arrivé, c'est tout. Nous n'avons pas réfléchi. Mais ce qui est sûr, Cara, c'est que je te suis entièrement dévoué. Dévoué comme jamais je ne l'ai été envers personne. J'ai toujours voulu que tu sois dans ma vie pour l'éternité. Je n'ai jamais prévu qu'il en soit autrement. Je vais donc me fixer ici, et tes racines et les miennes s'ancreront ensemble dans cette terre, Cara. C'est juste un fait.

— Je ne sais pas quoi dire, Jace. Je… je ne m'attendais vraiment pas à ce que tu me demandes en mariage après une seule nuit avec moi.

— Réfléchis un peu. Comment ça aurait pu finir autrement ?

Voilà qui eût été impossible, c'était une évidence. Oui, en effet, ils étaient différents. Elle était pétillante et dotée d'un riche imaginaire, et lui était… lui. Mais jamais il n'avait imaginé une autre femme à ses côtés pour le reste de son existence.

— La réalité, commença Cara, c'est que tu voyages en

général durant la moitié de l'année. Tu es sans doute ma personne favorite au monde mais, dans ces conditions, vivre ensemble me semble difficile. Et pour ce qui est de notre vie intime, nous n'avons fait l'amour qu'une seule et unique fois, je te le rappelle.

— Qu'attends-tu de ta vie, Cara ? Veux-tu travailler chaque soir au bar jusqu'à deux heures et demie du matin ?

— Non. C'est pour cette raison que j'achète l'hôtel.

— Avais-tu envie de te marier ? De fonder une famille ?

— Et toi ?

C'était une bonne question, car il n'y avait jamais songé. Ce qui était normal quand on ne se projetait pas dans l'avenir.

— Si tu as envie d'avoir des enfants, j'en voudrai.

Il lui offrirait tout ce qu'elle désirerait, lui donnerait tout ce qui serait en son pouvoir de lui donner. Parce qu'elle occupait une place essentielle dans son existence depuis le temps de leur adolescence. Il n'avait jamais rêvé au fait d'avoir un jour une épouse et une famille, mais… il aurait des enfants. Pour elle.

— Mais toi, tu n'as pas envie d'en avoir.

— Non, je crois que tu me comprends mal. Ce que je veux ne compte pas. Ou pour mieux le formuler, ce que je désire est entièrement lié à ce que tu veux, toi. À ce qui te rend heureuse.

La conclusion à laquelle il était parvenu après qu'il s'était levé aux aurores et était sorti pour se tuer à la tâche, parce que c'était l'unique façon d'atteindre la moindre clarté mentale, était qu'il ne pouvait imaginer laisser un autre homme occuper une telle place dans la vie de Cara. Il savait que son attirance pour elle ne s'éteindrait pas. Qu'il n'oublierait jamais ce qui s'était passé entre eux.

— Puis-je prendre le temps de réfléchir à cette question ? demanda Cara.

Une question la tracassait, c'était indéniable.

— C'est ce que je veux sincèrement, insista-t-il, sentant un puissant sentiment étreindre sa poitrine. Cela me semble incontournable. C'est le seul moyen pour nous d'obtenir ce que nous voulons. Ensemble.

— Je… Tu sais, la moitié de ce qui me tracasse a trait au fait que tout le monde va imaginer avoir eu raison à notre propos depuis toujours.

Il ne put s'empêcher d'éclater de rire à ces mots.

— Oui, nous allons être harcelés sans pitié par mes frères, tu peux me croire.

— Je ne suis pas sûre que cela en vaille la peine.

— Tu sais bien que c'est faux, voyons. Te souviens-tu de la nuit dernière ?

Cara sentit alors sa peau s'empourprer. Depuis la racine de ses cheveux blonds jusqu'à au moins la naissance de sa poitrine. Car, pour ce qui était du reste de son corps, il était invisible aux yeux de Jace.

— Cara. N'en as-tu pas envie ?

— Si, murmura-t-elle. J'en ai envie. Mais le mariage représente un grand pas et je n'ai…

— Souviens-toi de ce que j'ai dit à propos des certitudes. Je ne fais rien à moitié. Je ne le peux pas et ne le veux pas. L'unique raison pour laquelle je me suis senti incertain ces derniers mois tenait au fait que je savais devoir prendre une décision. C'était soit partir complètement, soit vraiment rester ici. J'ai eu le sentiment durant tout ce temps que je ne possédais rien qui m'appartienne. Alors que c'est le cas désormais.

— Me… considères-tu comme tienne ?

— Oui, bien sûr. Tu es ma meilleure amie. Mon amante. Et, je l'espère, bientôt, ma femme.

— C'est juste que… cela fait beaucoup à assimiler. Et c'est un virage à 180 degrés par rapport à ce que nous étions l'un pour l'autre il y a seulement quelques jours, non ? Je ne…

— Ce n'est pas une évolution radicale. C'est juste franchir un pas pour nous rapprocher encore. Il n'y a personne à part toi avec qui je peux m'imaginer vivre. Ou envisager de bâtir une existence. Tu sais, cela me coûte vraiment de le dire, mais Boone avait raison. Nous faisons chacun partie de l'existence de l'autre, et à présent nous sommes en plus associés en affaires. Nos deux vies sont liées de toutes les façons possibles. Pour moi ce changement me semble naturel et le temps est venu de le faire.

Jamais Jace ne s'était exprimé avec autant de sincérité et de conviction.

— Tu ne vas vraiment pas me laisser réfléchir à cette question ?

— En as-tu réellement besoin ?

La stupeur se peignit sur les traits de Cara.

— Sais-tu que tu es sacrément arrogant ?

— Oui, mais tu savais que j'étais ainsi. Depuis toujours.

— C'est vrai, mais j'imagine que je n'avais jamais eu à faire les frais de ce trait particulier de ton caractère.

— Oh ! tu te trompes. Mais je dose mes effets pour y aller progressivement avant de porter le coup de grâce, dit-il en souriant.

Cara éclata de rire à ces mots.

Jace se pencha vers elle et un sentiment violent l'envahit soudain. Il avait envie d'elle. Il avait besoin d'elle. Il n'en avait pas pris conscience à quel point avant son arrivée à l'hôtel.

Ce sentiment s'imposait à lui et ne semblait pas vouloir faiblir. Il était un homme qui prenait des décisions, qui s'adaptait au moment présent.

C'était l'instant présent qui avait exigé qu'ils s'embrassent puis qu'ils fassent l'amour. Et le tour que prenaient les événements exigeait à présent qu'ils aillent plus loin.

C'était la pure et simple vérité. Il l'embrassa, capturant son souffle avec ses lèvres et le transformant en un soupir de désir.

— S'il te plaît, murmura-t-il.

— Incroyable ! À présent tu dis même « s'il te plaît » ? C'est vraiment un miracle.

Il sourit contre sa bouche, et il la sentit sourire à son tour.

Il l'embrassa et se sentit submergé par la réalité de tout ce qu'ils vivaient.

Et par l'évidence de ce moment également. À présent qu'il avait pris cette décision… tout lui paraissait naturel. Parfait. Terriblement juste.

Sa détermination semblait gronder en lui. Soudain, ce fut comme si chaque pièce de sa vie était mise à sa juste place, dans un alignement idéal. Pour la toute première fois de sa vie, peut-être.

Il se sentait celui qu'il était censé être, au bon endroit, avec la bonne personne.

Il prolongea donc son baiser. Ici, dans l'hôtel hanté, là où tout avait commencé. Mais peut-être tout avait-il débuté bien avant. Avant qu'elle ait levé les yeux vers lui, ces yeux verts pétillants, et lui ait dit qu'elle était encore vierge.

Il la souleva dans ses bras et la porta vers l'escalier.

Cara noua ses bras autour de son cou sans rompre leur baiser. Ils gagnèrent l'étage et retrouvèrent la chambre dans laquelle ils avaient partagé un lit. Mais cette fois Jace voulait en faire le lieu de véritables ébats.

Les rideaux étaient toujours refermés et il les repoussa pour pouvoir déposer Cara sur les couvertures.

— Tu sais, dit-elle, je crois qu'elles sont un peu poussiéreuses.

— Peu importe. Parce que la seule chose à laquelle je peux penser, c'est de me retrouver à nouveau en toi.

Il embrassa ses lèvres, sa joue, son cou. Puis il l'aida à s'étendre et laissa le rideau se refermer derrière eux. L'intimité produite par l'obscurité lui plaisait. Il retira lentement la chemise de Cara et, même dans la pénombre, se délecta de la vision de ses courbes parfaites.

Puis il dégrafa son soutien-gorge et le jeta par terre. Quel bonheur de connaître cette nouvelle liberté ! Elle était sienne désormais. Il n'avait plus à réprimer le moindre désir ni à tenter de ne pas remarquer son exceptionnelle beauté.

Il s'occupa ensuite de son jean, la délesta de tous ses vêtements et l'admira tout entière.

Elle avait toujours été la femme la plus forte et la plus drôle qu'il ait jamais connue, et d'une certaine façon, il avait su qu'elle était la plus sexy, mais il avait essayé de s'empêcher de pénétrer dans cette dimension. À présent il s'y était installé de façon permanente.

Elle était tout.

Absolument tout.

Il embrassa son cou, sa poitrine. L'embrassa jusqu'à ce qu'elle tremble tout entière.

Puis, soudain, il sentit la main de Cara se poser au centre de sa poitrine et le repousser. Elle s'assit et lui enleva son T-shirt. C'était comme si le désir venait de prendre entièrement possession d'elle. Elle explora son corps de ses mains, embrassa son torse, descendit vers ses abdominaux et commença à défaire la boucle de sa ceinture. Pressentant ce qui allait se passer, il n'eut pas la force de s'y opposer. Elle abaissa la fermeture de son jean et referma sa main autour de son sexe tendu. Puis elle baissa son pantalon et son sous-vêtement et, après avoir serré ses doigts à la base de son érection, elle se pencha et le prit dans sa bouche.

— Bon sang, Cara, lâcha-t-il en agrippant sa queue-de-cheval.

— Tu sais, jamais je n'ai fait ça.

Ces paroles faillirent en un instant propulser Jace au-delà des limites de sa résistance. Tout risquait de finir avant même d'avoir commencé.

— Mon Dieu, tu ne peux pas prononcer des phrases pareilles.

— Mais j'ai envie de toi. J'ai envie de ça. Je veux que tu saches que tu es le seul, l'unique. Je veux que tu saches que tu es, avec ta proposition de mariage et tes certitudes, l'homme qui a nourri tous mes fantasmes. Tu es l'homme que je voulais. Le seul que j'aie jamais eu envie de caresser ainsi.

Elle le regarda droit dans les yeux tout en faisant remonter sa langue tout au long de son sexe avant de l'accueillir de nouveau dans sa bouche.

Jace ne pouvait que laisser ce moment se dérouler. La laisser lui donner du plaisir. La laisser le faire sien. Il avait envie d'elle. Il voulait cette enivrante caresse. Cara signait ainsi sa prise de possession sur son corps. Lui l'avait signifiée par sa demande en mariage alors qu'elle le marquait dans sa chair au moyen de son propre désir, lui faisant savoir que son désir serait désormais la propriété de Cara Summers.

Il la laissa lui donner du plaisir ainsi jusqu'à ce que la sensation devienne trop intense. Qu'il soit trop près de perdre tout contrôle sur lui-même.

— Allons, Cara, dit-il d'une voix rauque en s'écartant légèrement. J'ai envie d'être en toi.

— Mais tu l'étais à l'instant, non ? répliqua-t-elle, un petit sourire aux lèvres.

— Tu sais ce que je veux dire.

— Non, je l'ignore. Tu vas devoir être plus précis.

— Je veux prendre ton corps, je veux me plonger en toi.

Il ne verrait jamais rien de plus beau que le visage de Cara quand elle rougit légèrement à ces mots.

Et si ce devait être son avenir, si c'était ce à quoi ressemblait d'être marié, il était impatient d'entamer cette nouvelle aventure avec elle.

Mais se presser était inutile. Car ils pourraient aussi pleinement profiter des jours les séparant du mariage. Parce qu'elle dirait oui, bien sûr. Parce qu'il était impossible qu'ils reviennent en arrière. La seule solution était donc de s'unir l'un à l'autre pour toujours.

Il tira son portefeuille de sa poche arrière et en sortit un préservatif, puis se débarrassa de ses chaussures et de son jean avant de mettre rapidement la protection en place. Puis il roula sur le dos, agrippa les hanches de Cara et guida son corps au-dessus de son sexe dressé.

— Leçon suivante. Je veux que tu me chevauches. Pour que je puisse te regarder.

Il l'amena à prendre place lentement. Cara referma ses mains sur ses épaules et, sans pouvoir réprimer un doux gémissement, le laissa peu à peu entrer en elle.

Puis elle commença à faire onduler ses hanches, avec grâce, élégance. Jamais Jace n'aurait imaginé que son hédonisme pourrait s'accorder au caractère presque sacré qui auréolait Cara à ses yeux, mais il avait en cet instant la preuve de son erreur.

Quand elle leva les mains et pressa ses seins puis leurs pointes tout en continuant à se courber au-dessus de lui, il crut faire son entrée au paradis.

Ses cheveux dorés étaient ébouriffés, ses lèvres entrouvertes et ses yeux clos tandis qu'elle ondulait sur son corps, les menant tous deux aux confins de la raison.

Finalement il perdit toute patience. Il la fit se retourner sur le dos, la plaqua sur le matelas et assaillit son corps à coups de poussées intenses, profondes. Cara gémit, arquant le dos sous lui et son orgasme l'emporta bientôt.

— Jace, dit-elle dans un souffle.

Quand elle prononça son nom, il se sentit empli d'une sensation fabuleuse, puissante.

Mais c'est quand elle se mordit la lèvre et leva les yeux vers lui, ces yeux verts qu'elle plongea si profondément dans les siens, comme si elle pouvait voir tout au fond de son âme, c'est alors qu'il perdit tout contrôle, atteignant le sommet du plaisir en laissant échapper un grondement sourd dont il ne savait s'il tenait du juron ou de la prière.

Il semblait simplement parfait de marquer le début de leur nouvelle vie dans cet endroit. Cet endroit qui avait tout déclenché. Cet endroit qui avait constitué une forme de premier pas vers un nouveau chapitre de leur histoire.

Il la garda serrée contre lui un long moment, jusqu'à ce que le battement de leurs deux cœurs se calme.

— Oui, murmura soudain Cara. Oui, Jace, je t'épouserai.

— Bien, dit-il en déposant un baiser au sommet de sa tête.

Parce qu'il pouvait le faire à présent. Parce qu'il pouvait l'embrasser, la toucher et elle pouvait agir de même avec lui, car ils avaient désormais effacé toutes ces barrières qui se dressaient entre eux. Il avait été sincère en lui répondant, mais il ne pouvait s'empêcher de se demander s'il avait commis le moindre impair car Cara ne paraissait pas très joyeuse. Or, en la voyant sombrer dans le sommeil après avoir enfoui son visage contre son épaule, il jugea qu'il ne devait pas s'inquiéter.

Pourquoi l'aurait-il dû ?

Ils étaient meilleurs amis, non ?

- 11 -

Cara aurait vraiment aimé avoir dans sa vie un autre ami, une autre personne que Jace. Elle n'en avait jamais eu véritablement envie jusqu'alors. En matière d'amitié, il lui convenait parfaitement d'avoir tous ses œufs dans le même panier. Mais le problème était qu'à présent il ne s'agissait plus seulement d'amitié. Il était question d'une relation d'un autre ordre avec Jace et elle aurait juste aimé avoir quelqu'un avec qui parler. Une personne capable de la rassurer quant au fait qu'elle effectuait le bon choix. C'était juste que… Jace n'avait pas dit une seule fois qu'il était amoureux d'elle. Et la raison en était, elle le savait, qu'il ne l'était pas.

Jace était un homme têtu et persuadé que ses décisions étaient les meilleures. Mais Cara peinait à comprendre pourquoi il avait décidé qu'il voulait ce mariage. Elle pouvait saisir quelques raisons sans doute mais pas sa motivation profonde, et ne pas pouvoir la décrypter l'inquiétait un peu.

Oui, elle comprenait qu'il ait envie de se fixer à Lone Rock, qu'il ne puisse l'envisager que d'une seule façon.

Il avait dit qu'ils finiraient par avoir d'autres amants s'ils ne s'engageaient pas sérieusement l'un envers l'autre. Et étant donné que Jace était homme à vouloir que les choses soient formellement instituées, qu'il aimait qu'elles soient écrites noir sur blanc, il était naturel que sa réponse à la situation soit le mariage, et non simplement le fait de s'installer ensemble. Elle le connaissait suffisamment bien pour le comprendre. Mais elle avait le sentiment qu'il existait une raison plus profonde. Le problème avec Jace était qu'il ne le reconnaîtrait jamais. Il n'admettrait jamais ce qui se nichait tout au fond de lui. Il ne se l'avouerait même pas à lui-même. Il était l'homme qui jurait qu'il n'existait rien après cette vie et qu'il en était parfaitement heureux. Et elle était celle qui parlait encore à son grand-père comme s'il était présent.

Un léger sourire releva les coins de sa bouche, et elle se tourna et leva les yeux vers la bouteille de bourbon trônant sur l'étagère.

— Bon, grand-père. Jace veut que je l'épouse. Je ne sais pas si tu le savais déjà. Mais je lui ai dit oui et je suis inquiète. Je suis amoureuse de lui, d'une certaine façon. Ou, plutôt, je suis vraiment amoureuse de lui. Et je ne crois pas que les sentiments fassent partie pour lui de ce projet. Ce qui m'effraye terriblement.

Elle attendit. Qu'un événement se produise. Qu'une bouffée de sagesse s'épanouisse en elle. Ou qu'un papillon scintillant apparaisse devant ses yeux.

Mais rien ne survint.

— Je crois que si je disais à Jace que je l'aime il s'enfuirait. Parce que c'est comme si… il avait envie de réaliser toutes ces démarches pratiques pour prendre le contrôle. Mais en dehors de cela il est incapable de gérer tout ce qu'il ne peut pas contrôler. Je le comprends. C'est à cause de Sophie.

Elle prit une profonde inspiration. Elle n'obtiendrait aucune réponse. Pas de la part de la silencieuse bouteille de bourbon.

Un coup fut frappé à la porte de service du bar et Cara se dit qu'il s'agissait probablement d'un livreur. Elle regagna la cuisine, et ouvrit la porte pour trouver des caisses de nourriture tout juste déposées. Puis elle entendit un son. Le cri d'un aigle. Elle leva alors la tête et vit l'oiseau tracer des cercles majestueux dans le ciel. Cette vision l'emplit alors d'un étrange sentiment d'espoir.

— Est-ce toi, grand-père ?

Tout à coup ce fut comme si elle pouvait voir son visage.

Je suis mort. J'ai mieux à faire que de traîner par ici.

C'est ce qu'il aurait dit. Cette idée la fit rire.

Eh bien, peut-être était-ce là sa réponse. Son grand-père avait mieux à faire que de « traîner ici », donc peut-être avait-elle besoin de mettre de l'ordre dans sa vie. Acheter l'hôtel. Épouser Jace. Elle ne voulait rien ni personne d'autre. Elle ne perdait rien en devenant sa femme. Oui, les émotions constitueraient toujours un sujet épineux avec lui. Mais il tenait à elle. Ce n'était pas comme si elle avait un autre homme désespérément amoureux d'elle qui l'attendait en coulisse. C'était juste difficile de savoir que peut-être ses sentiments étaient plus forts que ceux de Jace. Mais cela vaudrait tout de même la peine de se lancer dans ce projet, cela vaudrait absolument la peine d'être avec lui.

Soudain son téléphone se mit à vibrer.

Elle baissa les yeux vers le texto qu'elle venait de recevoir.

D'accord pour dîner avec ma famille ce soir ?

Elle savait que sa réponse ancrerait leur décision dans l'éternité.

Oui.

Oui. Elle allait se marier avec Jace. La famille Carson dirait qu'ils l'avaient toujours su mais ça en vaudrait la peine.

- 12 -

Il était très commode que sa sœur Callie et son mari, Jake, aient prévu de passer quelques jours au ranch. Ils seraient présents pour l'annonce, ce qui signifiait que Jace pourrait informer toute sa famille en une seule fois. Leur dire qu'il quittait le circuit du rodéo et qu'il allait se marier. Voilà qui lui convenait à merveille.

Tout était planifié dans son esprit. Bien sûr, il aurait pu en toucher un mot à sa mère avant l'annonce, mais il préférait se contenter d'une déclaration unique et il voulait que Cara soit présente quand il la ferait. Parce qu'ainsi ses frères se tiendraient sagement et lui épargneraient leurs remarques taquines. Enfin, peut-être.

Il avait également passé une partie de sa journée à chercher des terres à acquérir.

Il désirait un terrain suffisamment proche de la ville pour qu'il soit facile pour Cara de mener ses affaires, mais assez à l'écart pour bénéficier d'un vaste espace pouvant être transformé en ranch.

Il s'interrogeait encore sur le type de bêtes qu'il élèverait. Bisons, vaches ou chevaux.

Ainsi, il se fixait à Lone Rock.

C'était exactement ce à quoi il s'affairait.

Mais ce qu'il n'avait pas prévu dans tous ses calculs, c'était ce qu'il éprouverait en voyant Cara.

Il était dans son pick-up, garé devant la somptueuse

maison de ses parents, à l'élégante structure contemporaine faite de lignes droites et agrémentée de nombreux panneaux vitrés, lorsqu'elle le rejoignit.

Il l'avait vue vêtue de différentes tenues dans sa vie. Elle portait en général des jeans et prisait les pièces ornées de strass. Le soir, pour travailler au bar, elle aimait porter des débardeurs moulants au décolleté plongeant qui mettaient en valeur son physique. Il avait l'habitude de la voir ainsi, soit en tenue décontractée, soit, le soir, en tenue plus sexy.

Mais lorsqu'elle sortit du pick-up et qu'il vit qu'elle portait une robe d'été en tissu léger, il se sentit terrassé sur place. La robe avait des manches courtes et un col rond orné d'un petit nœud reposant entre ses seins et il eut aussitôt envie de le dénouer. Elle était courte, s'arrêtant plusieurs centimètres au-dessus de ses genoux, et le tissu ondulait élégamment à chacun de ses pas. Cara portait en outre ses cheveux détachés, et quand il vit ses boucles flotter au vent il ressentit le désir d'y glisser ses mains.

Que se passait-il ? Quel était ce changement qui s'opérait en lui ?

Parce que, curieusement, en cet instant, il n'était plus question que d'une simple attirance pour une amie chère. Un élan puissant, irrésistible, le poussait vers cette femme, vers cette relation.

Il avait envisagé ce projet comme un ajout à son existence. Mais à présent il lui apparaissait qu'il était question de vivre ce qui existait depuis toujours entre eux mais avec une profondeur, une intensité renouvelée, inédite.

— Tu es superbe, lança-t-il à Clara.

En s'approchant, il vit qu'elle portait un peu de gloss, une touche de mascara et une ombre à paupières vert et doré qui mettait superbement en valeur son regard.

Elle était douce et sexy à la fois, exactement telle qu'on pourrait le rêver quand on s'apprêtait à retrouver ses parents pour leur présenter une femme et leur annoncer un mariage imminent.

Sauf que, bien sûr, elle avait déjà rencontré ses parents.

Mais c'était en tant que future épouse et non comme amie qu'elle se présenterait devant eux en ce jour.

Même si, au moment de prendre sa main, il restait clair dans l'esprit de Jace qu'elle était toujours son amie. Quand il se pencha vers elle et goûta ses lèvres, elle l'était encore. Pourtant une sensation fabuleuse s'épanouit dans sa poitrine.

Ils gravirent ensemble les marches du perron, main dans la main.

— Si nous entrons en nous tenant ainsi, ils vont tout de suite comprendre, dit-elle.

— Oui, je suis bien décidé à exposer la réalité d'entrée de jeu, lui répondit-il.

Cara éclata de rire à ces mots.

— D'accord. Je suis certaine que Flint et Boone ne te feront pas la vie dure dans ce cas.

— Tant que tu arrêtes de flirter avec eux.

— Oh ! ce ne sera probablement pas le cas, dit-elle. Pour la simple raison que ça t'agace terriblement. Et que j'adore ça.

Ce fut au tour de Jace de rire, parce qu'elle était toujours fidèle à celle qu'elle était vraiment et que c'était l'une des qualités qu'il préférait en elle.

Tout comme le fait qu'elle était querelleuse et entêtée. Qu'elle n'allait pas changer ou s'adoucir parce qu'ils couchaient ensemble. Juste parce qu'elle avait accepté de l'épouser.

— Oui, eh bien, dans ce cas je taperai du poing sur

la table pour que les hommes cessent de se comporter comme ils le font avec toi au bar.

— Ah, oui, vraiment ?

— Tu peux me croire sur parole.

Un petit sourire vint éclairer les traits de Cara.

— Jace Carson, nous sommes-nous déjà rencontrés ?

— Oui. De façon intime. Nous étions tous les deux nus si je m'en souviens bien.

Cara poussa son épaule d'un geste taquin.

— Parfois j'ai l'impression que tu es resté l'adolescent d'autrefois.

— Ce n'est pas faux.

Sauf qu'il ne se sentait pas comme ce garçon. Il n'était pas certain de ce qu'il ressentait réellement à vrai dire. À part une farouche détermination.

Il ouvrit la porte d'entrée et ils pénétrèrent dans la maison. Sa famille au complet était installée dans le vaste salon sur divers sièges et canapés, face aux baies vitrées se déployant du sol au plafond et offrant une superbe vue sur les environs. Seuls manquaient Buck, qui aurait pu revenir auprès d'eux mais ne le souhaitait pas, et Sophie, qui n'était simplement plus de ce monde. Jace se sentit peiné que ces deux idées soient les premières qui lui viennent à l'esprit au moment de les voir ainsi tous réunis. Le fait qu'ils n'étaient pas tous là et ne le seraient jamais.

— Salut, lança-t-il.

Il serra la main de Cara et la conduisit dans la pièce.

— Je suis heureux que tout le monde soit présent ce soir.

— Contente de vous voir, dit sa sœur Callie en quittant son siège pour venir l'étreindre.

Elle était au tout début de sa grossesse et son ventre

commençait à s'arrondir. Jace ne put s'empêcher de se demander si Sophie aurait eu des enfants à ce jour, si elle avait vécu.

Il se demandait s'il aurait déjà été père.

Si sa propre vie aurait été différente.

S'il aurait pu croire aux miracles de l'espoir et de l'amour plus longtemps.

Mais Cara lui donnait le sentiment de s'ancrer dans l'existence et il se réjouissait de ce fait.

— Nous sommes aussi ravis de tous vous voir, d'autant plus qu'il y a une annonce que Cara et moi voulons vous faire.

Il dirigea son regard vers sa mère, qui l'observait avec un air joyeux et impatient sur le visage, et il se demanda ce qu'elle ressentait. Sa mère, toujours si ravissante et parfaite. Sa mère, qui avait été anéantie par le décès de Sophie, mais qui avait semblé trouver une façon de continuer à avancer dans la vie une fois Callie née.

— Nous allons nous marier.

Une vive clameur se déchaîna alors à travers la pièce.

— Donne-moi mon argent, lança Chance.

— Espèce de salaud, répliqua Boone en sortant son portefeuille de la poche arrière de son jean.

— Mais que se passe-t-il ? demanda Jace.

— Nous avions depuis longtemps parié sur la question de savoir si vous étiez ou pas réellement en couple, répondit Chance. Et je viens de gagner. Tu me dois un paquet d'argent, frérot. Je sais que tu n'as pas assez de liquide sur toi, et tu vas devoir me faire un chèque. Mais on devra s'assurer d'abord que tu as assez d'argent sur ton compte.

— Je suis plus riche que toi, Chance, répliqua Boone.

— Eh bien, voilà qui est parfait parce que tu me dois aussi de l'argent, intervint Flint.

— Tu plaisantes ?

— Absolument pas, répondit Flint en secouant la tête. Si tu veux me rembourser en travaillant…

— Je ne ferai pas tes corvées à ta place, lança Boone d'un ton mécontent.

Il regarda Jace.

— Tu sais, voilà qui devrait confirmer que je suis ton frère favori, dit Boone. Parce que je te croyais. Tu as menti, mon gars.

— Sur quels points particuliers portait le pari ? questionna Cara en venant prendre place sur un siège face à sa famille.

Jace ne put alors s'empêcher de songer que c'était un superbe atout que Cara connaisse aussi bien les siens.

— Parce que, en fonction de ses spécificités, peut-être que Boone n'aura pas à te donner la moindre somme, poursuivit Cara.

— Et pour quelle raison ? questionna Chance.

— Eh bien, dis-moi d'abord sur quoi portait votre pari.

— Sur le fait que vous couchiez ensemble en secret depuis tout ce temps.

— Absolument pas. Tu perds.

— Mince ! C'est vrai ?

— C'est vrai, en effet.

— Eh bien, je gagne quand même pour avoir parié sur le fait que vous finiriez ensemble.

— Oui, répondit Cara. Sur ce point, tu es gagnant.

— Depuis quand couchez-vous ensemble ? demanda Chance. La durée pourrait avoir un impact sur la somme qui m'est due.

— Chance, le sermonna leur mère. Ne crois-tu pas que tu exagères ?

— C'est très grossier, je l'avoue, admit Boone. Mais pourquoi Chance ne peut-il pas simplement accepter le fait qu'il a perdu ?

— Ce n'est pas le cas, répliqua Chance. Parce qu'ils vont se marier.

— Toutes mes félicitations, lança Kit. Je suis sincère.

— Oui, toutes nos félicitations, dit la mère de Jace en se levant et en rejoignant le couple.

Elle prit la main de Cara qui se leva à son tour et Jace sentit sa poitrine se serrer en voyant sa mère étreindre sa future épouse.

— Tu es parfaite pour lui, lui murmura-t-elle à l'oreille. Exactement celle qu'il lui faut.

— Je suis heureux pour vous deux, intervint son père avant d'administrer une tape virile dans le dos de Jace. C'est fabuleux de vous voir tous les quatre mariés. De voir la famille s'élargir ainsi. C'est plus que nous aurions pu espérer un jour.

— Le dîner est livré, lança sa mère. Si nous passions dans la salle à manger ?

Jace rejoignit Cara, prit sa main et décida de s'attarder un instant dans le salon pendant que le reste de la famille quittait les lieux.

— Tout va bien, ma belle ?

Cara leva les yeux vers lui et sourit, ce qui fit chavirer son cœur.

— Oui. J'aime ta famille. L'idée d'en faire partie est… fabuleuse.

J'aime ta famille.

Ces mots eurent un profond écho en Jace. Ils résonnèrent jusqu'au plus profond de son âme.

Le dîner consistait en un superbe canard rôti servi avec de succulents accompagnements. Il se sentit heureux auprès de sa famille comme il ne l'avait pas été depuis fort longtemps. C'était un bonheur de voir sa sœur en compagnie de son mari, ses frères et leurs épouses, et d'être là, avec eux, accompagné de Cara.

— J'investis dans l'hôtel, annonça Jace. Cara vient de l'acheter. Elle va le rénover et favoriser ainsi la venue de plus de touristes en ville.

— C'est fantastique, s'exclama aussitôt sa belle-sœur Shelby.

— Ce serait génial d'y vendre ces objets que tu fabriques avec des perles. Et peut-être d'autres objets d'artisanat indien pour que les visiteurs touchent du doigt ce qu'est le vrai Lone Rock, intervint Cara.

— Je serais ravie de te rendre service sur ce point, répondit Shelby. J'adore l'idée de mettre en valeur l'artisanat traditionnel.

— Investir dans une affaire commerciale, intervint le père de Jace, voilà qui ne te ressemble pas.

— Eh bien, j'ai décidé d'opérer certains changements dans mon existence. C'en est fini pour moi du rodéo.

Son père hocha lentement la tête à ces mots.

— C'est ce que je pensais, en effet.

— Je projette d'acheter des terres dans les environs. Afin que Cara et moi puissions bâtir une maison et fonder une famille.

— Je suis si contente pour vous, lança Callie, un sourire rayonnant aux lèvres. C'est tout simplement fantastique.

Curieusement, la joie exprimée par sa famille ne touchait que partiellement Jace et il échouait à comprendre pourquoi. Cara semblait heureuse et il voulait plus que tout qu'elle le soit. C'était absolument incontestable. Il mettait en œuvre tout ce qu'il avait décidé et pourtant un sentiment d'incertitude le tenaillait. Or il n'y avait nulle raison d'éprouver le moindre doute.

Ils terminèrent leur dîner, et tandis que Shelby et Cara discutaient de l'organisation de la mise en vente d'objets artisanaux à l'hôtel, lui et ses frères saisirent l'occasion d'être ensemble pour se rendre dans la salle de jeu de la maison et entamer une partie de fléchettes.

En règle générale, Callie aimait se joindre à eux. Mais, ce soir-là, elle n'en fit rien. Chance lança la première fléchette qui atterrit en plein dans le mille. Le problème concernant ce jeu était qu'ils étaient tous particulièrement doués.

— Pour parler sérieusement, dit Chance au moment où la fléchette lancée par Kit venait déloger la sienne au centre de la cible, je tenais à t'adresser toutes mes félicitations. Je me réjouis que vous ayez enfin ouvert les yeux sur ce que vous partagez tous les deux depuis toujours.

— Pareil pour moi, lança Kit.

Flint et Boone échangèrent des regards sans dire un mot et le beau-frère de Jace, Jake, leva son verre de whisky à leur santé.

— Le mariage, il n'y a rien de mieux, dit-il.

— Absolument, acquiesça Chance. Je crois que s'ouvrir à cette réalité… ce n'est pas évident. Il est difficile d'oublier toutes les épreuves traversées et de décider qu'on opte pour… l'espoir.

— N'allons pas si loin, dit Jace qui, à sa grande surprise, rata avec sa fléchette le centre de la cible. Il ne s'agit pas d'espoir ou de quoi que ce soit du même ordre. C'est juste que… c'est logique. Je n'allais pas passer le reste de ma vie sur le circuit du rodéo. J'avais besoin de décider de ce que je voulais faire désormais de ma vie. Je me sentais incertain, mais c'était seulement parce que j'évitais la réalité la plus évidente. Très clairement, faire le choix de m'installer vraiment ici, en m'ancrant de toutes les façons, était la réponse à mes questionnements. Et puis, c'est vrai que Cara et moi… eh bien, nous avons franchi un nouveau cap tous les deux.

— Quand exactement ? demanda Chance.

— Ce ne sont pas tes affaires ! Mais, pour te répondre, c'était il y a quelques jours.

— Quelques jours ? s'exclamèrent en chœur trois de ses frères.

— Oui, dit-il.

— Si je comprends bien, tu veux dire que tu as décidé de l'épouser alors que vous avez couché ensemble pour la première fois il y a seulement quelques jours ? questionna Kit.

— Tu suggères que je devrais ne pas être certain dans ce cas de ce que je veux vivre avec elle ?

— Pas du tout, se défendit Kit. Je me disais juste que peut-être que vous partagiez tous les deux une relation au long cours en toute discrétion et que ce n'était que maintenant que vous vous étiez sentis prêts à nous l'annoncer. Je ne savais pas que l'histoire était celle de deux meilleurs amis, qui couchaient enfin ensemble et se mariaient dans la foulée.

— La vérité c'est que tous les éléments du puzzle ont semblé se mettre en place. Comme je ne suis pas homme à apprécier l'incertitude et que je tiens à elle, j'ai décidé qu'elle devait faire partie de ma vie. Pour toujours. Et puis, je ne pouvais pas supporter l'idée qu'elle couche avec quelqu'un d'autre. Notre amitié n'y aurait pas résisté. Pas après ce que nous avons partagé.

— Tu es amoureux d'elle ? questionna Chance.

Les mots résonnèrent désagréablement en Jace.

— Mes sentiments pour elle sont plus forts que ceux que j'éprouve pour toute autre personne.

— Non. Ta réponse ne me suffit pas. Es-tu amoureux d'elle ? Lui donnes-tu tout ce que tu as en toi ?

— Je lui donne tout ce que j'ai à donner. Écoute. Les sentiments, ce n'est pas mon domaine. Ce qui est impalpable ne m'évoque rien. J'aime ce qui est concret. C'est pour cette raison que le mariage intervient si vite. Je ne veux pas simplement voir où nous mène notre relation. Je sais que je la veux dans ma vie pour toujours. Qu'ai-je besoin de savoir d'autre ?

— Je suis fermement convaincu, dit Chance, que le mariage repose grandement sur l'espoir. Et sur une forme de magie impalpable. Bon sang, souviens-toi. J'ai dû être frappé d'amnésie pour finir par me marier. Ne me dis pas qu'aucune… intervention mystique ne s'est produite dans mon cas. Tout ne se résume pas à une approche pragmatique. À ce que l'on peut voir et toucher. Il est question d'une dimension qui se situe bien au-delà.

Il s'agissait d'une vision à laquelle Jacc ne souscrivait absolument pas.

— Ce n'est pas mon cas. Je ne crois pas le moins du monde à ce genre de choses.

— Tu ferais mieux de commencer à le faire. Autrement… je crains que l'avenir ne soit difficile pour toi.

— J'ai pris une décision et j'ai tout ce que je voulais.

— Pour l'instant. Mais que se passera-t-il quand Cara en attendra plus de ta part ?

— Je ne vois vraiment pas ce qu'il pourrait y avoir

de plus. Elle est importante pour moi. Suffisamment essentielle à mon existence pour que je veuille me lier à elle pour toujours. Je ne veux pas vivre avec une autre femme. Cela m'a semblé une évidence absolue dès que j'ai posé mes mains sur elle. Je…

— Pourquoi penses-tu qu'il ne s'agit pas d'amour ? demanda Kit.

— Je ne sais pas, dit-il. Peu importe le nom de ce sentiment. Peut-être que c'est de l'amour.

Une force en lui refusa cette idée et sa réaction fut particulièrement vive. C'était comme si les murs qu'il avait érigés autour de son âme se solidifiaient soudainement, lui rappelant violemment la raison de leur existence.

— Je l'épouse, dit-il. Quelle différence cela fait-il que nous nommions ce que je ressens d'une façon ou d'une autre ?

— Aucune, j'imagine, répondit Chance.

— Eh bien voilà. Contente-toi donc de me féliciter et de me dire que tu es heureux pour moi.

— C'est le cas, insista Chance. Ce que je sais, c'est qu'être avec Jade a guéri une blessure en moi. Tu ne peux pas t'engager dans une union sans rien changer à ce que tu es et t'attendre à ce que ton mariage fonctionne. Ni espérer qu'il te guérira.

— Je ne cherche pas à être guéri, dit Jace.

— Pourquoi ne le voudrais-tu pas ? interrogea Kit.

— Parce que Sophie est morte et que personne ne peut rien y faire. Elle est partie pour toujours. Donc la blessure restera pour toujours elle aussi.

Jace baissa alors les yeux vers le verre de bourbon dans sa main et plissa le front. Un papillon était peint sur le côté.

Il jeta un rapide coup d'œil en direction des autres

verres. Chacun était orné d'un motif différent. Ce n'était pas significatif.

Ses frères ne parlèrent plus de lui ensuite. Ils se contentèrent de finir leur partie de fléchettes.

- 13 -

Cara se sentait entourée d'amour et de chaleur. Ses futures belles-sœurs étaient aux petits soins et la mère de Jace semblait sincèrement heureuse.

Mais, sans qu'elle en comprenne la raison, elle se sentait un peu comme un imposteur. Pourtant Jace et elle allaient véritablement se marier. Ils ne faisaient pas semblant. C'était juste que… il n'avait rien dit signifiant qu'il était amoureux d'elle. Et elle ne parvenait pas à déterminer si c'était elle qui réagissait étrangement à la situation. Si elle voyait des problèmes là où il n'y en avait aucun. Parce que Jace tenait à elle. Elle le savait. Elle aurait pu dire qu'il était même incontestable qu'il l'aimait.

Elle se demandait pourquoi cette question comptait à ses yeux. Avait-elle même une quelconque importance ?

Elle l'avait dans sa vie, partageant avec lui la relation la plus stable dont on puisse rêver et ils allaient en outre officialiser cette relation. Pourquoi alors accorder tant de prix à cette interrogation ?

Parce que tu l'aimes.

Pourquoi y accorder tant d'importance ? Quelle différence y aurait-il s'il disait qu'il l'aimait ou s'il était simplement amoureux ?

Elle mit de côté ses questionnements et, quand Jace la rejoignit après sa partie de fléchettes, il prit sa main.

— Que dirais-tu de venir chez moi ?

Elle en avait envie. Terriblement envie. Elle voulait passer la nuit avec lui. Elle voulait consolider ce qui se passait entre eux. Acter le fait que leur relation avait changé et que tous deux étaient toujours les mêmes.

— Suis-moi en voiture, d'accord ? ajouta Jace.

Cara le suivit donc à bord de son propre pick-up, qu'elle mena sur le chemin de terre bosselé reliant la maison principale et la demeure qu'il occupait sur la propriété. Elle se gara juste derrière lui, devant la bâtisse, puis sortit et le rejoignit.

— Jace…

Elle avait été sur le point de lui demander à quel endroit ils vivraient après leur mariage. Serait-ce ici ou bien chez elle ? Mais il la prit par la taille et l'attira contre lui avant qu'elle puisse en dire davantage. Il pressa un baiser, ardent, exigeant, sur ses lèvres et elle se dit que le temps n'était peut-être pas venu de parler. Peut-être pouvaient-ils simplement profiter de ce moment à la fois si réel et si parfait, et qui leur offrait un sentiment de certitude au milieu du tumulte de l'existence.

Son baiser la troubla profondément.

Elle fut prise de l'envie de lui montrer, de lui faire comprendre, la force de ses sentiments pour lui.

C'était ce qu'elle désirait plus que tout. Il avait pris soin d'elle lors de leur première fois, et la seconde il avait fait naître en elle une incroyable confiance en la laissant le chevaucher.

Mais elle avait envie de davantage.

Elle voulait qu'il sache. Elle voulait lui montrer elle-même la différence entre aimer et être amoureux.

Elle voulait voir si ce qu'elle ressentait suffirait à porter leur union, à faire qu'ils restent unis pour toujours. Jace la souleva de terre et elle noua ses bras autour de son cou. Elle insuffla alors dans le baiser qu'ils échangèrent toute la puissance des sentiments qu'il lui inspirait, toute la foi qu'elle avait dans leur couple. La force du soulagement qu'elle avait ressenti le jour de leur rencontre, tant d'années plus tôt, quand il s'était montré si gentil envers elle. Le besoin qu'elle avait éprouvé de remplir le vide laissé par la disparition de cette sœur qu'il aimait tant. Ces longues années d'amitié. Ces années à partager des confidences. À être là l'un pour l'autre.

Il était son cœur, son âme. Elle voulait qu'il ressente la gratitude qu'elle avait éprouvée envers lui quand il s'était trouvé auprès d'elle au moment de la mort de son grand-père. Quand il l'avait si naturellement accueillie au sein de sa famille. Elle voulait simplement qu'il sache combien elle l'aimait.

Elle l'embrassa donc comme si sa vie en dépendait.

Puis Jace la guida vers le porche de sa maison et ils franchirent le seuil ensemble. Mais ils ne parvinrent pas jusqu'au bout du couloir. Ils réussirent tout juste à gagner le canapé. Il étendit Cara sur le doux tissu du sofa et lui retira ses vêtements avec fougue. Il n'y eut ni paroles. Ni plaisanterie. Ni rires.

Rien d'autre ne comptait que le désir qu'ils éprouvaient l'un pour l'autre.

Elle se sentait déjà si brûlante, si absorbée dans cette étreinte.

Cara s'agrippa aux épaules de Jace puis fut prise du désir urgent de le délester de tous ses vêtements. Ses gestes vifs trahissaient son impatience fébrile. Elle porta ses mains sur la boucle de sa ceinture et le délesta de son jean tandis qu'il faisait glisser sa culotte le long de ses cuisses. Sa robe d'été se trouvait déjà par terre.

La bouche et les mains de Jace étaient avides et elle adorait le voir ainsi.

Cet homme qui avait désespérément envie de son corps n'était plus un étranger désormais. Ces étreintes faisaient partie d'eux, de ce qu'ils étaient devenus. Ce qui chargeait chaque instant d'encore plus de puissance.

Il glissa sa main entre ses cuisses, soucieux de savoir si elle était prête à s'unir à son corps.

— Maintenant, lui dit-elle aussitôt d'un ton suppliant.

Il s'empara prestement d'elle et imprima un rythme fiévreux à ses élans. Elle aimait que ce soit rude, presque animal. Elle l'aimait, lui.

Elle enfonça ses doigts dans ses épaules, noua ses jambes autour de sa taille, puis Jace prononça son prénom. Le répéta, encore et encore. Comme une prière ou un juron, elle ne pouvait le dire, mais tout lui convenait.

Une tempête s'était déchaînée en eux. Leurs corps, leur fièvre étaient si brûlants qu'elle crut perdre la tête. Pourtant, en même temps, ce n'était pas assez. Elle se demandait si ce serait un jour assez.

Elle pouvait le sentir trembler, sur le point d'atteindre les limites du contrôle qu'il avait sur lui-même.

Quand il atteignit le sommet du plaisir, il laissa échapper un grondement et un cri, et elle le rejoignit dans l'orgasme presque aussitôt.

Puis elle embrassa sa bouche, son visage, répéta son prénom encore et encore, parce que c'était le seul mot qui lui venait à l'esprit et que tout se résumait à lui et à cet instant.

Au même moment Cara songea à l'avenir, imagina un futur radieux baigné de lumière et peuplé de papillons. C'était ce qu'elle voulait. Ce qu'elle espérait. Ce qu'elle désirait atteindre.

Elle sut alors que le moment était venu. Elle sut qu'il lui fallait le dire.

— Je t'aime, Jace.

Il eut l'impression de mourir. Littéralement, comme si quelqu'un venait de lui arracher les poumons. Comme si une part de lui venait de se briser de façon irrévocable. Irréparable.

Je t'aime.

Bien sûr qu'elle l'aimait. Elle était sa meilleure amie. Il l'aimait lui aussi. Il n'y avait rien de révolutionnaire dans ces paroles. Pourtant c'est l'impression qu'il en retirait alors qu'il était encore étendu sur elle, enfoui en elle. Le souffle court. Son esprit quitta ce qu'ils venaient de partager. Il s'agissait de plus que de plaisir.

Ce qu'ils vivaient dépassait le sexe, les orgasmes. Cette réalité était plus grande encore et elle les avait changés fondamentalement. Cette vérité s'était imposée à lui quand il l'avait vue s'avancer vers lui dans sa robe d'été.

Cet étrange et écrasant sentiment ne l'avait pas quitté de la soirée. Il se connaissait suffisamment bien pour savoir quand il ne se montrait pas honnête vis-à-vis de lui-même. Quand ses actions n'étaient pas en accord avec ce qu'il savait être important.

Oui. C'était dans ces moments-là que ces sensations l'assaillaient. Quand il avait hésité à s'installer à Lone Rock, à se rapprocher intimement de Cara. Non parce qu'il ne savait pas quoi faire, mais parce qu'il n'avait pas eu envie de le faire.

C'était comme si un coup de gong résonnait soudain à l'intérieur de lui.

Il ne savait pas pourquoi il se sentait si différent. Mais c'était un fait.

— C'était fabuleux, dit-il tout en se maudissant aussitôt pour ses paroles.

— Oui, Jace. Mais je viens de te dire que je t'aime.

— Je sais.

Cara s'écarta alors légèrement de lui.

— Peux-tu me parler de Sophie ? Un peu plus.

Jace hocha lentement la tête. Cela ne s'apparentait ni pour l'un ni pour l'autre à un changement de sujet incongru.

— Elle adorait les papillons, dit-il. Que tout en soit décoré. Même ses blouses d'hôpital.

Il s'éclaircit la voix.

— La première fois que je t'aie vue… avec ton classeur rose. Décoré de tous ces papillons, je… C'était comme si tu étais destinée à croiser mon chemin.

Jace s'entendait prononcer des paroles auxquelles il n'était pas censé croire. Mais il pouvait se souvenir de ce moment. C'était comme s'il s'était senti guidé vers Cara. Vers cette autre fille aimant les papillons.

En parler était douloureux. Tout comme regarder en arrière. Parce qu'il n'existait aucune bonne façon pour lui de diriger son regard vers l'avenir. Ce qui lui déplaisait fortement. Mais le problème avec l'envie de s'ancrer dans un lieu était qu'il s'agissait d'une démarche nécessitant une certaine capacité à se projeter dans le futur. Peut-être était-ce là une partie du problème. Ce qui expliquait en partie ce changement. Peut-être était-ce ce qui faisait naître ce poids dans sa poitrine.

— Les enfants ne sont pas censés être atteints d'un cancer, dit-il d'une voix éraillée. Un petit garçon n'est pas censé avoir à regarder sa sœur mourir. Une mère n'est pas censée devoir regarder son enfant mourir. Ceci n'est tout simplement pas censé arriver.

Il savait que cela ne menait à rien, qu'être furieux ne servait à rien, n'avait jamais servi à rien. Par conséquent il ne s'était jamais laissé aller à cette colère. Il avait juste tout éteint en lui, absolument tout.

À présent il avait envie d'exprimer sa fureur.

— Elle était la plus vive, la plus jolie… elle était si amusante. Et la maladie l'a privée de toute cette joie. C'était injuste. C'est injuste. Ce n'était qu'une petite fille qui aimait les papillons. Quel est le sens de sa disparition ?

— Il n'y en a pas. C'est l'une des injustices de la vie.

— Comment peux-tu croire aux miracles, aux esprits ? Comment peux-tu rêver et espérer ? Comment y parviens-tu ? Je ne le comprends pas.

— J'agis ainsi parce que j'ai accepté le fait que je ne saurai ni ne comprendrai jamais certaines choses. Mais je ne crois pas non plus que ce qui nous arrive ici-bas à notre mort est la fin. Tout ne peut pas s'arrêter à ce que nous considérons comme une tragédie. Je ne peux pas le croire. Parce que je regarde autour de moi dans ce monde et que je vois des miracles. Des miracles, la splendeur des rayons du soleil et des papillons. Il y a toujours tant de papillons. Autour de toi et de moi. Je pense que Sophie t'accompagne peut-être.

— Non. J'ai juste… je ne peux pas…

— Je comprends. Il est douloureux d'espérer.

— Ne dis pas ça. On dirait que tu fais preuve de condescendance. C'était comme si c'était moi qui agissais de façon ridicule. Alors que toi… c'est toi qui crois dans toutes ces choses que tu ne peux pas voir.

— Mais il y a tant de choses que nous ne pouvons pas voir, Jace. Ce qu'il y a entre nous, par exemple. Ne vois-tu pas le miracle qui se niche dans cette réalité ? Dans le fait que tu m'aies trouvée ? Moi, la fille au classeur orné de papillons. Que tu aies été là pour moi, comme si tu avais été poussé vers moi ? Ne vois-tu rien de magique dans cette rencontre ? Et nous voici, après toutes ces années passées en tant qu'amis, nous apprêtant à être plus encore. N'est-ce pas un autre miracle ? Que non seulement tu sois la personne au monde avec laquelle je préfère parler, mais qu'en plus lorsque nous sommes ainsi ensemble… tout soit si intense et fabuleux. Qu'y a-t-il dans cette réalité qui ne soit pas miraculeux ?

— Pourquoi n'ai-je pas pu avoir le miracle dont j'avais besoin ? dit Jace, en articulant avec peine.

Il aperçut alors un éclat de douleur traverser brièvement le regard de Cara.

— Tu comprends le sens de ma phrase, n'est-ce pas ? Tu sais que je ne voulais pas dire que je n'avais pas envie de toi dans ma vie ? lui demanda-t-il.

— Je comprends. Parce que je te connais. Je sais que tu ne veux pas me blesser. Mais je crois que je perçois d'une certaine façon que tu n'as pas envie de m'aimer non plus.

Les mots de Cara le percutèrent en pleine poitrine à la manière d'un uppercut. Elle les avait prononcés à voix basse. Sans colère. Sans user du moindre ton accusateur.

Mais ils lui faisaient terriblement mal.

Et ils étaient vrais.

— Que veux-tu dire ? Quelle différence cela ferait-il entre nous ?

Elle leva vers lui des yeux emplis de tristesse.

— Je ne sais pas.

— Eh bien, dans ce cas, pourquoi en faire un problème ?

— Tu as raison. Allons-nous coucher, veux-tu ?

— Tu as tout de même envie de passer la nuit ici ?

— J'ai toujours envie de t'épouser, oui.

Il accueillait avec plaisir cette parole parce qu'il voulait prendre soin d'elle, être avec elle, comme ils l'avaient toujours été et comme ils l'étaient désormais. Donc, malgré ses paroles malheureuses, il irait de l'avant et accepterait ses propres erreurs.

— Très bien dans ce cas. Allons dormir.

— Je voulais juste te dire…, reprit Cara. Ou plutôt, j'ai besoin de clarifier un point.

Elle garda le silence un instant puis leva un regard assuré, presque inflexible, vers lui.

— Je n'ai pas besoin de toi.

Elle aurait pu tout aussi bien lui tirer directement une balle en plein cœur.

— Comment ?

— Je n'ai pas besoin de toi. Même lorsque j'étais une triste collégienne sans poitrine, je n'avais pas besoin de toi. J'avais avancé dans ma vie de manière correcte sans toi. Tu étais génial. Tu l'es encore. Mais j'aurais survécu si tu n'avais pas fait partie de ma vie.

Elle se releva, nue et pleine de détermination, et il eut presque l'impression de ne pas avoir le droit de poser ses yeux sur elle.

— Je suis forte. Ma mère est une toxicomane qui ne voulait pas de moi. Par bonheur je ne me souviens pas beaucoup de cette période de mon existence. C'est une très grande chance, vraiment. Tout comme l'est le fait que ce dont je me souviens principalement est combien mon grand-père a bien pris soin de moi. Je me souviens que tu t'es comporté comme un bon ami. Ces vérités comptent vraiment. Mais je n'ai pas besoin de toi. Je n'avais même pas besoin de toi pour l'hôtel. J'avais tout planifié toute seule, et j'aurais pu attendre. J'aurais pu patienter pour avoir assez d'argent pour entreprendre les rénovations et régler cette question de ratons laveurs.

— Que veux-tu démontrer exactement ?

— Juste que je n'ai pas besoin de toi, Jace Carson. Je te veux dans ma vie, voilà tout. Alors toutes ces actions que tu mènes et dont tu penses qu'elles te rendent indispensable, ce n'est pas ce qui compte à mes yeux. Ce qui compte, c'est regarder des films stupides avec toi. Passer la nuit dans un hôtel et se quereller ensemble au sujet de la présence de fantômes et de la question de savoir si les ratons laveurs sont mignons ou malfaisants. Ce sont ces petites choses qui me semblent les plus importantes. La façon dont nous parlons de tout et de rien. Le fait que je t'ai avoué que j'étais vierge et qu'un peu ivre je t'aie dragué par la même occasion. Mais je savais que je pouvais te faire confiance, que cette information serait entre de bonnes mains. Je l'ai toujours su. La question n'est pas d'avoir besoin de toi, de devenir dépendante de toi. Mais de te vouloir auprès de moi parce que tu es l'ami le plus merveilleux, prévenant et digne de confiance que quiconque pourrait espérer avoir. Ce n'est pas parce que tu ressens le besoin d'être mon protecteur. C'est juste parce que tu es toi.

Une pensée frappa l'esprit de Jace au moment où ces mots franchissaient les lèvres de Cara. Elle avait raison. Elle n'avait nul besoin de lui. Elle était incontestablement la femme – la personne – la plus forte et la plus incroyable qu'il connaisse. Elle avait surmonté nombre d'épreuves, était dotée d'un solide sens de l'humour et faisait figure de véritable trublion. Elle avait confiance en elle et était pleine de ressources. Elle avait monté un plan financier afin d'obtenir le prêt pour l'achat de l'hôtel et avait organisé la nuit sur place dans les moindres détails.

Elle n'avait effectivement nul besoin de lui.

Il s'était répété le contraire durant toutes ces années.

Mais la vérité était la suivante : c'était lui qui avait besoin d'elle.

Il s'était dit qu'il fallait la protéger.

Mais il n'avait fait que se protéger lui-même. Depuis toujours.

C'était ce qui avait dicté la moindre de ses actions depuis qu'il avait proposé de passer la nuit avec elle à l'hôtel. Il avait cherché à acheter un terrain, à s'enraciner à Lone Rock, et bien sûr, il avait choisi d'enrouler ces fameuses racines autour d'elle parce qu'il ne savait pas à quoi ressemblerait sa vie sans elle.

Elle était devenue son soutien, son roc.

Il l'avait façonnée pour qu'elle puisse remplacer tout ce qui lui manquait. Tout ce qu'il désirait et ne possédait pas.

Il ne pouvait lui donner ce qu'elle voulait. C'était tout simplement impossible.

Parce qu'il essayait d'envisager l'avenir et que tout devenait noir dans son esprit. Parce qu'imaginer vouloir quoi que ce soit, avoir le moindre espoir, étaient des idées qu'il craignait trop fortement de s'approprier.

— Tu devrais t'habiller, dit-il d'une voix éraillée.

— Pourquoi ?

— Parce qu'il vaudrait mieux que tu rentres chez toi.

— Cet endroit sera ma maison après notre mariage.

Elle parlait d'une voix si calme, si ferme qu'il se sentit tel un vrai salaud en songeant à ce qu'il s'apprêtait à lui annoncer. Mais, à vrai dire, la situation dans son entier lui inspirait le même sentiment. Ce sentiment se rapportait à tout. À la façon dont il avait menti. À Cara.

À lui-même. Parce que c'était là la triste vérité. Il avait trouvé un moyen de se convaincre qu'il agissait pour elle, alors qu'il avait cherché à la garder tout près de lui pour pouvoir l'utiliser afin de soulager les blessures de son âme.

Au début il cherchait à prendre soin d'elle, cette personne qu'il percevait comme vulnérable. Parce qu'il n'avait pas été capable de prendre soin de Sophie, n'est-ce pas ? Pas de manière significative. Elle était morte. Par conséquent, en quoi ce qu'il avait fait avait-il eu la moindre utilité ? Elle était décédée, ce qui signifiait qu'il avait échoué. Elle n'était plus là, et un trou béant occupait à présent sa place. Il ne savait pas ce qu'il était s'il n'était pas son grand frère, son ami.

C'était ce qu'il était devenu pour Cara, mais la situation était devenue gênante quand il avait commencé à être attiré par elle. Pendant un temps il avait été capable de maîtriser son élan, parce qu'il était très doué pour réprimer la moindre émotion. Extrêmement doué.

Ce système avait fonctionné durant des années, jusqu'à ce qu'elle le regarde droit dans les yeux et lui dise qu'elle était vierge. Avant de lui proposer d'être celui qui change cette réalité. Oui, tout avait parfaitement marché jusqu'à cet instant. Ensuite… tout s'était transformé en un véritable enfer à ses yeux. Il avait donc décidé de remanier l'histoire. D'attribuer un nouveau rôle à Cara. Il avait transformé le récit de leurs vies en une nouvelle version qui lui permettait de continuer à fuir la vérité.

Parce qu'il en avait sincèrement besoin. Mais elle était là, à le provoquer. Parce qu'elle était Cara Summers, et qu'il était Jace Carson, et qu'ils étaient honnêtes l'un envers l'autre.

Jusqu'à un certain point.

Ils s'étaient toujours menti à propos des questions ayant trait à l'amour et au sexe.

Elle ne lui avait jamais dit qu'elle avait envie de lui et il ne lui avait jamais dit que, parfois, il avait l'impression que sa vie pourrait tomber en pièces si elle n'en faisait pas partie.

Oui, il passait du temps sur le circuit du rodéo. Il était loin d'elle durant de longues périodes parfois, mais elle était toujours là, l'attendant quand il retournait au bercail. Cela avait du sens à ses yeux. Cela comptait.

Il l'avait utilisée pour se donner un but.

Il s'était servi d'elle comme d'une intermédiaire pour toucher cette dimension spirituelle qu'il ne s'autorisait pas à approcher. Parce qu'elle avait assez d'espoir pour eux deux, qu'elle avait suffisamment foi en l'existence pour eux deux. Qu'elle croyait pour eux deux. Dans la beauté et l'intensité de la vie, dans cette idée que les miracles étaient possibles, un concept qu'elle manipulait si aisément, alors que lui-même en était tout simplement incapable. Elle avait cette façon d'agir comme si son grand-père n'était séparé d'elle que par une pensée, une prière. Elle était capable de voir la beauté dans un vieil hôtel délabré et des perspectives enthousiasmantes dans une rue commerçante à moitié déserte.

Que lui donnait-il, lui, exactement ?

Elle disait qu'elle l'aimait et lui était… juste brisé.

S'il y avait une action de poids, positive, à mener, c'était de mettre fin à toute cette situation. D'arrêter de laisser les racines qu'il voulait créer s'enrouler autour d'elle, parce qu'alors elle serait entraînée vers la poussière et qu'elle était destinée à vivre bien mieux que cet avenir-là.

Elle méritait plus.

Elle n'avait pas choisi d'être l'enfant d'une mère

incapable de l'aimer comme il convenait. Elle n'avait pas choisi d'avoir un père qui ne voulait rien avoir à faire avec elle. Elle n'avait pas à avoir un époux brisé.

Il avait voulu la garder près de lui, parce qu'il était possessif et qu'il voulait plus de sécurité dans sa propre vie. S'il tenait vraiment à elle, il devait la laisser partir, lui permettre d'être libérée de lui.

Elle pensait être amoureuse de lui uniquement à cause du sexe. Parce qu'elle était vierge jusqu'alors. Parce qu'ils avaient été amis durant si longtemps.

— Tu devrais rentrer chez toi, répéta-t-il.

— Jace, tu me fais peur.

— Nous ne pouvons pas nous marier, Cara. Ce que tu veux, je ne sais pas te le donner. Tu as entièrement raison. Tu n'as pas besoin de moi. Tu te tiens très bien debout toute seule. C'est moi qui boite. C'est moi qui m'appuie sur toi. Ce n'est pas correct. Je ne peux pas continuer ainsi, à présent que j'en ai pris conscience.

— Jace, es-tu stupide ? Ne t'est-il jamais venu à l'esprit que j'étais pleinement consciente de tout ceci ?

— Comment cela ?

— Je te connais. Je sais que certaines choses sont particulièrement difficiles pour toi.

— Pourquoi me laisser m'appuyer sur toi, si tu n'as pas besoin de moi ?

— Je ne m'écroulerais pas si tu n'étais pas là. Mais je me suis très certainement appuyée sur toi au fil des ans. Notre relation est la plus importante que j'aie connue dans ma vie. Désolée, grand-père. C'est toi, Jace, qui as le plus compté. Tu m'as enseigné quoi attendre d'un ami, puis d'un amant. C'est énorme. Mais je n'ai jamais été aveugle quant au fait que ton âme était parcourue de failles, Jace. Jamais. Parce que tu as pris la peine de venir en aide à une petite fille triste et qui pleurait derrière le collège. Pourquoi une personne « cool », un garçon séduisant comme toi, doté de nombreux amis agissait-il de la sorte ? On se lie d'amitié avec l'oiseau à l'aile brisée quand on est blessé soi-même. Aucun de nous ne pouvait voler. Mais ensemble… nous n'en étions pas loin.

— C'est une belle métaphore. Mais cela ne change rien au fait que je te tire vers le bas.

— Je t'aime. Et si j'avais fait le choix d'être avec toi ? Juste parce que c'était ce que je voulais ?

— Je suis en train de te dire que je ne vais pas participer à ce qui s'est noué entre nous. Je ne vais pas continuer à prendre. Alors que je ne peux rien te donner en échange.

— C'est absurde, dit Cara. Tu as peur, voilà tout, et tu ne veux pas le reconnaître. Je t'aime. Je suis celle qui l'a avoué. Celle qui a franchi ce pas. Et toi tu ne peux pas le faire, parce que…

Les yeux de Cara s'emplirent de larmes, et soudain elle bloqua son souffle comme si une vérité venait de la frapper.

— Il t'est impossible d'espérer, n'est-ce pas ? Tu as peur d'espérer le meilleur parce que tu crois plus facile de simplement imaginer le pire. Ou juste de ne rien imaginer. Parce que tu as eu l'espoir que Sophie guérisse et que ce n'est pas arrivé.

Jace laissa échapper un grognement contrarié.

— Oublie tout ça, veux-tu ?

— Mais c'est bien ça, n'est-ce pas ? Rien ne te fait plus peur en ce monde que l'espoir. Parce que tu as espéré et que la situation n'a pas tourné en ta faveur. Tu en as été anéanti, et tu ne sais pas comment faire à présent. Parce que tu crains que cela se produise de nouveau.

— N'essaye pas de me psychanalyser. Tu ignores ce que c'est de traverser ce que j'ai vécu. Tu n'en as pas la moindre idée. Peut-être que ce n'est pas une maladie de refuser de croire en des choses que l'on ne peut pas voir. Peut-être que ce n'est pas moi qui suis fou.

— Eh bien… Même si je fais erreur, je peux au moins trouver des raisons de sortir de mon lit chaque matin. Et le soir, quand je me glisse sous mes couvertures, je crois encore à l'avenir. J'ai de l'espoir. Car que serait la vie sans espoir ? Tu ne peux pas saisir l'amour qui t'est offert, parce que tu ne peux pas te projeter dans l'avenir. Parce que tu as peur de vouloir quelque chose que tu ne peux…

Cara glissa alors ses mains dans celles de Jace.

— Tu ne veux que ce que tu peux tenir dans tes propres mains. Tu me tiens. Ne peux-tu pas croire en moi ?

Non. Il en était incapable. Parce qu'il ne pouvait pas voir comment se sortir de cette impasse. Il ne pouvait pas imaginer une façon de régler le problème, de se réparer lui-même.

Il ne pouvait pas lui faire subir cette situation. Il ne le ferait pas.

— Rentre chez toi.

Il fit ce qu'il n'avait jamais fait depuis qu'ils se connaissaient. Il s'écarta d'elle.

Mais Cara tint bon. Elle ne recula pas, ni ne tressaillit. Il pouvait lire une profonde souffrance briller au fond de ses yeux et il détestait l'idée de l'avoir causée. Pourtant Cara refusait de renoncer.

— Très bien. Je vais partir. Mais quand tu auras besoin de quelqu'un pour parler au beau milieu de la nuit, parce que tout va mal, tu m'appelleras. Parce que je suis ta meilleure amie et que je t'ai soutenu durant toutes ces années.

— Cela change la situation entre nous, dit Jace. Je ne crois pas que nous pouvons… Je ne pense pas que nous pouvons poursuivre notre relation.

— Attends un peu, tu ne veux plus m'épouser ou tu ne veux plus être mon ami ?

C'est alors qu'elle vacilla, que la splendide Cara Summers sembla sur le point de voler en éclats et que Jace crut qu'il allait se briser. Ce qui le surprit, car il n'avait pas imaginé qu'il restait en lui quoi que ce soit de fragile.

— Je ne peux être ni ton époux ni ton ami. Car dans tous les cas cela reviendrait à m'accrocher à toi, alors que tu as besoin de toute ta liberté. Je t'empêcherais d'espérer comme tu le désires. Tu ne peux pas m'aimer. Plus maintenant.

— Tu n'as pas à décider de ce que j'ai à faire.

— J'ai raison… tu peux me croire, Cara.

— Tu me laisses sans rien, dit-elle d'une voix brisée. Tu me laisses sans personne. Tu as toute ta famille, et moi, que me reste-t-il ?

— Cara…

— Non. Non. Tu n'as pas à faire ça. Tu n'as pas à essayer de me faire me sentir mal pour toi. Ou tenter de me faire croire que tu agis pour le mieux, que tu es courageux et que tu te sacrifies par cet acte. Tu te comportes simplement en lâche. Tu nous détruis. Tu détruis la vie que nous aurions pu avoir. Parce que tu as peur. Je ne te laisserai pas transformer la réalité. Je te connais trop bien pour ça. C'est le problème quand on rompt avec sa meilleure amie, Jace. Je vois clair dans ton jeu. Même si toi, tu en es incapable.

Sur ces mots, elle ramassa ses vêtements. Elle s'habilla, sortit de la maison sans lui adresser un autre regard, et il eut l'affreux sentiment qu'elle emportait le monde entier avec elle.

Les papillons et tout le reste.

- 14 -

Elle aurait dû rentrer directement chez elle mais, au lieu de cela, Cara se rendit à l'hôtel. Il lui semblait que ce serait peut-être plus réconfortant que de se retrouver seule dans sa maison. Toutefois rien ne semblait capable de la réconforter à ce stade.

Dès qu'elle entra, un sentiment d'apaisement la gagna cependant. Était-ce la présence éventuelle d'un raton laveur qui la rassurait ? Ou celle de la lueur flottante ? Elle l'ignorait. Ou peut-être était-ce juste qu'elle pouvait se mentir à elle-même dans cet endroit. Elle pouvait se souvenir de la dernière fois où ils s'y étaient trouvés ensemble, la tête pleine de rêves, et que Jace lui avait demandé de l'épouser.

Comme s'il était possible qu'ils aient un avenir. Un avenir si différent de ce qu'elle avait pu imaginer un jour pour elle-même. Un avenir qui paraissait plus vaste, plus radieux, meilleur.

Elle avait toujours été seule. Elle avait toujours été celle que les gens n'aimaient pas suffisamment. Elle savait que ce n'était pas juste. Elle savait qu'il n'était pas juste qu'elle se reproche quoi que ce soit dans le cas présent. Les craintes que Jace éprouvait à propos de l'amour n'étaient pas liées à elle. Mais bien à lui. Ce qui ne voulait pas dire que cette réalité ne la touchait pas profondément. Elle se sentait ébranlée, perdue, triste.

Elle avait l'impression d'avoir de nouveau quatorze ans et le sentiment de ne pas avoir assez de valeur aux yeux du monde.

Mais si le contraire était bien vrai, ne pourrait-elle pas le faire… changer ?

Ne pourrait-elle pas lui faire voir la vérité ?

Ne pourrait-elle pas l'amener à se défaire de ses peurs ?

Mais il ne voulait pas les abandonner et s'il n'en avait pas envie, rien ni personne ne pourrait le convaincre.

Cara s'arrêta au pied des escaliers. Jace lui avait brisé le cœur. Elle vivait son pire cauchemar. Elle était tombée amoureuse de lui et il l'avait rejetée. Il n'avait pas fait que rompre avec elle… Il avait mis un terme à leur amitié.

Jamais elle ne l'avait craint. Elle avait songé que ce serait une torture de passer du temps avec lui puis de devoir le regarder aller de l'avant avec d'autres femmes, tandis qu'elle se tiendrait près de lui comme une amie fidèle.

Elle n'avait jamais imaginé qu'il mettrait fin à leur amitié.

Elle se tenait là, s'attendant à tomber en pièces.

Soudain elle sentit une lueur scintillante au centre de sa poitrine, qui semblait brûler au fond de son âme. Elle s'attendit à ressentir un sentiment de profonde solitude parce que Jace avait été l'unique personne qui avait été présente aussi longtemps dans sa vie. La seule qui était encore là.

Mais elle ne sentait pas seule. Parce que son grand-père était avec elle, elle le sentait. Peut-être y avait-il une autre présence également. Quelqu'un d'autre.

Parce que quoi que Jace puisse penser, quoi qu'il puisse dire, l'amour ne prenait pas fin quand quelqu'un mourait. Tout ce que les personnes défuntes avaient été pour vous était toujours là. Ainsi que tout l'amour qu'elles vous avaient donné et celui que vous leur aviez donné en retour.

Elle le savait. C'était la raison pour laquelle elle se tenait là, dans cet hôtel.

Le fait que son grand-père soit parti n'effaçait pas l'amour dont il lui avait fait don.

Le fait que Jace mette fin à leur relation n'effaçait pas ce qu'ils avaient été l'un pour l'autre.

Elle plaça une main sur sa poitrine et elle eut le sentiment que son cœur était brisé mais que, malgré tout, au fond d'elle, surgissait un élan de gratitude.

Parce que Jace ne pouvait pas réduire à néant toutes ces années.

Il ne pouvait pas reprendre l'amour qu'il lui avait déjà donné et l'arracher à son cœur, à son âme, car il faisait partie d'elle.

C'était comme une mort.

Mais tout comme la mort... ce n'était pas vraiment la fin.

Parce qu'elle l'aimait et qu'elle l'avait aimé durant toutes les années précédant ce moment. Elle aurait toutes les années qui suivraient également. Elle aurait voulu que tout soit différent. Mais c'était comme aimer des personnes décédées, sans doute.

C'était douloureux. Or il y avait de la beauté dans ces émotions également, et Jace ne pouvait pas faire disparaître cette beauté.

Ce qu'ils avaient partagé faisait partie de celle qu'elle était et de ce qu'il était, lui, et avait été assez fort pour ne jamais complètement disparaître. Pour que Jace ne l'efface jamais complètement de son esprit.

Bien sûr, l'inverse était vrai. Elle ne serait jamais capable de l'effacer de son esprit non plus.

Elle n'en avait pas envie, même si c'était douloureux. C'était là la différence entre la femme qu'elle était à présent et la jeune fille qu'il avait trouvée en larmes près du ruisseau.

La femme qu'elle était à présent ne voulait pas fuir. Elle était prête à tenir bon. Il avait dit qu'il l'emprisonnait et la tirait vers le bas. Mais la réalité était que les propres racines de Cara étaient profondément ancrées dans le sol. Elle savait qui elle était et il faudrait plus qu'une tempête pour l'abattre.

Elle était une femme qui aimait un homme qui ne l'aimerait pas en retour.

C'était affreusement douloureux mais elle ne fléchirait pas, ni ne se perdrait dans la drogue et les relations destructrices comme l'avait fait sa mère, ni ne déserterait, comme l'avait fait son père.

Elle ne laisserait pas la réalité lui voler son espoir, ainsi que la douleur et le deuil l'avaient fait pour Jace.

Ce n'était pas parce qu'elle était meilleure que lui. C'était simplement parce que... elle avait reçu suffisamment d'amour dans sa vie pour y puiser la force nécessaire à présent.

Elle gravit les marches pour rejoindre la chambre qu'elle avait partagée avec Jace sans ressentir la moindre peur. Elle ne craignait pas de voir quoi que ce soit de potentiellement effrayant. Car il n'y avait rien d'effrayant à craindre. Elle ne pouvait pas voir l'avenir. Mais rien n'était effrayant dans ce domaine non plus.

Parce qu'elle était en mesure de croire que quelque chose de meilleur adviendrait.

Il le fallait.

Il le fallait absolument.

Eh bien, il l'avait fait. Il avait tout brisé. Il avait mis le monde en pièces. Totalement et irrévocablement. C'était comme s'il avait brisé le ciel à coups de marteau et que tous les morceaux venaient s'abattre sur sa tête.

C'était la pensée la plus fantaisiste qu'il s'était jamais autorisée, parce qu'il ne se permettait jamais d'espérer.

Elle avait raison sur ce point.

Il n'avait jamais cru non plus qu'il soit possible d'être un jour plus blessé qu'il ne l'avait déjà été. Il pensait avoir une vision claire de l'existence. Et voilà qu'il se retrouvait là, au beau milieu d'un désastre qu'il avait lui-même provoqué, envahi par le sentiment qu'il ne pourrait jamais remettre ensemble les débris de son âme, ni se relever et tenir debout.

Qu'avait-il donc fait ?

Il avait perdu sa sœur. Elle avait été la personne la plus importante dans sa vie. Sa meilleure amie. Puis il avait rencontré Cara, et être avec elle, près d'elle, avait réussi à enfin apaiser la douleur qui vibrait en lui. À présent il l'avait repoussée loin de lui. Il avait fait le choix de ne pas l'inclure dans sa vie.

C'était sa faute. Il avait tout détruit. Il ne pouvait supporter de rester sans agir une minute de plus. Ce n'était pas dans son tempérament de ne pas agir.

Regarde où ton comportement t'a mené, Jace.

Il ne se projetait pas dans l'avenir parce que tout ce qu'il imaginait pour le futur lui semblait n'être que tristesse et désespoir.

Il quitta la maison et commença à suivre le chemin partant depuis l'arrière de la bâtisse. La lune était pleine, dispensant suffisamment de clarté pour qu'il puisse marcher sans trébucher sur le moindre obstacle. Le sentier serpentait ensuite sur le flanc de la montagne toute proche, à travers une épaisse forêt au milieu de laquelle régnait une profonde obscurité.

Il eut le sentiment alors de voir dans cette noirceur une image de sa vie, de son avenir.

Mais il poursuivit sa marche et quand il parvint au sommet de la montagne, il leva la tête et aperçut les étoiles. Même si cela lui semblait impossible, la terre continuait de tourner, le temps de s'écouler. Le ciel était serein et il nota qu'il ne l'avait pas brisé, ainsi qu'il l'avait imaginé plus tôt. Or cette étrange impression demeurait en lui, parce que c'était ainsi qu'il se sentait lui-même. Brisé. Tout comme son cœur.

Bon sang.

Il avait beau avoir essayé de toutes ses forces de s'assurer de ne plus laisser de place pour personne dans son cœur… Cara avait réussi à y entrer. Elle vivait en lui, quels qu'aient pu être ses efforts.

Il s'assit par terre et admira l'immensité face à lui.

— Elle pense que tu es ici, quelque part, Sophie, dit-il, sans pouvoir s'empêcher de se sentir stupide.

Mais il n'avait rien. Rien à espérer, rien à perdre, rien à gagner. Il ne lui coûtait rien de s'asseoir et de parler au ciel nocturne.

— Mais je ne peux rien ressentir. Ou bien ai-je peur d'éprouver quoi que ce soit ? J'avais envie de croire qu'il ne restait plus de raison d'espérer pour ne plus jamais souffrir, et voici où j'en suis arrivé. Je n'ai pas autant souffert depuis… depuis toi. Mais c'est une douleur que je me suis infligée moi-même et je l'ai infligée à la personne qui compte le plus à mes yeux en ce monde.

À cet instant il eut le sentiment de recevoir un coup de poignard en pleine poitrine.

— Je l'aime. Je suis amoureux d'elle et je l'ai rejetée, parce que j'ai trop peur d'affirmer mes sentiments, parce que j'ai trop peur de vouloir ce que je désire.

Il ferma les paupières et attendit que quelque chose se produise. Que l'inspiration, ou une boule de feu venue du ciel, le frappe en plein cœur.

Oui. Car on pouvait tout ignorer, dire qu'on n'y croyait pas et malgré tout recevoir un signe quand on en demandait un.

L'obscurité qui l'entourait était pareille à celle qui habitait son âme.

Il baissa la tête, paupières closes, et patienta. Il attendit ainsi toute la nuit. Jusqu'à ce que le soleil commence à se lever au loin, face à lui. Il se produisit alors le plus étrange des phénomènes. Juste à l'instant où les rayons de lumière dorée commençaient à caresser les rochers et les fleurs qui l'entouraient, il les vit. Il y en avait des centaines. Des petits papillons blancs, s'élevant de toutes parts.

Il ressentit alors de l'amour, d'une force qu'il n'avait jamais imaginée ni ressentie jusqu'alors. C'était comme si tous ceux qui s'étaient tenus à cet endroit avant lui étaient toujours présents ; comme si Sophie n'était pas morte.

— Tu as essayé de me parler, dit-il, en regardant tout autour de lui. Mais je suis un sacré idiot, donc tu ne peux pas te contenter de m'envoyer juste quelques papillons. J'imagine que j'avais besoin de voir toute une tempête de ces petites bêtes autour de moi pour t'entendre.

Il pouvait à présent voir l'avenir, c'était comme si enfin il était capable de voir au-delà de la ligne d'horizon. Il pouvait voir une vie et le monde tout illuminé par cet amour. Et il pouvait se voir aux côtés de Cara.

Sa Cara.

À partir du moment où cette image put se former devant lui… À partir du moment où il put croire dans ce qui lui avait semblé si intangible et impossible quelques heures plus tôt seulement, il sut.

Il sut qu'il l'aimait.

Et que la vie n'était pas livrée avec des garanties et des certitudes. Que le monde était un lieu rude et dangereux.

Mais que l'amour était ce qui lui donnait sa valeur. L'amour était ce qui survivait à tout.

Or l'amour ne fonctionnait pas sans foi.

C'était la foi qui lui avait manqué. La capacité à croire dans ce qui le dépassait et qu'il ne pouvait pas contrôler.

Ce moment était nécessaire pour qu'il essaye de voir la lumière par lui-même, sans prendre celle que Cara avait trouvée.

Parce qu'il réalisait qu'il lui fallait donner autant qu'il recevait.

Il était prêt à présent.

Il ne pouvait qu'espérer qu'elle veuille encore de lui après la catastrophe qu'il avait causée.

Mais il l'aimait depuis très longtemps. Il pouvait le voir désormais. Quand il se tournait vers le passé, l'avenir et même le présent, tout était à présent plus riche d'amour.

Peut-être était-ce la raison pour laquelle il n'aimait pas se pencher sur son existence.

Il s'était menti toute sa vie.

Il en avait fini avec les mensonges. Il avait fini de fuir.

S'il devait courir, ce serait droit vers elle.

- 15 -

Lorsqu'elle s'éveilla le matin suivant et qu'elle entendit des bruits au rez-de-chaussée, Cara craignit qu'il s'agisse d'un raton laveur. Ou peut-être d'un fantôme.

Elle sortit du lit et, quand elle déplaça le rideau, son geste dérangea un petit papillon blanc. Elle s'arrêta un moment pour le regarder voleter à travers la pièce avant que le son se fasse plus insistant. On frappait à la porte. Elle dévala l'escalier et elle l'aperçut à travers l'une des fenêtres.

Jace.

Elle ouvrit la porte en grand.

— Comment savais-tu que je serais là ?

— Eh bien, j'ai essayé différents endroits, pour tout dire.

— Il est vraiment tôt, dit-elle.

Il fit un pas à l'intérieur et le cœur de Cara commença à battre douloureusement.

— Non. Il est vraiment tard, en fait.

— Le soleil se lève à peine, Jace.

— Je veux juste dire que… j'ai trop tardé. Tout ce que j'ai dit hier soir n'était que l'expression de ma peur. Mais tu le savais déjà et je me trompais. Tout ce que je t'ai fait subir et tout ce que je t'ai dit était une erreur. Tout ce que tu m'as dit était vrai. J'avais peur. J'étais plus qu'effrayé, j'étais paralysé. Quand Sophie est morte, c'était comme si ma capacité à espérer que les choses puissent bien se passer avait disparu avec elle. Mais en faisant cela, c'est un bien piètre hommage que je lui ai rendu. Je suis là. Je suis vivant et j'ai agi comme si une part de moi était morte. Alors que tu étais là, dans ma vie, que tu étais ce phare dans l'obscurité. Tu sais, je n'avais pas à tenter d'en savoir beaucoup tant que tu étais avec moi. Ce n'est que lorsque j'ai été contraint de me retrouver seul dans l'obscurité de cette vie sans toi que j'ai eu à essayer de trouver la lumière pour moi-même. Que j'ai dû essayer de regarder plus loin, au-delà de la ligne d'horizon. J'ai une certitude désormais : je suis incapable d'imaginer un avenir dans lequel tu ne serais pas présente.

Cara bloqua brusquement son souffle et attendit.

— Parce que je t'aime, dit-il.

— Merci, mon Dieu, lança Cara.

Elle noua ses bras autour de son cou et se contenta de le serrer contre elle pendant un long moment.

— Je t'aime sincèrement moi aussi.

— Encore ? Même après… après tout ce que j'ai fait ?

— Peut-être plus particulièrement après tout ce qui s'est passé. Parce que c'est un immense travail que tu as réalisé. Je le sais car je te connais.

— Je dois t'avouer que… j'avais envie de recevoir un signe. N'importe quoi. Tu sais que j'étais sincèrement désespéré pour en arriver à demander à voir des signes. Ce matin… il y a eu tous ces papillons blancs qui jaillissaient de toutes parts. Je ne peux l'expliquer.

Cara s'écarta de lui, le regarda et éclata de rire.

— J'en ai vu un ce matin, moi aussi.

— Cara Summers, dit-il d'une voix rauque. Je ne peux pas croire ce que je vais te dire. Mais je pense que notre destin était de nous aimer.

Épilogue

Cara et Jace ne s'étaient pas précipités pour se marier. Ils avaient même pris tout leur temps, car Jace n'avait plus peur et n'avait plus besoin d'éléments formels pour lui prouver que ce qu'ils possédaient n'allait pas subitement s'évaporer. Et parce que Cara avait décidé qu'elle voulait que leur mariage ait lieu à l'hôtel et qu'elle tenait à ce que tous les travaux soient terminés avant l'événement.

Ils s'étaient mariés dans le jardin nouvellement repensé par un paysagiste, et la réception s'y était tenue ainsi que dans les salons de l'établissement.

Les invités avaient pu se restaurer et boire divers rafraîchissements dans les anciens bar et restaurant, magnifiquement rénovés, situés dans une des ailes de la bâtisse. Sur l'étagère la plus haute derrière le comptoir du bar trônait désormais la bouteille de bourbon abritant les cendres du grand-père de Cara.

Tard dans la soirée, après le départ des invités, Jace et Cara s'installèrent au bar, elle dans sa robe de mariée et lui dans son smoking, et elle leva son verre en direction de la bouteille.

— À grand-père, dit-elle.

— À Mitch, lança Jace. Merci, mon vieux. Pour tout.

Cara sourit à ces mots.

— Tu lui parles même à présent. Qui l'aurait cru ?

— Voilà qui ne me semble même pas étrange. Plus maintenant.

— Quelle en est la raison d'après toi ? Est-ce seulement à cause des papillons ?

Jace fit non de la tête.

— Non. C'est grâce à l'amour. Parce que c'est un miracle, Cara, un vrai miracle. Quand on commence à croire à un miracle, il n'est plus si difficile de commencer à croire à chacun d'entre eux.

Elle sourit.

— Je t'aime, Jace. Tu es mon meilleur ami.

— Je t'aime aussi. Tu es incontestablement ma meilleure amie, mais mieux encore… Tu es mon épouse à présent.

— J'aime entendre ces mots, mon cher époux.

— Je crois qu'il est temps de rejoindre l'étage, dit Jace en vidant son verre d'un trait.

— Décidément, tu ne penses qu'à ça.

— Oui, c'est vrai. Après que nous aurons… après, ce que je voudrai vraiment faire, c'est… rêver à l'avenir.

— Je croyais que les rêves, ce n'était pas ta spécialité.

— Ça, c'était avant.

— Avant quoi ?

— Avant que tu fasses de ma vie le plus beau d'entre eux.

Vous avez aimé ce roman ?
Retrouvez sur Harlequin.fr les premiers volets
de votre série « Irrésistibles ranchers » :

1. *Un ennemi si charmant*
2. *Magnétique attirance*
3. *Ce baiser interdit*

LaQUETTE

Sous le feu de la passion

Traduction française de
MARIE MOREAU

PASSIONS

HARLEQUIN

Titre original :
DESIGNS ON A RANCHER

- 1 -

— Enfin.

Keely Tucker s'effondra sur le grand lit qui trônait au milieu de sa somptueuse chambre d'hôtel. Après deux heures passées au Texas Cattleman's Club dans le cadre d'une rencontre avec les commerçants locaux, elle n'avait qu'une seule envie : profiter du silence et du calme de ce lieu aussi luxueux que paisible.

Étendue de tout son long, elle savoura ce moment en rêvant de pouvoir passer les prochains jours à ne rien faire d'autre que traîner et regarder ses séries préférées. Malheureusement, elle le savait, elle n'avait pas la moindre chance de réaliser ce rêve.

— Vu le programme qui t'attend pour les trois semaines à venir, Keely, dit-elle en se parlant à elle-même, tu peux tout de suite oublier la télévision.

À trente et un ans, Keely était styliste pour de nombreuses personnalités de second plan, ce dont elle était très fière. Elle avait tellement travaillé pour construire sa carrière ! Mais voilà qu'après dix ans d'efforts de nouveaux horizons s'ouvraient à elle. Sa rencontre avec Ariana Ramos allait certainement avoir une influence majeure sur sa vie professionnelle et lui permettre d'attirer l'attention de grandes célébrités.

— Tu as fait du chemin depuis l'époque où tu fabriquais des robes pour les poupées de ta grande sœur.

Elle rit toute seule en se remémorant ce jouet affreux mais très à la mode à l'époque, pour lequel sa sœur Kyrie avait eu une véritable passion. C'était une poupée de marque, dont l'achat avait représenté une dépense importante pour leurs parents. Ils occupaient alors tous les quatre un logement social, et le budget de la famille était trop serré pour offrir à Kyrie, en plus de la poupée, les accessoires pour l'habiller.

La nécessité étant mère de l'invention, Keely s'était mise à dessiner les robes qu'elle imaginait pour la nouvelle poupée de sa sœur. Leur mère avait rapidement remarqué le talent de Keely et sorti sa machine à coudre pour lui apprendre à s'en servir afin de transformer ses croquis en véritables vêtements.

Cette poupée avait été la mieux habillée de tout le quartier, mais aussi la toute première cliente de Keely. Le premier pas, crucial, qui l'avait menée jusqu'à la célèbre actrice Ariana Ramos. Grâce à la notoriété d'Ariana et au travail acharné de Keely, Low-Kee Designs, sa petite entreprise de stylisme, était sur le point de se faire une place de choix dans le monde de la mode.

Le fait de voir son rêve se réaliser l'emplissait de joie et d'enthousiasme, mais elle était consciente de ce que cela signifiait. L'exigence et la pression allaient devenir encore plus élevées, et elle allait devoir être à la hauteur.

Si l'on voulait avoir du succès, il ne fallait manquer ni de force, ni d'énergie. Il fallait être capable de travailler beaucoup et de faire des sacrifices. Cette semaine encore, Keely avait sacrifié son sommeil et son temps de détente pour aller d'une cliente à l'autre.

Elle avait commencé autour de chez elle, à New York, avant de s'envoler pour la côte Ouest où elle avait retrouvé Ariana. Après avoir passé quelques jours à Los

Angeles afin de mettre au point les derniers détails de ses croquis pour la robe de mariée d'Ariana, Keely avait repris l'avion puis atterri ici, au Texas, dans la petite ville de Royal.

Respirant profondément, elle essaya de chasser l'agitation intérieure qui l'envahissait. Parcourir ainsi le pays n'était pas aussi excitant qu'on pouvait l'imaginer. En faisant passer son travail avant tout le reste, non seulement Keely s'épuisait, mais elle était aussi confrontée à une profonde solitude. Dans sa vie, il n'y avait pas de place pour les sorties et les rencontres. Ses amies avaient beau lui présenter de séduisants célibataires, elle devait systématiquement décliner leurs invitations à dîner par manque de disponibilité.

Cependant, elle n'avait aucune raison de se plaindre. Elle menait l'existence qu'elle avait choisie en connaissance de cause. Ce qu'elle faisait la passionnait. Peu de gens pouvaient se féliciter, à trente et un ans, d'être tout près d'atteindre leur idéal professionnel. Elle était consciente de la chance qu'elle avait de vivre son rêve.

— Si tu veux que tout continue à se passer pour le mieux, Keely, tu n'as pas intérêt à rester couchée là toute la soirée.

Elle chercha à tâtons le téléphone portable qu'elle avait eu à la main en se laissant tomber comme un sac de briques sur le matelas, et juste au moment où elle le saisissait, il se mit à vibrer.

— Ariana, dit-elle en décrochant. Justement, je pensais à toi.

— Les grands esprits se rencontrent.

Keely sourit en entendant la voix de sa cliente, dont la simplicité ne cessait de l'impressionner. Bien qu'Ariana soit une véritable star de Hollywood, elle avait su garder les pieds sur terre au point de s'adresser à Keely comme à une amie. Elle aurait pu la faire appeler par une assistante, mais au lieu de cela, elle lui téléphonait toujours elle-même et la traitait comme son égale. Si Keely tenait à créer pour Ariana la robe de ses rêves, c'était bien sûr pour des raisons professionnelles, mais aussi parce qu'elle s'était prise d'affection pour la future mariée.

— Je viens juste d'arriver dans ma chambre d'hôtel, dit Keely. Il faudra que je me lève tôt demain, j'ai mille choses à faire.

— Jay t'a déposée ?

— Qui est Jay ?

— Jacob Chatman, un ami de Tripp et Xavier. Tripp a dit qu'il lui demanderait de te conduire à ton hôtel.

Keely se rappela soudain son échange avec le fiancé d'Ariana et le cousin de celui-ci.

— Oui, c'est vrai, répondit-elle. Mais j'ai dit à Tripp que ce n'était pas la peine. Même si je suis sûre que son ami est quelqu'un de très bien, je n'aime pas monter en voiture avec un inconnu. C'est sans doute un réflexe de New Yorkaise.

— Alors comment es-tu rentrée à l'hôtel ? s'étonna Ariana. Je sais que tu es arrivée au club avec Milan, mais elle est partie après toi.

— J'ai pris un VTC, répondit Keely.

— Keely, dit Ariana d'un ton moqueur. En quoi était-ce plus rassurant que de monter dans la voiture d'un ami de Tripp ?

Keely ne put s'empêcher de rire.

— Tu as raison, reconnut-elle. Mais au moins, le nom du chauffeur de VTC qui m'a prise en charge est enregistré sur la plate-forme de réservation. Cela me rassure. C'est comme ça, dans les grandes villes. On ne fait confiance à personne.

Ariana rit à son tour, puis elle ajouta :

— Tu sais, Keely, je tiens vraiment à te remercier d'être venue jusqu'ici trois mois avant le mariage. Je suis très touchée du mal que tu te donnes pour me faire une robe parfaite.

Rien n'aurait pu faire plus plaisir à Keely que les paroles d'Ariana. Et le ton naturel qui la caractérisait donnait encore plus de valeur à ce qu'elle disait.

— Je t'en prie, Ariana. Tu n'as pas à me remercier. J'essaie seulement d'être à la hauteur de la rétribution que tu me verses !

Elles s'esclaffèrent en chœur, puis Keely ajouta :

— Plus sérieusement, Ariana, c'est pour moi un honneur et une chance d'être chargée de créer ta robe de mariée. Je te suis très reconnaissante de la confiance que tu m'accordes. Tu aurais pu choisir Vera Wang, Alexander McQueen ou Oscar de la Renta.

— C'est vrai, répondit Ariana. Mais il y avait quelque chose chez toi qui m'attirait particulièrement. Les créateurs que tu viens de citer possèdent un talent immense, mais ton travail a une touche plus personnelle à mes yeux, plus originale. Je n'aime pas porter la même chose que tout le monde. Je tiens à être différente, et c'est chez toi que j'ai trouvé ce que je cherchais pour que ma robe de mariée soit vraiment unique.

— Tant mieux. Je te promets que tu ne seras pas déçue.

Keely n'avait pas peur de la pression. Elle avait confiance en ses propres capacités et était très satisfaite de la robe qu'elle avait dessinée pour Ariana. Il ne lui restait plus qu'à apporter la touche finale pour faire d'Ariana la plus belle mariée de l'année.

— Si tu as cinq minutes, ajouta-t-elle, j'aimerais profiter de t'avoir au téléphone pour te demander…

Elle sursauta et s'interrompit. Il faisait noir, toutes les lumières de sa chambre venaient de s'éteindre d'un coup.

— Oui, Keely ? demanda Ariana.

Keely resta sans voix.

— Keely, tu es toujours là ?

— Oui, mais j'ai un problème. Je crois qu'il y a une panne de courant à l'hôtel.

- 2 -

— Comment cela, je dois quitter l'hôtel ?

Debout face au guichet du hall de l'hôtel, Keely regardait le réceptionniste qui affichait un calme exemplaire. Cette maîtrise de soi en toutes circonstances faisait sans doute partie de sa formation.

— Madame, répondit-il, en raison de la panne, nous ne pouvons plus garantir la sécurité de nos clients, c'est pourquoi nous sommes contraints de faire évacuer l'établissement.

Keely le fixa avec stupeur.

— Pour combien de temps ? demanda-t-elle.

— Pour une durée indéterminée, hélas. D'après la municipalité, les techniciens essaient encore d'identifier le problème. Le retour à la normale pourrait prendre plusieurs jours.

— Plusieurs jours ? s'exclama Keely.

Le jeune homme acquiesça d'un signe de tête et lui adressa un sourire désolé.

Sentant son cœur s'emballer, elle s'efforça de recouvrer son calme. Il était inutile de céder à la panique.

— Bon, dit-elle. Pouvez-vous au moins m'envoyer dans un autre hôtel ayant une suite disponible ? J'ai besoin d'espace pour mon travail.

Elle devina la réponse du réceptionniste dans son regard contrit.

— Je suis navré, madame, mais il s'agit d'une panne générale. La moitié de la ville est privée d'électricité, et les quelques hôtels qui ne sont pas touchés sont déjà complets.

Keely hocha la tête et s'éloigna du guichet. Cette fois, elle ne parvint pas à chasser son anxiété.

Après avoir pris une profonde inspiration, elle sortit son téléphone de sa poche et appela Ariana.

— Keely ?

— Oui, Ariana. Apparemment, la panne ne concerne pas seulement l'hôtel.

— C'est ce que j'ai entendu dire. Tu vas bien ?

— Physiquement, oui. Mais je suis obligée de partir. Et aucun autre hôtel de la ville ne peut m'accueillir, surtout avec la place dont j'ai besoin. Je vais devoir annuler mon séjour et revenir le mois prochain.

Elle essayait déjà de réorganiser mentalement son emploi du temps, en se demandant comment elle allait pouvoir se libérer afin de retourner à Royal. Son agenda était rempli pour les semaines à venir.

— Avant de t'en aller, dit Ariana avec optimisme, laisse-moi le temps de voir ce que je peux faire. Rassemble tes affaires et prépare-toi à remonter en voiture quand je te rappellerai. Nous allons trouver une solution.

Jacob Chatman se laissa tomber dans son fauteuil le plus confortable et ferma les yeux. Dans l'état de fatigue où il se trouvait, il n'avait plus la force de faire autre chose que respirer. Avec son équipe, il avait passé la journée à faire les box des chevaux, à remplir les abreuvoirs et les mangeoires aux quatre coins du ranch, à apporter des soins aux animaux qui en avaient besoin et à installer les deux quarter horses dont il venait de faire l'acquisition. D'ordinaire, en rentrant chez lui, il avait un programme simple et précis : prendre une douche et s'installer dans son fauteuil préféré pour se reposer.

Ce soir, il lui restait encore moins d'énergie que d'habitude, car il avait dû se rendre au Texas Cattleman's Club après sa journée de travail pour participer à une petite réception en vue du mariage d'Ariana et Xavier. Il n'était pas resté longtemps, mais ce bref passage avait tout de même contribué à son épuisement.

Il venait de fermer les yeux quand il entendit une voix familière :

— Jacob, tu es là ?

C'était son ami Tripp Nobel. Pourquoi diable lui avait-il donné une carte magnétique pour ouvrir la grille de sa propriété ?

Jacob soupira avant de répondre au visiteur qu'il n'avait pas invité :

— Oui !

Tripp connaissait assez bien la maison et les habitudes de Jacob pour savoir où il allait le trouver à cette heure-ci. Jacob entendit le bruit de ses bottes tandis qu'il traversait l'entrée et le rejoignait dans le salon.

— Tu as l'air crevé, dit Tripp en entrant. Dure journée ?

— Ni plus ni moins que d'habitude.

Jacob perçut de l'irritation dans sa propre voix. Il n'avait pas réussi à contenir son agacement d'être dérangé au moment où il avait besoin de calme. Tripp savait pourtant que ce n'était pas la bonne heure pour venir le voir !

— Tu as besoin de quelque chose ? demanda Jacob.

Le sourire de Tripp ne le surprit pas. C'était l'avantage d'une telle amitié. Le mauvais accueil de Jacob aurait vexé la plupart des gens, mais Tripp le comprenait sans avoir besoin d'explications. Et comme Jacob avait peu d'amis aussi précieux que lui, il ne put s'empêcher de lui sourire en retour.

— Bon sang, Jacob, dit Tripp en feignant d'être offensé. Tu pourrais au moins m'offrir une bière. Ta mère ne t'a pas élevé comme ça.

C'était vrai. Les propos de Tripp auraient dû énerver Jacob tant il avait envie de solitude et de repos, mais ce fut le contraire. La bonne humeur de son ami était communicative, et sa remarque lui rappela de bons souvenirs d'enfance. Leurs mères respectives leur avaient appris l'importance d'une maison bien tenue, des bonnes manières et de l'hospitalité. Et gare à eux s'ils manquaient à leur devoir !

Malgré les nombreuses années écoulées, ces enseignements demeuraient ancrés en eux. Toutefois, Jacob devait reconnaître qu'après une dure journée de travail au ranch il n'appliquait plus les règles de façon aussi instinctive qu'il aurait dû.

Il allait se lever quand Tripp l'arrêta d'un geste.

— Laisse. Je vois bien que tu es crevé. Je sais où les trouver.

Jacob acquiesça, et quand son ami eut passé la porte, il lui cria :

— Et n'oublie pas de laver tes mains sales avant de farfouiller dans mon frigo !

Il entendit en réponse le rire de Tripp dans le couloir, puis le bruit du robinet dans la salle d'eau. Jacob se mit aussi à rire. La remarque qu'il avait lancée à Tripp était mot pour mot celle qu'ils avaient reçue de leur mère à chaque fois qu'ils étaient entrés affamés dans la cuisine après avoir joué des heures dans le jardin.

Décidément, cette complicité avec Tripp n'avait pas de prix. Jacob avait pensé que leur relation changerait, en raison de la place que Dionna Reed avait prise dans la vie de son ami. Tripp était fou de sa fiancée et Jacob le voyait si heureux avec elle qu'il aurait compris qu'il lui accorde toute son attention. C'était sans doute le cas, mais cela n'empêchait pas Tripp de rester présent, ce dont Jacob était profondément reconnaissant.

Jacob se sentait parfois seul au ranch, écrasé par le poids des responsabilités. Jusqu'à maintenant, il s'en était bien sorti et le succès lui souriait, alors qu'il avait pris le risque de transformer la ferme de ses parents en élevage de chevaux. Mais les sacrifices que cela impliquait l'empêchaient de trouver un bonheur semblable à celui de Tripp et Dionna.

Tripp revint avec une bouteille de bière fraîche dans chaque main et en donna une à Jacob avant de s'asseoir en face de lui, sur le canapé.

— Que se passe-t-il ? demanda Jacob.

Tripp but une gorgée de bière avant de répliquer :

— Comment ça, que se passe-t-il ?

— Tu es allé me chercher une bière parce que j'étais fatigué et tu veux me faire croire que tu n'as rien à me demander ? Vas-y, je t'écoute.

— On dirait que je ne peux rien te cacher.

— Depuis le temps que je te connais ! Alors ?

— Je sais que c'est un grand service.

— Non. Me demander avec insistance d'aller au TCC après ma journée de travail, ça, c'était un grand service. Je ne l'aurais pas fait si je ne vous aimais pas autant, Xavier et toi.

Tripp hocha la tête en souriant.

— Malheureusement, dit-il, tu es le seul à qui je puisse m'adresser. Je n'ai aucune autre solution.

Jacob se redressa machinalement, en se demandant quelle surprise lui réservait Tripp.

— Tu n'es peut-être pas encore au courant car tu es parti tôt du club, mais la moitié de Royal subit une panne de courant. Je me suis rappelé que tu avais installé un groupe électrogène de secours il y a quelques années, et que tu ne devais donc pas avoir de problème.

— Tu as raison, mais mon générateur ne s'est pas mis en marche. Il n'y a pas eu de coupure ici.

Comme Tripp l'interrogeait du regard, Jacob s'expliqua :

— Mon ranch n'est pas branché sur le même transformateur que le reste de la ville. Tant que le mien n'a pas de problème, j'ai de l'électricité. Nous sommes trop à l'écart ici pour être reliés au réseau de la ville. Le fait d'avoir ma propre installation me permet d'en assurer moi-même la maintenance au lieu de dépendre complètement des services municipaux.

— Encore mieux, répondit Tripp d'un ton qui n'annonçait rien de bon.

Jacob but une longue gorgée de bière avant de fixer son ami avec suspicion.

— Je sais que tu n'es pas venu jusqu'ici pour te renseigner sur mon approvisionnement en électricité. Un coup de téléphone aurait suffi. Qu'attends-tu de moi, Tripp ?

Tripp rit et but à son tour avant de poser sa bouteille sur la table basse.

— Bon, répondit-il. Tu sais que toute la ville se prépare pour le mariage d'Ariana et Xavier, n'est-ce pas ?

— Je suis au courant, confirma Jacob.

Son ranch avait beau être à l'écart de la ville, il

n'avait pas pu échapper aux conversations concernant cet événement.

— Même un ermite tel que moi ne peut pas l'ignorer, ajouta-t-il.

— Il faut toujours que Xavier fasse les choses en grand, plaisanta Tripp. Y compris son mariage. Certains des commerçants et artisans qui étaient présents à la rencontre d'aujourd'hui travaillent déjà à la préparation de l'événement. Tu les as peut-être entendus en parler. En tant que témoins, Dee et moi, nous sommes chargés de les aider à trouver des solutions face à cette panne qui pourrait durer.

Jacob avait déjà remarqué la lumière qui éclairait le regard de Tripp à chaque fois qu'il parlait de Dionna Reed, la femme qu'il aimait. Jacob ne l'avait rencontrée que très récemment, mais la force du lien qui les unissait sautait aux yeux.

— Non, répondit Jacob avant même que son ami formule sa requête. Je suis trop occupé pour accueillir un inconnu chez moi.

— Jay, insista Tripp d'un ton suppliant.

Croyait-il obtenir plus facilement gain de cause en appelant Jacob par son surnom ?

— La créatrice qui dessine la robe de mariée d'Ariana a dû quitter son hôtel et a besoin d'un nouvel hébergement. Or il lui faut beaucoup de place pour travailler…

Jacob secoua la tête mais Tripp l'ignora et poursuivit :

— … et comme tu as une dépendance dont tu ne te sers pas en ce moment…

— Peu importe qu'elle me serve ou non, rétorqua Jacob. Cette personne ne peut pas s'installer ici. Je n'ai pas de temps à accorder à une styliste sophistiquée qui arrive de Hollywood.

— Il se trouve qu'elle vient de New York. Brooklyn, plus précisément.

Cette information ne changeait rien à la position de Jacob.

— Peu importe qu'elle soit de Los Angeles, de New York ou de Tombouctou. Je ne peux pas l'accueillir au ranch, un point c'est tout.

En voyant Tripp incliner la tête avec perplexité, Jacob se rendit compte qu'il avait répondu un peu trop brutalement. Heureusement, l'amusement qu'il lut sur le visage de son ami le mit à l'aise.

— Tu te rends compte que tu parles comme nos parents ? railla Tripp. Ressaisis-toi, Jay. Nous sommes encore jeunes.

Jacob se leva en marmonnant avec contrariété. Comme il s'approchait de la cheminée avec sa bière à la main, il se trouva face aux photos encadrées de ses parents. Bixby et Geraldine Chatman étaient l'incarnation de la réussite par le travail. C'était au prix de durs efforts qu'ils avaient développé leur ferme et élevé dignement leur fils unique.

Quelques années plus tôt, ils étaient partis à la retraite en confiant à Jacob les rênes de la propriété. Il avait alors pu réaliser son rêve et convertir l'ancienne ferme en ranch dédié à l'élevage et au dressage des chevaux. Même s'il avait dès le début nourri de grandes ambitions, il n'avait pas imaginé que son ranch deviendrait si rapidement dans ce domaine l'un des plus importants de la région. Il n'avait pas non plus réfléchi à la solitude qu'entraînerait cette vie dédiée à sa passion. Aussi gratifiant que soit le succès, il ne lui tenait pas compagnie lorsqu'il rentrait le soir dans sa grande maison vide.

Les parents de Jacob avaient pu compter l'un sur l'autre,

partager les difficultés et les satisfactions. Contrairement à eux, il devait avancer seul.

— Tripp, c'est impossible. Je ne suis pas disponible pour accueillir une inconnue, répéta-t-il sans quitter des yeux la photo de ses parents.

Il en venait presque à envier la joie que leur avait apportée leur union, car il savait qu'il ne connaîtrait jamais la même chose.

Bien décidé à rester ferme, il se retourna vers Tripp. C'est alors qu'il vit l'air de chien battu de son ami. Il avait beau connaître cette expression par cœur depuis des années, elle semblait avoir toujours le même effet sur lui.

— On ne peut pas vraiment dire que c'est une inconnue, fit observer Tripp. C'est la femme que je t'avais demandé de raccompagner en quittant le club.

— Celle qui a disparu sans même te prévenir ? s'exclama Jacob. Raison de plus pour qu'elle ne vienne pas chez moi.

— Jay, s'il te plaît…

Voilà que Tripp se mettait à l'implorer. Jacob dut se retenir pour ne pas éclater de rire.

— Tu es le seul qui ait assez de place pour qu'elle installe tout son matériel de couture. Tu ne vas tout de même pas laisser tomber ton frère, si ?

Jacob se força à froncer les sourcils avec sévérité.

— Combien de fois as-tu utilisé cet argument pour m'attirer des problèmes ? rétorqua-t-il.

— Je ne pourrais même pas les compter, reconnut Tripp. Mais quel ennui pourrait te causer le fait d'héberger une femme belle et talentueuse ? Elle a besoin d'une grande pièce pour travailler sans être dérangée, et comme tu as décidé de renoncer aux femmes, je sais que tu ne lui accorderas aucune attention.

Sur ce point, Tripp avait raison. Jacob se consacrait exclusivement à son activité professionnelle. Aucune femme n'avait plus le pouvoir de le distraire de ce qu'il avait à faire, surtout si elle venait pour travailler elle aussi.

— D'accord, répondit-il finalement, elle peut venir à une condition.

Tripp sourit en écarquillant les yeux. Il semblait prêt à toutes les concessions pourvu que Jacob lui dise oui. C'était le moment ou jamais d'en profiter.

— Si j'accepte de l'héberger, tu dois accepter en retour de me dispenser de participer aux prochaines réceptions. Je ne veux plus en entendre parler. Compris ?

Son ami hésita une seconde avant d'acquiescer, visiblement à contrecœur.

— Marché conclu, dit Tripp. Merci. Je te promets que tu ne remarqueras même pas sa présence.

— J'espère bien. Sinon, je te préviens, c'est toi qui en subiras les conséquences.

- 3 -

— Tu es sûre que ce type n'est pas une sorte de tueur à la hache caché au fond des bois ?

Le rire d'Ariana résonna dans le haut-parleur de la voiture de location de Keely.

— Même si je suis à peu près certaine que Jacob a effectivement une hache quelque part dans son ranch, Xavier n'a jamais évoqué de quelconques tendances meurtrières de sa part.

Keely soupira, espérant qu'elle n'avait pas rendu sa situation encore plus désagréable en acceptant de s'installer chez ce parfait inconnu.

— D'accord, donc ce n'est pas un tueur.

C'était déjà un soulagement. Même si Ariana et son fiancé répondaient de cet homme, Keely demeurait la New Yorkaise suspicieuse qui se méfiait de tout et de tout le monde.

Elle n'en était tout de même pas à imaginer que tout le monde voulait s'en prendre à elle. Par chance, elle n'avait pas atteint ce niveau de paranoïa. Toutefois, elle restait sur ses gardes pour éviter les pièges. Son intuition ne la trompait jamais.

— Et tu es sûre que cela ne pose pas de problème que j'aille chez lui ? demanda Keely.

Elle regarda son GPS et se prépara à tourner au prochain carrefour pour rejoindre ses nouveaux quartiers.

— Ariana, ton silence ne me dit rien qui vaille.

— D'après Xavier, répondit finalement la future mariée, Jacob est un homme honnête et fiable, mais qui tient à sa solitude. Donc du moment que tu restes dans la dépendance et que tu le laisses vivre sa vie, tout devrait bien se passer.

Keely tapota le volant du bout des doigts en essayant de chasser son mauvais pressentiment. Elle n'avait aucune raison de s'inquiéter ! Bien qu'elle ait plaisanté sur les risques qu'elle courait en allant s'installer dans le ranch isolé d'un homme qu'elle n'avait jamais rencontré, elle savait au fond d'elle que pour rien au monde Ariana ne l'aurait mise en danger. Tout d'abord parce que celle-ci devait se marier dans trois mois, et qu'en si peu de temps elle ne retrouverait personne pour lui faire une nouvelle robe sur mesure. Mais surtout parce qu'elle avait le cœur sur la main et qu'elle faisait attention aux autres.

Alors pourquoi Keely n'arrivait-elle pas à se débarrasser de son anxiété ?

Préférant la mettre sur le compte du bouleversement occasionné par la panne générale, elle respira profondément et s'efforça de recouvrer son calme.

La pression ne lui avait jamais fait de mal. Au contraire, elle ne la rendait que plus efficace. C'était préférable lorsque l'on devait gérer les tracas vestimentaires des célébrités. Elle se rappelait par exemple cette cérémonie de remise de prix à laquelle elle avait assisté. Aux toilettes, elle était tombée sur Coco Jones, au bord des larmes à cause de sa robe de créateur dont la fermeture Éclair s'était cassée. Sans même prendre le temps de réfléchir, Keely avait sorti de son sac le petit nécessaire à couture qui ne la quittait jamais et avait pour ainsi dire cousu la robe de la jeune actrice chanteuse sur elle.

Aussi soulagée que reconnaissante, Coco avait pris les coordonnées de Keely pour le jour où elle aurait de nouveau besoin de son aide. Elle n'avait pas caché à Keely combien elle avait apprécié sa solidarité, son sang-froid et son efficacité.

Keely devait surmonter sa nervosité et rester concentrée sur son objectif. Elle était venue à Royal afin de créer la robe de mariée parfaite pour Ariana. C'était l'unique motif de sa venue et rien ne devait l'en détourner. La suite de sa carrière était en jeu.

— Entendu, Ariana. Apparemment je suis presque arrivée. Je t'enverrai un message s'il y a un problème.

Elles raccrochèrent, et quelques secondes plus tard, Keely se trouvait devant une imposante grille en fer forgé. Elle se hâta de sonner à l'Interphone avant que son estomac noué l'ait poussée à s'enfuir. Mais elle avait sa fierté. De surcroît, vu les circonstances, elle n'avait aucun autre endroit où aller.

— Oui ? répondit une voix grave un peu brusque.

Ce ton rappela à Keely ce que lui avait dit Ariana.

« Jacob est un bon ami de Xavier et de son cousin Tripp. D'après Xavier, c'est un homme honnête et fiable, mais qui tient à sa solitude. Donc du moment que tu restes dans la dépendance et que tu le laisses vivre sa vie, tout devrait bien se passer. »

— Il y a intérêt, Ariana, grommela-t-elle machinalement.

Elle espéra aussitôt que son interlocuteur ne l'avait pas entendue.

— Bonjour, dit-elle, je suis Keely Tucker. Tripp Nobel et Ariana Ramos m'envoient. Je viens voir Jacob Chatman.

Il y eut un bref silence, puis la voix résonna de nouveau dans l'Interphone :

— Prenez l'allée qui passe devant la maison principale et continuez jusqu'au chalet qui se trouve de l'autre côté de la piscine.

Ce ton glacial raviva d'un coup l'inquiétude de Keely. Si ce Jacob la recevait à contrecœur et avec une attitude désagréable, elle allait avoir le plus grand mal à faire du bon travail. Elle n'avait plus qu'à espérer que le son de l'Interphone était trompeur et que cette voix froide et robotique ne reflétait pas vraiment sa personnalité.

Elle suivit ses instructions et ne tarda pas à découvrir une superbe maison ornée d'un revêtement en stuc et d'un toit en terre cuite, éclairée par les projecteurs qui bordaient l'allée. Elle longea ensuite une grande piscine avant de distinguer le chalet dont il lui avait parlé. Elle se gara, mais au lieu de descendre aussitôt de voiture, elle resta assise sans bouger. Au bout de quelques instants, elle se parla pour s'encourager.

— Allez, Keely. Tu es une grande fille. Si on t'a envoyée là, c'est que tu n'as rien à craindre. Tu ne vas quand même pas te laisser intimider par un cow-boy mal luné !

Elle prit son sac à main, se redressa et ouvrit la portière avec assurance. Elle croyait en elle, en son talent et en son avenir. Rien ni personne n'allait l'empêcher de fournir à Ariana la robe de mariée de ses rêves.

— Tripp, j'espère pour toi que cette femme se fera aussi discrète qu'une petite souris. Je n'ai vraiment pas de temps à perdre en ce moment. En plus de tout mon travail habituel, je vais commencer le dressage d'un poulain de six mois qui est sur le point d'arriver au ranch. Je n'aurai pas une seconde à accorder à une diva venue de la ville qui ne comprendra rien à la vie dans un ranch.

— Jacob, calme-toi un peu.

Pour une fois, la décontraction de Tripp ne fit qu'agacer un peu plus Jacob.

— Je serai calme quand la couturière distinguée d'Ariana sera partie de chez moi.

Tripp se mit à ricaner, comme s'il n'avait pas suffisamment énervé Jacob.

— Écoute, Jay, la panne sera sans doute bientôt réparée. Une fois l'électricité rétablie, Keely sera loin de ton ranch, dans une belle suite du centre-ville de Royal. D'ici là, elle sera dans ta dépendance et tu ne te rendras même pas compte que tu as une invitée.

Jacob regarda par la fenêtre de la dépendance des phares qui avançaient dans la nuit. Une voiture couleur perle ? Quelle idée pour rouler sur des routes de campagne poussiéreuses !

— Ariana l'a prévenue, poursuivit Tripp. Elle m'a promis que Keely ne te dérangerait pas. Ne crains ni les problèmes, ni les distractions. Vraiment, tu n'as aucun souci à te faire.

Jacob avait envie de croire son ami, mais depuis qu'il avait accepté d'héberger cette inconnue, l'appréhension ne le quittait pas. Il se méfiait de tout ce qui risquait de se mettre en travers de son travail. Le succès de son ranch était ce qui comptait le plus à ses yeux.

Il avait sacrifié sa jeunesse pour faire du Slick Six Stables une réussite dont ses parents seraient fiers. C'était grâce à eux s'il pouvait vivre de sa passion. Faire fructifier leur héritage et avoir suffisamment de revenus pour leur offrir une retraite confortable, voilà quelle était sa priorité.

Pour l'instant, tout se passait au mieux. Mais il voulait encore développer la notoriété de son élevage afin que tous les acteurs du monde équestre veuillent acquérir l'un de ses chevaux ou lui confier un poulain à dresser.

Cet objectif était à portée de main, avec la vente possible de l'un de ses pur-sang à un entraîneur réputé qui participait aux plus grandes courses du pays. C'était peut-être le tournant qui allait donner à sa carrière une envergure mondiale. Autant dire qu'il devait rester concentré, maintenant plus que jamais, car le moindre faux pas pouvait lui coûter son rêve. Toutes les personnes présentes au ranch devaient travailler dans le même sens. Et voilà qu'il allait avoir une citadine dans les jambes…

— Nous allons rapidement le savoir, répondit Jacob. Elle vient d'arriver, je vois sa voiture.

Le timbre râpeux de sa propre voix ne lui échappa pas. Néanmoins, il ne trouva pas en lui la moindre volonté de s'adoucir.

— Bien, dit Tripp. Souviens-toi de ce que nous répétait ta mère. Si tu n'as rien de gentil à dire, tais-toi. C'est important pour Ariana. Ne gâche pas tout, par pitié, sinon je n'ai pas fini d'en entendre parler. Tu peux être sûr que Xavier me le fera payer !

Jacob soupira. Si Tripp devait subir les foudres de son cousin, il ne manquerait pas de se venger sur Jacob, jusqu'à ce qu'il soit prêt à tout pour le faire taire.

— D'accord, d'accord, grommela Jacob.

Son ami se rendait-il compte de l'effort qu'il consentait pour lui ?

— Je te promets d'être bien sage pendant que la diva

sera chez moi. Mais si elle m'embête, je te préviens, il ne faudra plus compter sur moi.

— Merci, Jay. À bientôt, salut.

Après avoir raccroché, Jacob mit son téléphone dans la poche arrière de son jean et inspira profondément avant de se diriger vers l'entrée du chalet.

Il tira la porte et se posta sur le seuil. À cet instant, la portière de la voiture garée à quelques pas de lui s'ouvrit, et il vit apparaître une longue jambe dont les courbes étaient d'une volupté à couper le souffle. La botte à talon aiguille qui la couvrait jusqu'à mi-cuisse rendait cette vision encore plus sexy.

Cette botte accapara son attention jusqu'à ce que sa jumelle la rejoigne et qu'il entende le claquement sourd de la portière. Ce bruit l'incita à lever lentement les yeux. Découvrant d'autres formes délicieusement féminines dont les rondeurs lui plaisaient plus qu'il aurait su le dire, il faillit bien se perdre dans la contemplation d'un décolleté qui semblait avoir été conçu pour le rendre fou. Mais il se ressaisit aussitôt quand la femme qui possédait ce corps de rêve s'adressa à lui.

— Bonjour, dit-elle, je suis Keely Tucker. Êtes-vous Jacob Chatman ?

Jacob fut saisi par le son de sa voix. Son timbre était grave, profond. C'était un contralto riche et harmonieux qui évoquait un excellent cognac. En l'entendant prononcer son nom, il sentit s'éveiller en lui des désirs auxquels il ne prêtait plus attention depuis qu'il avait décidé de se focaliser entièrement sur son travail.

Il fixa les yeux sur ceux de Keely Tucker et le regretta aussitôt en rencontrant son regard couleur de whisky. Si sa silhouette tout en courbes l'avait envoûté à la seconde où il l'avait vue, il eut la sensation que ses yeux venaient de lui jeter un sort encore plus puissant.

Il secoua la tête. Que lui arrivait-il ? Il n'était pas question qu'il tombe sous le charme de cette femme. L'effet qu'elle lui faisait était inattendu, voilà tout. Maintenant que la surprise était passée, il allait reprendre le contrôle de ses sens.

— C'est bien moi, répondit-il.

Le ton sec qu'il avait employé la fit tiquer. Sa mère n'aurait pas été contente de lui.

— J'espère que je ne vous dérange pas, dit-elle.

Il descendit les marches du perron pour aller à sa rencontre. Erreur fatale. Elle était sublime de loin, mais de près, elle était si séduisante qu'il en vint à se demander depuis quand il n'avait pas tenu une femme dans ses bras.

Jamais une première rencontre ne lui avait causé un tel trouble. En fait, il se demandait même s'il avait déjà ressenti quelque chose d'aussi fort. Son parfum frais était aussi séduisant que son physique et sa voix, au point que Jacob avait l'envie folle de s'approcher d'elle et d'enfouir le visage dans son cou pour respirer cette odeur suave.

— Ravi que vous soyez arrivée sans encombre, dit-il. Nos routes sont parfois difficiles pour les visiteurs habitués aux villes et aux grands axes.

Elle lui adressa un sourire irrésistible.

— Je dois reconnaître que c'est un terrain très différent de celui de New York, répondit-elle.

— S'il faut choisir entre les routes cahoteuses et les embouteillages tous les jours de la semaine, je suis mieux ici.

— Un point pour vous, dit-elle gaiement.

En voyant sa ravissante fossette se creuser au coin de

sa joue, Jacob s'empêcha de justesse de lui sourire en retour. Il tenait à garder son sérieux. Il accueillait cette femme pour rendre service à un ami, pas pour rester planté à lui sourire bêtement comme un adolescent décontenancé.

— Venez, l'invita-t-il sobrement, je vais vous faire visiter.

Elle se tourna vers sa voiture et fit un geste en direction du coffre.

— Laissez cela, dit-il. Je demanderai à mes hommes de rentrer vos affaires. Je suis sûr qu'après cette journée mouvementée vous avez envie de tout sauf de déplacer de grosses valises.

— Merci.

Il l'accompagna jusqu'au pied des marches et lui tendit la main pour l'aider à monter. À la seconde où leurs doigts se touchèrent, il ressentit comme une décharge d'électricité. Il la guida jusqu'à la porte et s'effaça pour la laisser entrer devant lui tout en se rappelant les paroles de Tripp.

Ariana m'a promis que Keely ne te dérangerait pas. Ne crains ni les problèmes, ni les distractions. Vraiment, tu n'as aucun souci à te faire.

Quelle erreur de l'avoir cru ! Jacob n'avait qu'à poser les yeux sur Keely Tucker pour savoir qu'il avait au contraire toutes les raisons d'être inquiet.

- 4 -

— Eh bien ! s'exclama Keely. Je ne m'attendais pas à cela quand Ariana m'a dit que j'allais être installée dans une dépendance.

— Et à quoi vous attendiez-vous exactement ?

La voix sensuelle de Jacob aurait fait fondre la glace. Celle que Keely entendait maintenant et qui la faisait frissonner de tout son être était bien différente de celle de l'Interphone quelques minutes plus tôt…

Certainement pas à vous, répondit-elle mentalement.

À aucun moment elle n'avait imaginé qu'elle serait reçue par cet homme splendide au physique d'athlète, dont les muscles tendaient sa chemise en flanelle et la toile délavée de son jean. Elle n'avait pas non plus anticipé l'effet que sa voix profonde aurait sur elle quand elle l'entendrait résonner tout près d'elle, dans la nuit texane.

Dans la lumière du chalet, elle contempla sa peau brune en essayant d'ignorer son envie brûlante de poser les mains sur lui.

— Je pensais qu'Ariana me parlait d'une cabane en bois au confort rudimentaire. Je m'étais préparée à une sorte de mise à l'épreuve, plaisanta-t-elle.

Mais Jacob ne rit pas. Toujours aussi stoïque et sérieux, il se contenta de fixer Keely de son regard hypnotisant. Elle finit par détourner les yeux et contempler le décor qui l'entourait pour éviter de perdre ses moyens.

Ils se trouvaient au milieu d'une grande pièce à vivre, dans laquelle l'espace cuisine était séparé du salon et de la salle à manger par un bar entouré de chaises hautes. Les boiseries qui ornaient les murs donnaient de la chaleur et de la lumière à la pièce. De beaux fauteuils gris entouraient la cheminée en pierre, au-dessus de laquelle était fixé un grand écran plat. La baie vitrée donnait sur la piscine et le côté de la maison principale, et au fond, un escalier montait à l'étage supérieur.

— Cet endroit est beaucoup plus accueillant et luxueux que la cabane au fond des bois que j'avais imaginée, reconnut Keely.

— Ravi d'apprendre que vous donnez votre approbation.

Le sarcasme qu'elle perçut dans la réponse de Jacob l'agaça franchement.

— C'est joli, rétorqua-t-elle, mais très isolé. Comment faites-vous pour vivre ainsi loin de tout ? Je me demande comment je vais pouvoir organiser mon travail en séjournant à l'écart de la civilisation.

— Dans votre situation, vous devriez plutôt vous réjouir d'avoir une solution de repli.

Elle se tourna de nouveau vers lui et le scruta en plissant les yeux. Pourquoi s'obstinait-il à lui parler sur ce ton ? Elle n'avait pas pour habitude de se laisser rudoyer par qui que ce soit. Ce n'était pas ce riche cavalier dans son palais de bois qui allait commencer !

Il soutint son regard, comme pour la défier de l'affronter en duel. Il était sur le point de parler, de dire quelque chose qui allait sans aucun doute la rendre furieuse et accroître la tension qui s'était installée entre eux. Même si tout ce qu'elle avait appris au cours de ses trente et un ans d'existence à New York l'encourageait à le remettre à sa place une bonne fois pour toutes, elle ne pouvait pas se permettre de gâcher en quelques mots la mission qui l'avait amenée à Royal et qui représentait un tournant majeur dans sa carrière. Elle avait tellement travaillé pour en arriver là…

Résignée à se sortir de cette situation sans froisser personne, elle respira profondément, ferma les yeux, compta jusqu'à cinq puis rouvrit les yeux. Se sentant plus en contrôle, elle hocha la tête et offrit à Jacob le sourire le plus aimable possible.

— Je suis consciente du dérangement que vous cause ma présence et je vous suis sincèrement reconnaissante de m'avoir malgré tout ouvert votre porte, dit-elle. Mais le fait que vous m'ayez rabrouée plus d'une fois depuis mon arrivée montre bien que vous m'accueillez beaucoup plus à contrecœur que je le pensais. Si cela vous gêne à ce point, je trouverai un autre logement.

— Vous pouvez toujours essayer.

Le sourire narquois de Jacob attira malgré elle le regard de Keely, alors même que sa remarque dédaigneuse lui donnait envie de lui clouer le bec.

— Vous savez quoi ? lança-t-elle. Vous êtes un goujat et il est évident que cela ne marchera pas.

Il leva les sourcils comme s'il n'en revenait pas qu'elle ait osé lui parler ainsi. Il avait donc cru qu'elle se laisserait marcher dessus sans réagir ? Mais pour qui se prenait-il au juste ? Et pour qui la prenait-elle ?

— Oh ! mais ne vous retenez surtout pas pour moi, répondit-il.

— Croyez-moi, je suis en train de me retenir, et vous n'avez aucune envie de voir la vraie Keely déchaînée.

Comme elle disait ces mots, elle vit briller dans les yeux de Jacob quelque chose qui la troubla. Ce n'était pas de la colère. Pourtant elle était certaine de l'énerver au plus haut point, ce qui n'était que justice dans la mesure où il la mettait tout autant hors d'elle.

— Vous pouvez me faire des reproches, mais vous ne semblez pas non plus enchantée de vous installer ici.

Sur ces mots, il ôta son chapeau de feutre et Keely vit pour la première fois sa magnifique chevelure de jais, libre et ondulée. Elle en fut encore plus irritée. Il n'avait pas le droit d'être à la fois aussi sexy et aussi exaspérant !

Reprends-toi, Keely. Même s'il t'horripile, c'est comme ça, tu as besoin de lui.

— Mon travail est très important pour moi, dit-elle. Ma priorité est de faire pour Ariana la robe parfaite qu'elle attend de moi. Si j'ai eu l'air de me montrer ingrate envers vous, c'est seulement parce que je suis inquiète. Je suis désolée si mes commentaires vous ont donné l'impression que je critiquais votre maison.

Elle crut voir ses épaules se détendre légèrement. C'était bon signe. Il était peut-être prêt à repartir avec elle sur de meilleures bases.

— Je comprends, répondit-il. Moi-même, je suis en négociations au sujet de plusieurs chevaux qui pourraient faire passer mon ranch dans la catégorie supérieure. Si l'on veut satisfaire ses ambitions, on ne peut pas se permettre d'être distrait ou dérangé dans son travail. La moindre erreur d'inattention peut nous coûter un contrat et réduire nos efforts à néant.

Elle acquiesça en silence, heureuse d'avoir trouvé un terrain d'entente avec ce cow-boy grincheux et préférant se taire de peur qu'une parole maladroite ravive la tension. Il devait penser la même chose car il fit à son tour un signe de tête avant de remettre son stetson et de retourner à la porte d'entrée.

— Si vous avez faim, dit-il finalement, il y a tout ce

qu'il faut dans le frigo et les placards de la cuisine. Et vous trouverez des serviettes et des produits de toilette dans la salle de bains. Mettez-vous à l'aise et faites comme chez vous. Je vais demander de l'aide pour décharger votre coffre et mettre vos affaires à l'intérieur.

Il la regarda en attendant son approbation. Dès qu'elle l'eut remercié, il sortit et referma la porte derrière lui, la laissant seule avec ses pensées et son désir brûlant.

Car elle ne pouvait le nier : bien qu'il soit aussi désagréable qu'un caillou dans sa chaussure, Jacob Chatman était absolument irrésistible.

- 5 -

Keely porta à ses lèvres sa tasse de café fumant, puis la reposa et passa en revue la liste des commerces locaux affichée sur l'écran de sa minitablette. Elle essayait de trouver la meilleure façon d'organiser sa journée, seulement voilà, une petite chose obsédante l'empêchait de se concentrer.

Jacob Chatman.

La veille au soir, il était revenu accompagné, comme promis, pour décharger la voiture de Keely, lui offrant la vue de ses bras musclés en pleine action. Même s'il n'était resté que quelques minutes, elle avait gardé en tête l'image de son corps puissant en mouvement. Elle y avait pensé en s'endormant, en se réveillant, et à cet instant encore, elle se voyait incapable de la chasser de son esprit.

Pour essayer de se concentrer sur son travail, elle avait installé son mannequin au premier étage du chalet et sorti de sa grande housse la robe d'Ariana, transportée jusqu'ici avec toutes les précautions du monde. La robe habillait désormais le mannequin dont les mensurations correspondaient exactement à celles d'Ariana.

Elle rit intérieurement en pensant au temps infini qu'elle avait mis à assembler le mannequin. Cela prouvait bien qu'elle avait l'esprit ailleurs ! D'ordinaire, c'était une tâche qu'elle accomplissait en quelques gestes assurés et rapides.

Keely regarda le reste de ses bagages en se promettant de les défaire d'ici à ce soir. Pour l'instant, elle devait se rendre à la boutique The Rancher's Daughter, lieu incontournable de la mode à Royal, afin d'y trouver les robes des demoiselles d'honneur qui entoureraient Ariana le jour de son mariage.

Keely fut surprise en entendant qu'on frappait à la porte d'entrée. Elle posa sa tablette et traversa le séjour pour aller ouvrir.

Celui qui se trouvait sur le seuil n'était autre que l'objet de sa distraction, Jacob Chatman. Ce matin il était vêtu d'un T-shirt blanc uni qui mettait encore plus en évidence son torse sculpté. Machinalement, Keely ferma les yeux pour essayer de recouvrer son sang-froid.

Elle devait rester professionnelle. Et puis, en tant que styliste, ce n'était pas la première fois qu'elle voyait un homme bien bâti ! Alors pourquoi celui-ci la troublait-il autant ? Ce n'était pas dans ses habitudes de se laisser ainsi décontenancer.

— Bonjour, Jacob.

Elle s'éclaircit la voix et s'efforça de le regarder en face.

— Que puis-je faire pour vous ? demanda-t-elle.

Il la salua en touchant le bord de son chapeau, ce qui la fit fondre immédiatement. À la lumière de cette nouvelle journée, leur petite altercation de la veille n'avait plus aucune importance.

— Je passais juste pour savoir si vous étiez bien installée et si vous aviez besoin de quoi que ce soit, avant de retourner m'occuper de mes chevaux.

— Retourner ? répéta-t-elle avec stupeur. Vous

voulez dire que vous avez déjà commencé votre journée de travail ?

Il était à peine plus de 7 heures du matin.

— Vous êtes dans un ranch, ici. Nous nous levons avant le chant du coq.

Luttant contre elle-même pour se retenir de le dévorer du regard, elle s'effaça pour le laisser entrer.

— Vous voulez du café ? demanda-t-elle en se dirigeant vers la cuisine. Je viens de le préparer.

— Non, merci, répondit-il d'un ton précipité. Je dois faire vite. Mais je me suis rendu compte que je ne vous avais pas laissé mon numéro hier soir, au cas où vous auriez besoin de me joindre. C'est une grande propriété, et comme vous l'avez souligné vous-même hier soir, nous sommes assez loin de tout. Il vaut mieux que vous puissiez m'appeler, on ne sait jamais.

Il était différent de la veille. Toujours réservé, mais moins froid. Elle percevait dans son attitude une sollicitude sincère.

— C'est un coin dangereux ? demanda-t-elle.

Keely était une pure citadine. Même si elle voyageait beaucoup dans le cadre de son travail, elle n'avait jamais vraiment eu l'occasion de s'aventurer à la campagne.

— Non, répondit-il. Pas la journée, du moins. Cependant, les prés des chevaux se trouvent à l'autre bout du domaine, de l'autre côté des bois, donc si vous voulez vous y promener seule, n'attendez pas le soir. On s'y perd facilement quand on ne connaît pas.

Elle acquiesça, puis attrapa sa minitablette et ouvrit sa messagerie.

— Tenez, dit-elle, envoyez-vous un texto et j'enregistrerai votre numéro dans mes contacts.

Il regarda le petit appareil avec circonspection, puis releva les yeux vers Keely.

— Vous vous servez vraiment de ça ? demanda-t-il.

Keely croisa les bras et se prépara à l'absurdité qu'il allait lui lancer. Il était trop tôt pour se disputer avec lui, mais s'il attaquait le premier, elle n'allait pas le laisser faire sans réagir.

— Oui, répondit-elle. Pourquoi ?

Il l'observa un moment, comme s'il cherchait les mots justes pour exprimer sa pensée.

— C'est juste que depuis que vous êtes arrivée hier soir, répondit-il, je n'ai vu en vous que de l'audace et de la hardiesse. Vous conduisez une grosse voiture, vous êtes grande et cela ne vous empêche pas de mettre des talons hauts, vous n'hésitez pas à dire ce que vous pensez. Alors cette tablette minuscule, à peine plus grande que certains téléphones… Non, vraiment, cela ne correspond pas à une femme telle que vous.

Sa façon de lui parler et de la regarder la fit frissonner malgré elle. Ils n'avaient passé que quelques minutes ensemble et il semblait avoir déjà une idée très précise de qui elle était.

Bon sang, qui était cet homme ?

Keely s'était toujours donné un mal fou pour s'envelopper d'une carapace afin de dissimuler ses émotions. Elle ne voulait pas que les gens voient qui elle était vraiment. Brooklyn était aussi beau qu'impitoyable et lui avait appris à masquer ses faiblesses pour se faire respecter. Dans la rue, mais aussi chez elle. Face aux critiques de ses parents qui avaient désapprouvé son choix de carrière, elle avait dû dresser le même mur pour se protéger. Ils l'aimaient et ne voulaient que son bien, seulement ils n'avaient pas compris qu'elle ait envie d'autre chose que d'un emploi stable et sûr.

Ses parents se souciaient de sa sécurité financière, ce qui était pour eux synonyme de salaire mensuel. Ils n'étaient pas élitistes. Ils ne considéraient pas que créatrice de mode était un statut inférieur à leur position de professionnels du secteur médical. Non, ils auraient même adoré que Keely soit employée de la fonction publique et qu'elle ait des revenus assurés et des avantages sociaux. Sachant combien il était difficile de vivre en ayant du mal à boucler ses fins de mois, ils souhaitaient que leurs filles soient durablement à l'abri du besoin.

— C'est une remarque astucieuse, répondit-elle en se tournant pour qu'il ne la voie pas rougir. Je viens de Brooklyn, où tout est grand et audacieux par nature. Vous avez un problème avec ce qui est grand et audacieux ?

Elle pensait qu'en prenant l'offensive elle garderait un meilleur contrôle d'elle-même et se retiendrait cette fois de s'enflammer. Mais dès qu'elle se tourna vers lui, elle comprit qu'elle s'était trompée. Comme la veille, le seul fait de se trouver dans la même pièce que lui la perturbait plus qu'elle n'aurait su le dire.

— J'aime cc qui est grand et audacieux, répondit-il.

Il y avait un sourire dans ses yeux, et sur son visage une expression que Keely n'arrivait pas à déchiffrer. Était-il en train de plaisanter ou… de flirter avec elle ?

— Je vis dans un ranch au Texas, ajouta-t-il. Ici aussi tout est grand et audacieux.

C'était certainement l'impression qu'elle avait quand elle le regardait. Jacob était un colosse. Alors qu'elle mesurait déjà un mètre quatre-vingts, elle devait lever les yeux pour le regarder.

— Ah oui, vraiment ? demanda-t-elle.

Elle savait qu'elle jouait avec le feu. Mais curieusement le fait de s'en rendre compte ne la fit pas renoncer. C'était à l'évidence une très mauvaise idée de s'engager dans un jeu de séduction avec cet homme qu'elle connaissait à peine. Moins de vingt-quatre heures plus tôt, il s'était comporté avec elle d'une manière si désagréable qu'elle avait eu envie de lui lancer l'une de ses bottes à la figure.

— Oui, vraiment, dit-il d'une voix rauque.

Ils étaient debout face à face, les yeux dans les yeux, comme opposés dans un duel silencieux qui devait déterminer qui était le plus fort et le plus déterminé des deux.

— Au cas où vous n'auriez pas remarqué, je suis une femme forte.

À en croire l'intensité avec laquelle il observait les courbes généreuses de Keely, il l'avait effectivement remarqué et appréciait sa silhouette. Elle eut envie de sourire, mais aussitôt sa raison reprit le dessus.

Elle n'était pas là pour séduire l'homme qui l'hébergeait, ni pour se laisser séduire par lui, même si c'était extrêmement tentant. Elle était là pour travailler, un point c'est tout.

Voilà qui avait de quoi lui faire détester sa propre conscience professionnelle. À cet instant, elle n'avait plus aucune envie d'être sérieuse et responsable. Elle aurait mille fois préféré enfouir le visage dans le cou de cet homme pour sentir l'odeur de l'herbe et de la terre, et de tout ce qui constituait la vie au grand air.

— Eh bien, reprit-elle, les femmes fortes aussi aiment se sentir délicates de temps en temps.

Comme il l'interrogeait du regard, elle poursuivit en souriant :

— Je suis sans cesse en train de courir à droite et à gauche. Cette tablette a l'avantage d'être légère et d'entrer dans presque tous mes sacs à main. Elle est pratique et m'aide à bien faire mon travail.

Les sous-entendus contenus un instant plus tôt dans leurs mots et leurs regards s'étaient envolés. Ils étaient redevenus deux inconnus cohabitant provisoirement sur la même propriété. Avec un hochement de tête distant, Jacob tapa son numéro sur l'écran de la tablette puis la rendit à Keely.

— Bien, dit-il, je crois que vous avez une journée chargée devant vous. Je vous laisse.

Il marcha jusqu'à la porte et posa la main sur la poignée. Avant de sortir, il se retourna vers Keely.

— Pendant que j'y pense, dit-il, nous sommes vendredi. Toutes les semaines ce jour-là, j'organise un grand repas chez moi pour remercier mon équipe du travail accompli pendant la semaine. Vous êtes la bienvenue si vous voulez passer pour profiter du dîner.

Il partit sans lui laisser le temps de répondre. Restée seule dans la cuisine, elle se demanda comment le cow-boy qu'elle avait rencontré la veille avait pu la rendre aussi nerveuse avec autant de facilité.

Mieux valait ne pas y penser. Elle n'allait pas passer la journée à se poser des questions sur Jacob Chatman. Elle se concentra sur ce qu'elle avait à faire et ouvrit son calendrier sur sa tablette en chantonnant le tube de Rihanna *Work*.

Le travail. C'était la seule chose qu'elle devait avoir à l'esprit pendant la durée de son séjour à Royal.

- 6 -

Keely trouva la boutique The Rancher's Daughter au milieu d'une rue pittoresque du centre-ville. Lorsqu'elle poussa la porte du magasin, le tintement d'une clochette annonça son arrivée. Une superbe jeune femme rousse aux yeux verts, visiblement enceinte, vint à sa rencontre avec un grand sourire.

— Bienvenue, dit-elle, je m'appelle Morgan. En quoi puis-je vous aider ?

Keely sourit en réponse à son accueil chaleureux. Le monde de la mode n'était pas toujours aussi bienveillant, c'était le moins que l'on puisse dire.

— Bonjour, Morgan, je suis Keely Tucker. Nous nous sommes parlé au téléphone au sujet des tenues pour le mariage d'Ariana Ramos et Xavier Nobel.

Le visage de Morgan s'éclaira d'un coup et elle ouvrit les bras, surprenant Keely en l'embrassant comme si elles étaient de vieilles amies.

— Quelle joie de vous rencontrer, dit Morgan. Avec une amie, j'ai passé les deux derniers jours à sélectionner pour vous des échantillons de tissu. Suivez-moi à l'arrière, je vais vous montrer.

Keely passa avec Morgan de l'autre côté d'un épais rideau de velours et se trouva dans une grande pièce qui comportait des cabines d'essayage, un tabouret haut et un canapé dans lequel était assise une femme penchée sur un gros livre. Keely la regarda avec stupeur, certaine que cette silhouette ne lui était pas inconnue. La femme en question se redressa et se leva avant que Keely ait eu le temps de réagir.

— Keely ! Alors c'est bien toi !

Keely rit en regardant le visage qu'elle n'avait plus vu depuis le lycée.

— Zanai James ? Mais que fais-tu ici ?

Zanai vint à elle pour l'embrasser.

— Je vis ici depuis que nous avons quitté Brooklyn, mon père et moi.

Sur ces mots, Zanai se tourna vers Morgan qui les regardait toutes les deux en riant.

— Morgan, expliqua Zanai, Keely vivait dans le même immeuble que ma tante Deja. Comme je passais tout mon temps libre chez ma tante, Keely et moi étions inséparables. Quand tu as mentionné son nom, je n'étais pas sûre que ta Keely et ma Keely étaient une seule et même personne. Je vois maintenant que c'est le cas.

— Enchantée, Morgan, dit Keely. C'est une chance que vous ayez pu ouvrir votre boutique malgré la panne de courant.

Morgan haussa les épaules.

— Je vivais dans un ranch avec ma famille, répondit-elle. J'ai l'habitude des coupures d'électricité. J'ai un générateur portable pour les appareils indispensables, et grâce aux nouveaux moyens de paiement connectés, notre activité peut se poursuivre.

— Tant mieux. Ce doit être un soulagement pour vous. J'ai hâte de voir ce que vous avez préparé !

— Et j'ai hâte de vous le montrer ! Asseyez-vous et mettez-vous à l'aise, je vous laisse quelques minutes le temps d'aller chercher les échantillons. Vous devez avoir des milliers de choses à vous dire toutes les deux.

Tandis que Morgan s'éloignait dans son bel ensemble vert, Keely et Zanai poussèrent un cri aigu, comme si elles étaient redevenues les écolières d'autrefois.

— J'espère que tu ne m'en veux pas d'être venue sans prévenir à ton rendez-vous avec Morgan, dit Zanai. Quand je me suis rendu compte que la Keely dont elle me parlait était peut-être ma chère amie de New York, je n'ai pas pu me retenir.

— Tu plaisantes ? répliqua Keely. Je t'en aurais voulu à mort si j'avais su que nous avions été dans la même ville et que tu n'étais pas passée me voir. Cela fait tellement longtemps… Trop longtemps.

Elles s'assirent sur le canapé en se tenant les mains, comme si elles avaient peur d'être de nouveau séparées pour des années.

— Tu as toujours dit que tu deviendrais styliste pour des célébrités, dit Zanai. Bravo, Keely, tu as réalisé ton rêve.

Ses paroles emplirent Keely de fierté. Zanai avait été là dès le début, à l'époque où Keely avait empli de ses créations le carnet à dessins qui ne la quittait jamais. En voyant une joie sincère dans les yeux de son amie, Keely fut à la fois touchée et heureuse.

— Et toi, dis-moi, demanda Keely. Que peux-tu bien faire dans une ville comme Royal ?

Elles s'étaient vues pour la dernière fois lors des funérailles de Deja, la tante de Zanai, dans une église bondée. Tout le quartier était venu dire adieu à cette femme aimée de tous et elles avaient à peine pu échanger quelques mots.

— Je dirige une clinique dédiée au développement psychologique des enfants ayant des troubles mentaux.

Keely sourit instinctivement en entendant la réponse de Zanai. Elle reconnaissait bien là la compassion et la générosité de son amie.

— Cela ressemble au métier idéal pour une femme aussi brillante et altruiste que toi.

— C'est effectivement le métier idéal, répondit Zanai en riant. J'adore mes patients et c'est très gratifiant de leur apporter des soins qui leur permettent de se sentir mieux et de progresser. Mais assez parlé de moi. Où es-tu installée pendant ton séjour à Royal ? Si tu es dans un endroit sans électricité, nous avons toute la place qu'il faut pour t'accueillir, Jayden et moi.

— Jayden ? demanda Keely avec curiosité. Qui est-ce ?

Le soupir de bien-être qui s'échappa des lèvres de Zanai la fit rire. Ce que Jayden représentait pour Zanai était maintenant très clair.

— D'après moi, répondit Zanai, c'est l'homme le plus merveilleux qui ait jamais existé. Mais je manque d'objectivité, ajouta-t-elle avec un clin d'œil malicieux, donc tu ne peux pas vraiment te fier à ce que je dis.

Cet homme devait en effet être merveilleux, à en croire l'expression de bonheur absolu de Zanai.

— Désolée, mais le sourire béat que je vois sur ton visage me laisse penser que Jayden et toi, vous n'avez aucun besoin de m'avoir dans les jambes. De toute façon, je suis installée dans la dépendance du Slick Six Stables.

— Le ranch des Chatman ?

C'était donc vrai que tout le monde se connaissait dans les petites villes…

— Oui, tu connais le propriétaire ?

— Jacob ? Oui, répondit Zanai. C'est un ami de

Jayden. Je ne le connais pas encore très bien mais il est sympa. Sérieux, mais sympa. Je suis sûre qu'il prendra bien soin de toi.

À cet instant, Morgan revint dans la pièce, les bras chargés de ce qui ressemblait à deux énormes albums de photos. Elle les déposa délicatement sur la table basse, devant Keely.

— Voici les échantillons de tissus et de couleurs, annonça-t-elle avec excitation. Je n'ai pas forcément tout en réserve, mais je peux me faire livrer en quelques jours par le fournisseur.

Zanai se leva en prenant son sac à main.

— Je vous laisse tranquille, dit-elle, je ne veux pas vous déranger pendant que vous travaillez.

Keely secoua la tête et tapota la place laissée libre à côté d'elle.

— Non, répliqua-t-elle. À moins qu'un patient t'attende, tu vas te rasseoir et rester bavarder avec moi pendant que j'étudie tous ces échantillons. Comme ça, je pourrai travailler tout en apprenant les détails croustillants de ton histoire avec Jayden.

Zanai croisa les bras en riant.

— C'est un arrangement acceptable, plaisanta-t-elle. À condition que tu me racontes tout sur les beaux garçons célèbres de Hollywood qui se battent pour toi.

Keely hocha la tête. Elle pouvait aussi accepter cet arrangement puisque aucune star de Hollywood ne lui courait après. Et pour cause. Elle était bien trop obnubilée par son travail lorsqu'elle se rendait à Los Angeles. Il n'y avait aucune place dans son emploi du temps pour la détente et l'amusement.

Jusqu'à maintenant, elle n'avait jamais regretté ce choix. C'était en se focalisant sur sa carrière qu'elle avait acquis sa notoriété d'aujourd'hui. Mais à cet instant, en voyant Zanai rayonnante de bonheur, elle se demanda pour la première fois si elle ne passait pas à côté de quelque chose de plus important.

- 7 -

Jacob essuya le même plan de travail de sa cuisine pour la cinquième fois de suite. Dire qu'il était préoccupé aurait été un euphémisme.

Pendant toute la durée du repas, malgré l'ambiance animée et joviale, il n'avait eu qu'une seule pensée à l'esprit.

Où est Keely ?

Il n'avait pourtant aucune raison de se soucier de savoir si elle prenait ou non le temps de dîner. Alors pourquoi guettait-il son arrivée en regardant la porte toutes les cinq minutes ?

Cette attitude ne lui ressemblait pas. Il essaya de se convaincre qu'il appliquait juste les bonnes manières enseignées par sa mère en se souciant de son invitée, en vain. Il savait que c'était un mensonge.

Ce matin, il était passé au chalet dans l'intention de donner son numéro de portable à Keely et de l'inviter au dîner hebdomadaire. Rien de plus. Il avait prévu de rester sur le perron, de lui dire ce qu'il avait à lui dire et de retourner travailler. Malheureusement, quand Keely était venue lui ouvrir vêtue d'un simple T-shirt qui épousait la forme de sa poitrine opulente et d'un jean moulant au pouvoir hypnotisant, il avait instantanément oublié ses bonnes résolutions. Elle l'avait invité à entrer et il n'avait pas pu résister.

Il n'aimait pas cela.

Pas du tout.

Jacob n'était pas un homme qui se laissait facilement tenter. La seule chose qui absorbait toute son attention était son travail.

Chatman Farms avait connu un certain succès avant qu'il en reprenne la direction. Ses parents avaient travaillé dur chaque jour et avaient transmis à Jacob leur sens des responsabilités. Quand il n'était pas en train de travailler, il pensait au ranch, et c'était cette ténacité qui lui avait permis de faire de Slick Six Stables une entreprise aussi prospère.

À en croire ses ex-petites amies, son ranch était la seule chose qui comptait pour lui. Et en vérité, il ne pouvait pas vraiment contester leurs reproches. Il avait fait son possible pour se comporter au mieux avec les femmes qu'il avait fréquentées. Inévitablement, la situation lui avait échappé. Il avait été le petit ami absent qui oubliait un rendez-vous parce qu'il s'occupait d'un cheval malade ou se démenait pour conclure un marché. Quel que soit le contexte, il avait systématiquement fait fuir les femmes qui se plaignaient du peu d'importance qu'il leur accordait en comparaison du ranch.

C'est pourquoi il était désormais célibataire et le serait sans doute toujours. Il était incapable de faire passer son couple avant son travail.

Mais voilà qu'il se trouvait comme un idiot dans sa cuisine, à astiquer un plan de travail déjà impeccable, obnubilé par une femme qu'il ne connaissait pas.

Sa capacité à faire abstraction de tout ce qui n'était pas en rapport avec son travail était la principale raison de son succès. Mais depuis l'instant où il avait vu une jambe de Keely sortir de sa voiture, il avait presque totalement perdu sa concentration.

Songeant qu'il allait finir par abîmer la peinture, il posa son éponge et appuya les mains contre le meuble en laissant retomber sa tête en avant. Cette posture était censée l'aider à se détendre et à mieux réfléchir. En général, elle précédait le moment où il allait faire quelque chose de stupide.

Il respira profondément en essayant de dissiper l'appréhension qui lui nouait l'estomac. Si seulement il avait pu faire taire cette petite voix qui lui disait « Vas-y, vas-y » …

Mais elle criait au contraire de plus en plus fort. Il secoua la tête avec dépit en comprenant qu'exceptionnellement, aujourd'hui, son impulsivité allait l'emporter sur sa raison. Résigné, il s'approcha de l'évier, se lava les mains, puis ouvrit la porte du réfrigérateur. Dès que son regard se posa sur l'assiette qu'il avait préparée pour Keely en rangeant les restes du repas, il poussa un soupir agacé.

Ce n'est que de la politesse. J'applique ce que ma mère m'a appris, rien de plus.

Tandis qu'il prenait l'assiette, il eut l'impression d'entendre le rire diabolique d'un petit démon posé sur son épaule et qui lui disait d'un ton moqueur : « Mais oui, mais oui, c'est ça ! »

— Tant pis, chuchota Jacob en sortant avec l'assiette dans les mains.

Il longea la piscine et se trouva bientôt devant la porte du chalet.

Uniquement par courtoisie, se répéta-t-il. *Il n'y a pas d'autre raison.*

Keely ouvrit la porte du réfrigérateur en se maudissant de ne pas s'être arrêtée en ville pour manger quelque chose avant de rentrer. Elle avait passé presque toute la journée en compagnie de Zanai et Morgan, à examiner et comparer les échantillons avec les croquis qu'elle avait réalisés pour les robes des demoiselles d'honneur. Elles avaient discuté tout en travaillant, et Morgan avait eu droit aux anecdotes les plus mémorables de l'enfance de Zanai et Keely à Brooklyn.

Lorsqu'elle était finalement partie avec les échantillons qu'elle voulait proposer à Ariana, elle était directement rentrée au ranch en oubliant de se nourrir.

Le gargouillement de son ventre lui apparut comme une protestation évidente contre cette étourderie. Elle inspecta le contenu du frigo et soupira. Tout ce qu'il comportait nécessitait une préparation, et entre le voyage et sa journée mouvementée d'hier, elle ressentait encore une profonde fatigue.

Elle fouilla les placards jusqu'à ce qu'elle y ait trouvé du beurre de cacahuètes, de la confiture et un paquet de crackers.

— Tu as connu pire, Keely, se dit-elle tout haut. Cela fera très bien l'affaire.

Elle posait le tout sur le bar lorsqu'elle entendit frapper à la porte. Elle reconnut tout de suite les petits coups secs de son visiteur mais écarta machinalement le rideau de la vitre pour en avoir la confirmation. En la voyant, Jacob lui adressa un petit signe de tête qui la fit fondre. Comment un signe de tête pouvait-il être sexy ? Mystère.

— Désolé de vous déranger, dit-il quand elle lui ouvrit. Je voulais juste vous déposer une assiette pour votre dîner.

Elle devina une montagne de nourriture cachée sous un papier d'aluminium.

— Merci, répondit-elle, c'est très gentil de votre part.

Tandis qu'ils se dirigeaient ensemble vers la cuisine, elle espéra que ces quelques secondes de pause allaient lui permettre de se ressaisir. Ce fut tout le contraire. Quand Jacob se tourna de nouveau vers elle, son regard lui parut encore plus intense et troublant qu'à son arrivée.

— Vous vous prépariez un encas ? demanda-t-il avec un demi-sourire en voyant les bocaux et les crackers.

— Je dirais plutôt que ma journée de travail m'a fait oublier l'invitation à dîner que mon hôte généreux m'avait faite ce matin.

Il aurait pu mal le prendre ou se moquer d'elle. Pourtant, elle ne décela pas la moindre arrogance dans son regard. Il eut plutôt l'air de la comprendre.

— Je croyais être le seul à travailler au point d'oublier de manger, dit-il.

— J'ai sauté tellement de repas à cause du travail que si être bien en chair signifiait trop manger, comme beaucoup de gens le pensent, je serais plus mince que ce cracker.

Jacob ne répondit pas tout de suite. Il regarda Keely en silence, et tandis qu'il promenait les yeux sur elle, elle sentit des frissons lui parcourir tout le corps.

— Les gens parlent souvent de ce qu'ils ne connaissent pas, dit-il enfin. Ce que vous appelez bien en chair est ici considéré comme une bonne santé. Franchement, je ne pourrais pas faire confiance à quelqu'un qui refuse des côtelettes grillées, un burger juteux ou le gâteau aux bananes de ma mère.

— Je tuerais pour avoir des côtelettes tout de suite,

dit Keely en mordant dans son cracker. Et ce gâteau aux bananes, vous pouvez préciser ?

— Des couches alternées de rondelles de bananes et de gaufrettes, le tout recouvert d'un savant mélange de lait, d'œuf et de sucre et cuit à la perfection.

— Pitié, taisez-vous, gémit-elle. Arrêtez de me torturer, à moins que votre mère soit sur le point d'arriver avec une part de son gâteau pour moi.

Le rire grave de Jacob attisa le désir qu'il avait déjà fait naître en elle. Son rire était aussi sexy que le reste de sa personne. Même obsédée par son travail, elle ne pouvait y rester insensible.

— Si elle n'était pas en croisière dans les Caraïbes avec mon père, répondit Jacob, je suis sûr que nous pourrions facilement arranger cela. Mais ce que j'ai pour vous est presque aussi bien.

Il souleva le couvercle en aluminium et dévoila l'assiette qu'il avait posée sur le bar.

— Donc vous avez un pouvoir magique qui vous permet de savoir quand les gens ont faim pour leur apporter à manger ? plaisanta-t-elle.

Même s'il ne semblait pas avoir beaucoup d'humour, elle aimait mieux adopter ce ton. Cela lui évitait de penser à son attirance grandissante pour lui.

— Je possède de nombreux talents, répondit-il.

Elle le croyait sur parole. Tout en Jacob Chatman, de sa démarche souple et sa stature imposante à ses larges épaules et sa taille mince, laissait penser que cet homme savait maîtriser son corps en toutes circonstances.

— Je n'en doute pas. Et apparemment, dit-elle en montrant l'assiette du doigt, répondre à un appel télépathique pour une livraison de repas en fait partie.

Comme il finissait d'enlever le papier d'aluminium,

elle découvrit une assiette incroyablement appétissante faite de gratin de macaronis, de chou et de magnifiques côtelettes grillées.

— Vous avez passé commande chez un traiteur ? demanda-t-elle en salivant.

Il prit un air choqué.

— S'il vous plaît, ne m'insultez pas, rétorqua-t-il. J'ai tout préparé moi-même.

Elle fit la moue en s'efforçant de lui cacher combien elle était admirative. Ses plats paraissaient tellement délicieux !

— Ça n'a pas l'air mauvais, dit-elle avec mauvaise foi.

Elle préférait garder ses réelles impressions pour elle. L'air de défi qu'il affichait lui allait si bien…

— Je vois que vous avez besoin de preuves plus que de mots, observa-t-il.

Il contourna le bar pour rejoindre Keely. Il se trouvait maintenant si près d'elle – trop près à vrai dire – que son parfum épicé prit le dessus sur les senteurs de la nourriture. Keely ne savait plus si c'était la faim ou le désir qui lui faisait tourner la tête.

— Asseyez-vous, lui enjoignit-il.

Keely n'aimait pas recevoir d'ordrcs. Elle aimait suivre ses propres règles et prendre ses décisions par elle-même. Mais la voix de basse de Jacob, profonde et sensuelle, lui donna envie de lui obéir sans protestation.

Elle acquiesça et prit place sur un tabouret de bar. Elle le regarda se laver les mains, mettre l'assiette dans le four micro-ondes et sortir un set de table et des couverts qu'il disposa devant elle.

Presque hypnotisée par son aisance, elle l'observait en silence. Elle n'avait aucune raison d'être fascinée de le voir à l'aise dans sa propre cuisine, mais c'était ainsi.

Le seul fait de voir le corps de Jacob en mouvement la captivait.

Il lui apporta son assiette et l'incita à commencer d'un simple signe de tête, sans prononcer un mot. Elle saisit ses couverts et prit une généreuse bouchée sous le regard satisfait de Jacob.

C'était si bon qu'elle ne put retenir un murmure de plaisir.

— Vous avez gagné, dit-elle en continuant à manger. Tous mes doutes sur vos compétences culinaires sont effacés. C'est un pur régal.

— Eh oui.

Il était debout face à elle, les bras croisés et les yeux fixés sur elle.

— Je vous ai bien dit que j'étais le meilleur des cuisiniers.

Elle avait trop de plaisir à manger pour prendre la peine de le remettre à sa place. Il était prétentieux, mais ses plats étaient si réussis qu'il avait toutes les raisons de l'être.

— Auriez-vous fait une école de cuisine ? demanda-t-elle.

Il haussa les sourcils et inclina la tête sans cesser de la regarder manger.

— Certainement, répondit-il. L'école de cuisine afro-américaine Bixby et Geraldine Chatman.

Keely prit entre ses doigts l'os d'une côtelette juteuse, nappée d'une sauce sucrée et acidulée, dans laquelle elle avait hâte de mordre.

— Je suis sûre qu'il y a une plaisanterie quelque part, dit-elle, mais ce repas est trop bon pour que je m'interrompe le temps de comprendre vos sarcasmes.

Sa remarque provoqua le rire de Jacob, un rire qu'elle

trouva presque aussi séduisant que les plats délicieux qu'il avait préparés. Presque.

— Mes parents ont toujours très bien fait la cuisine, expliqua-t-il. Comme je suis leur fils unique, ils ont pris le temps de m'enseigner ce qu'ils savaient. Tout ce qui devait être cuit ou rôti au four était la spécialité de ma mère, tandis que mon père m'a appris à faire frire, griller et mijoter.

— Ils n'imaginent pas combien je leur suis reconnaissante.

Loin de se préoccuper des convenances, elle suça le bout de ses doigts couverts de sauce.

— Sincèrement, ajouta-t-elle. Tout votre entourage devrait les porter en triomphe, si ce sont eux qui vous ont appris à faire des grillades aussi succulentes.

— Je ne manquerai pas de leur transmettre votre message quand ils seront rentrés de leur croisière.

— Encore une fois, dit-elle entre deux bouchées, je suis sûre qu'il y a quelque chose de sarcastique à déceler dans vos propos, mais je suis trop concentrée sur mon dîner pour y réfléchir.

Il rit de nouveau et s'écarta du bar pour prendre une bouteille d'eau dans le réfrigérateur. Après l'avoir posée devant Keely, il la regarda en silence finir son assiette. Cela aurait dû lui paraître étrange, voire la mettre mal à l'aise, mais c'était tout le contraire. La compagnie de Jacob lui faisait du bien, sans qu'elle sache pourquoi et sans même qu'elle ait envie d'analyser ce scénario en détail comme elle le faisait habituellement.

Quand elle eut terminé, il débarrassa et lava son assiette et ses couverts dans l'évier.

— Vous faites la cuisine *et* la vaisselle, observa-t-elle. Votre compagne a vraiment beaucoup de chance.

— Si elle existait, elle serait sûrement en désaccord avec vous, tout comme mes ex.

Keely crut percevoir une pointe d'irritation dans sa voix.

— N'essayez pas de me faire croire que les femmes ne vous courent pas après, dit-elle en essayant de redonner un peu de légèreté à leur conversation.

— Je n'ai pas de mal à séduire les femmes, répondit-il. Les garder, en revanche… c'est une autre histoire.

Elle resta un instant bouche bée, puis voulut l'interroger pour en savoir plus. Alors qu'elle cherchait encore ses mots, il lui fit un signe de tête, lui souhaita une bonne soirée et sortit en refermant doucement la porte derrière lui.

Keely resta immobile, figée de stupeur.

Que venait-il donc de se passer ?

- 8 -

— Tout va bien, patron ?

Jacob jeta sa dernière pelletée de paille dans le box avant de se tourner vers Matt Santiago, son contremaître et ami, qui venait d'arriver et l'observait avec circonspection.

Perclus de courbatures et trempé de sueur, Jacob adressa un bref signe de tête à Matt. Son état physique prouvait qu'il n'avait pas passé la journée à paresser en pensant à la femme sublime qui s'était installée dans sa dépendance.

— Oui, grommela-t-il. Tout va bien. Tu as besoin de quelque chose, Matt ?

Matt l'observait avec un sourire espiègle, comme s'il savait quelque chose que Jacob ignorait. C'était le premier employé que Jacob avait engagé, quand il avait repris la direction de la ferme de ses parents pour la transformer en élevage de chevaux. Il avait la peau hâlée et les cheveux noirs de ses ancêtres mexicains, et la lueur qui brillait dans son regard était l'illustration parfaite de sa bonne humeur permanente. En plus de ses compétences professionnelles, son caractère enjoué faisait de lui l'associé idéal pour Jacob. Même s'il travaillait dur, Matt ne manquait jamais une occasion de rappeler à Jacob qu'il devait éviter de se prendre trop au sérieux et de se laisser dévorer par le ranch.

— Tu te tues à la tâche depuis le lever du jour, dit Matt. J'ai l'habitude de te voir travailler dur, mais cela me paraît un peu excessif aujourd'hui, même pour toi. Tu veux en parler ?

Jacob sortit du box, appuya sa pelle contre le mur et ôta ses gants de travail pour les enfouir dans la poche arrière de son jean.

— Aucun besoin de parler, grommela-t-il. Je voulais juste m'assurer que tout ce qu'il y avait à faire aujourd'hui serait fini dans les temps.

— Ou…, dit Matt en levant l'index. Ou c'est l'invitée installée dans le chalet qui te met dans un tel état que tu n'as plus les idées claires.

Jacob secoua la tête.

— Tu sais bien que les femmes n'ont pas ce pouvoir sur moi, Matt. Keely est une invitée et rien de plus.

Plus Matt souriait, plus Jacob était agacé. Mais de toute évidence son ami n'avait pas l'intention de le laisser tranquille.

— Parce que c'est Keely, maintenant ? railla Matt. Il y a deux jours, quand tu es venu me chercher pour que je t'aide à décharger son coffre, c'était encore Mme Tucker. Si tu t'es mis à l'appeler Keely, c'est que vous vous êtes rapprochés, j'imagine.

— Matt, soupira Jacob.

Il avait voulu employer un ton grave pour faire taire son ami, mais sa tentative n'eut pas du tout l'effet escompté. Matt avait toujours l'œil aussi rieur et semblait loin de se laisser impressionner.

— Allez, vas-y, ajouta Jacob. Dis ce que tu as à dire, que je puisse aller me doucher, dîner et me coucher. La journée a été longue.

— Je trouve juste que tu es bizarre aujourd'hui, et je

pense que cela a un rapport avec la belle femme que tu accueilles en ce moment. C'est peut-être le signe que tu devrais prendre le temps de t'amuser un peu. Si quelqu'un mérite de s'accorder un peu de plaisir, c'est bien toi.

Jacob souffla.

— Je te remercie de vouloir veiller sur moi, Matt. Mais je n'ai rien à offrir à une femme aussi sophistiquée que Keely Tucker. Son univers, c'est la mode et le glamour. Le mien, c'est la poussière et la sueur. Et elle aurait besoin de beaucoup de temps et d'attention, ce que je serais incapable de lui donner.

Sur ces mots, Jacob tourna les talons et sortit de l'écurie en espérant que Matt allait comprendre le message et mettre un terme à cette conversation. Il n'avait pas besoin qu'on lui parle de ce qui avait déjà hanté son esprit toute la nuit dernière.

Les quelques minutes qu'il avait passées à regarder Keely savourer bouchée par bouchée le repas qu'il avait préparé lui avaient procuré une joie inattendue. À vrai dire, elle l'avait étonné. Il avait imaginé qu'une personne faisant partie du monde de la mode serait trop délicate pour manger ainsi de bon cœur en sa présence. Mais Keely s'était attablée sans complexe devant lui et n'avait pas caché le plaisir que lui donnait son dîner.

Ce spectacle l'avait émerveillé. En voyant l'expression ravie de son visage et en entendant ses murmures de satisfaction, il n'avait pu s'empêcher de l'imaginer en train de goûter un plaisir d'un autre genre. Un plaisir qu'il avait eu très, très envie de lui donner.

Mais quand Keely avait mentionné la femme qui était censée avoir la chance de partager sa vie, Jacob avait eu l'impression de recevoir un seau d'eau glacée en pleine figure. Les fantasmes qui avaient commencé à naître dans son esprit s'étaient éteints d'un coup.

Oui, il y avait eu des femmes dans la vie de Jacob. Mais aucune d'elles ne s'était estimée chanceuse d'être en couple avec lui. Elles avaient toutes attendu de lui ce qu'il ne pouvait donner à personne. Une attention sans partage.

— Jay, insista Matt en le suivant. Tu as besoin de relâcher un peu la pression, mon ami. Et si l'invitée du chalet éveille ton intérêt, je te suggère d'y réfléchir à deux fois.

— Je suis occupé.

— Oui, dit Matt. Et elle aussi. Ce qui veut dire qu'elle pourrait elle aussi être tentée par un peu de bon temps. Tu ne le sauras jamais si tu ne le lui demandes pas.

Jacob lança un regard noir à Matt, ce qui incita son ami à lever les mains en reculant.

— Penses-y quand même, dit Matt. Cela ne coûte rien de poser la question.

Jacob partit sans répondre et se dirigea vers la maison principale. Il avait besoin d'une douche, d'une bière, de solitude et de calme. Après cela, il espérait que son humeur étrange allait enfin le quitter pour le laisser retrouver son état normal.

Il se rendit compte que son programme allait être compromis quand il s'approcha de la maison et vit qu'une visiteuse l'attendait, assise sur les marches du perron. Une visiteuse qui n'était autre que Keely Tucker.

Cette ironie du sort aurait sans doute dû le faire rire. Il avait passé la journée à s'épuiser au travail pour essayer d'oublier les quelques minutes qu'ils avaient passées ensemble hier soir. Il avait cru que son état de fatigue lui permettrait de se vider la tête, mais voilà que l'objet de son obsession se trouvait devant sa porte, réveillant d'un coup le désir qu'il avait ressenti dès leur première rencontre.

— Quelle que soit la raison de votre présence, dit-il, cela devra attendre que j'aie pris ma douche.

Sans rien dire, elle lui répondit par un signe de tête approbateur et se leva. Jacob ouvrit la porte d'entrée et s'effaça pour laisser entrer Keely. Comme elle passait devant lui, il ne put s'empêcher de remarquer son short en jean et ses jambes incroyablement sexy.

Quelle erreur ! Pourquoi diable l'avait-il invitée à entrer au lieu de rester dehors pour lui demander en deux mots ce qu'elle lui voulait ? Quel besoin avait-il eu de la faire entrer en lui annonçant qu'elle allait l'attendre pendant qu'il prenait sa douche ?

Cette femme sublime et lui, seuls dans la maison, en fin de journée… Non, cela n'annonçait rien de bon.

- 9 -

Keely avait préparé des excuses pour Jacob et voulut les lui présenter dès qu'elle le vit approcher. Elle tenait à lui dire combien elle était désolée d'avoir été maladroite en plaisantant sur sa vie privée. Elle n'avait eu aucune intention de l'offenser, seulement elle avait parlé trop vite. Elle aurait mieux fait de réfléchir, cela lui aurait peut-être permis de garder sa remarque pour elle. D'habitude, Keely était spontanée. Elle ne savait ni mentir, ni parler pour ne rien dire ou en ménageant les susceptibilités. Elle aimait exprimer le fond de sa pensée.

Mais les choses s'étaient passées différemment hier soir.

Hier soir, avec Jacob, elle avait été tout sauf honnête. Parce qu'elle n'avait pas été dans son état normal. Jacob la déstabilisait à tel point qu'elle s'était sentie obligée de combler le silence avec un commentaire idiot ct indiscret.

Sans s'en rendre compte, elle avait franchi la ligne rouge. Et comme il lui serait très difficile de trouver un autre endroit ayant à la fois de l'électricité et la place suffisante pour qu'elle s'y installe, elle ne pouvait pas se permettre de contrarier son hôte.

Voulant à tout prix se garder de causer davantage de dégâts, quand Jacob lui avait dit de but en blanc qu'il devait se doucher avant de l'écouter, elle avait acquiescé en silence et l'avait suivi à l'intérieur. Voilà pourquoi, au lieu d'être de retour au chalet pour poursuivre son travail sur la robe d'Ariana, elle se trouvait maintenant piégée dans le salon de Jacob, en train de l'imaginer nu sous la douche.

Elle se mit à faire les cent pas devant la cheminée, essayant en vain de ne pas penser à son corps musclé et à sa peau brune caressée par le jet d'eau. Elle tenta de se distraire en dessinant sur sa tablette avec son stylo électronique, mais comme cela ne changeait rien, elle se remit à arpenter la pièce. Que faire pour chasser les images sensuelles qui envahissaient son esprit ?

— Si vous continuez, vous allez faire un trou dans mon tapis.

Keely se retourna en entendant la belle voix de Jacob et le vit debout dans l'encadrement la porte, vêtu d'un jean qui lui tombait légèrement sur les hanches et d'un T-shirt ajusté qui ne faisait rien pour apaiser les sens de Keely.

— Désolée, dit-elle. Le mouvement m'aide à réfléchir. Je me mets souvent à marcher de long en large quand je travaille sur un croquis que j'ai du mal à perfectionner.

— La robe d'Ariana vous donne du fil à retordre ?

— Non. Je cherche juste les derniers détails qui en feront une robe unique et personnelle. Je le saurai quand je les aurai trouvés. En attendant, je griffonne encore et encore, jusqu'à ce que l'évidence me saute aux yeux.

Jacob s'appuya contre le mur et regarda Keely avec attention, comme s'il guettait la réponse à une question qu'il n'avait pas posée.

— Même si tout cela est passionnant, dit-il, je suis sûr que vous ne m'attendiez pas devant chez moi pour me parler de la robe de mariée d'Ariana. Avez-vous besoin de quelque chose ?

Elle se gratta le front avant de parler, non sans penser à

sa mère qui lui avait fait remarquer qu'elle faisait toujours cela avant de reconnaître ses torts. C'était une manie qui datait de son enfance et dont elle n'avait jamais pu se débarrasser.

Sa mère trouvait ce geste mignon. Keely le détestait au contraire, parce qu'elle le considérait comme une faiblesse. Or quiconque voulait bâtir un empire ne pouvait se permettre d'avoir des faiblesses.

— Je ne veux pas monopoliser votre temps, répondit-elle. Je suis juste passée pour vous dire que j'étais désolée.

Il se redressa et fronça les sourcils.

— Désolée ? répéta-t-il. Pourquoi ?

— Hier soir, je n'aurais pas dû plaisanter sur vos relations avec les femmes. C'était déplacé. Croyez-moi, il n'y avait ni sous-entendu ni mauvaise intention de ma part, mais vu votre réaction, il est évident que j'ai dit quelque chose qu'il ne fallait pas.

Elle attendit qu'il dise quelque chose, n'importe quoi. Mais il resta muet et le silence se fit terriblement pesant.

Tu lui as présenté tes excuses, songea Keely. *Tu peux partir maintenant et le laisser avec sa mauvaise humeur.*

Elle voulut quitter la pièce, mais alors qu'elle arrivait devant lui, il lui prit le bras pour la retenir.

— Ne partez pas, dit-il en la regardant dans les yeux.

Après une pause, il ajouta :

— Si nous devons avoir cette discussion, je préfère aller d'abord me chercher une bière. Ne me laissez pas boire seul.

Ce n'était sans doute pas volontaire, mais il avait dit cela d'une voix terriblement sensuelle. Son intensité fit frissonner Keely et lui fit perdre sa lucidité. Si elle avait eu les idées claires, elle aurait poliment décliné et serait repartie aussitôt au chalet. Mais le pouvoir d'attraction de Jacob était si fort qu'elle le suivit dans la cuisine.

Il lui fit signe de s'asseoir sur un tabouret de bar, puis s'approcha du réfrigérateur.

— Vous avez déjà dîné ? demanda-t-il.

— Non. Et vous ?

— Non plus. Je n'ai pas l'énergie de faire la cuisine, mais il y a suffisamment de restes pour préparer deux bons sandwichs. Vous êtes la bienvenue si vous souhaitez vous joindre à moi.

— J'espère que vous ne croyez pas que je suis venue pour me faire inviter à dîner.

— Cela ne me dérangerait pas si c'était le cas. Je déteste gaspiller la nourriture mais je n'ai jamais su cuisiner pour une seule personne.

Sur ces mots, il sortit assiettes, couverts et assaisonnements et les posa sur le bar. Puis il prit dans le réfrigérateur la boîte qui contenait la viande froide et assembla le tout avec dextérité entre deux grandes tranches de pain. Le sandwich était si généreux que Keely eut besoin de ses deux mains pour le tenir.

— Merci de vous être déplacée jusqu'ici pour me présenter vos excuses, dit-il. Je vous assure que ce n'était pas nécessaire.

Ils commencèrent à manger et Keely attendit un instant avant de répliquer :

— Dans ce cas, pourquoi êtes-vous parti si brusquement alors que nous étions en train de discuter ?

Il écarta son assiette et se pencha légèrement en avant. Bien que séparée de lui par le bar, Keely sentait la chaleur qui émanait de son corps viril.

— Mon rapport avec les femmes est un sujet quelque peu sensible, confia-t-il. Je préfère rester seul pour l'instant.

— Je ne vois pas pourquoi, rétorqua-t-elle de façon impulsive.

Elle regretta aussitôt sa remarque. Mais puisqu'elle ne pouvait pas la retirer, elle décida d'aller au bout de sa pensée.

— Avec votre physique, poursuivit-elle en toute franchise, je suis sûre que les jeunes femmes du coin se bousculent à votre porte.

— Merci, répondit-il avec un demi-sourire. Mon physique mis à part, rencontrer une femme prête à supporter mon style de vie n'est pas si simple que cela.

— Comment ça ?

Il leva les sourcils, comme pour lui demander si elle voulait vraiment entendre sa réponse. Elle fit un signe de tête pour l'encourager à parler.

— Je passe le plus clair de mes journées à travailler pour développer ce ranch, expliqua-t-il. Les relations requièrent du temps et de l'attention dont je ne dispose pas. Donc si une femme attend davantage qu'un bon moment de temps en temps, je ne suis pas l'homme qu'il lui faut.

— Un bon moment de temps en temps… c'est-à-dire ?

— Du sexe, précisa-t-il sans détour.

Elle eut un moment de surprise. Mais pourquoi s'étonner puisqu'elle lui avait elle-même posé la question ?

Elle ne put s'empêcher d'esquisser un sourire. Cela faisait du bien d'entendre un homme qui parlait franchement au lieu de jouer les séducteurs en prononçant des mots doux, superficiels et hypocrites.

— J'espère ne pas avoir offensé votre délicate sensibilité en m'exprimant de manière aussi directe, dit-il.

Cette fois, Keely s'esclaffa.

— Au contraire ! Il n'y a rien qui m'énerve plus que

les belles paroles vides de sens. Je n'aime pas qu'on me prenne pour une idiote. Je préfère les gens qui disent clairement ce qu'ils veulent.

— Quant à moi, répondit-il, je tiens à ce que les gens sachent ce qu'ils peuvent attendre de moi. Les choses peuvent facilement dégénérer quand toutes les personnes concernées ne sont pas sur la même longueur d'onde.

Keely mourait d'envie de savoir ce qu'elle pouvait attendre d'un bon moment avec lui. Tandis qu'elle le regardait fixement, elle remarqua un changement dans son attitude. Comme si la fatigue qu'elle avait lue sur ses traits un peu plus tôt s'était dissipée pour laisser place à... une envie qu'elle n'arrivait pas encore à définir. Que cherchait-il en la contemplant avec une telle intensité ? S'il voulait qu'elle se consume de désir, c'était réussi.

Elle ne put se retenir plus longtemps de poser la question qui lui brûlait les lèvres :

— Qu'est-ce qu'une femme peut attendre de vous exactement ?

Il mordit dans son sandwich et mâcha lentement avant de porter sa bouteille de bière fraîche à ses lèvres.

— Quand je suis avec une femme, répondit-il enfin, elle peut s'attendre à recevoir toute mon attention. Je ne suis peut-être pas fait pour les relations à long terme, mais quand je partage un moment de plaisir avec une partenaire, je fais en sorte de lui montrer combien j'apprécie sa compagnie. Tout ce que je peux faire pour lui apporter satisfaction, je le fais.

Keely n'avait jamais manqué d'imagination ni de créativité. Jusque-là, cela lui avait été très utile. Mais ce soir ce trait de caractère risquait de lui attirer des ennuis dont elle n'avait pas besoin.

Assise face à Jacob qui lui expliquait combien il savait

s'occuper des femmes dans certaines circonstances, elle ne put ignorer les images sensuelles qui lui venaient à l'esprit.

— Vous pourriez donner des leçons à certains hommes que j'ai connus, dit-elle.

Il l'interrogea du regard pour l'encourager à développer. Elle aurait dû refuser et changer de sujet, mais au lieu de cela elle but une gorgée de bière pour se donner du courage et poursuivit :

— Je voyage beaucoup pour le travail. Je ne reste jamais chez moi plus de deux semaines d'affilée. Les hommes que je rencontre veulent bien prendre soin d'une femme à condition qu'elle soit prête à s'engager. Ma carrière décolle tout juste. Je tiens à rester pleinement concentrée sur ma vie professionnelle.

— Et les hommes qui ne veulent pas prendre soin d'une femme ?

Fuyant son regard, elle décolla machinalement un coin de l'étiquette de sa bouteille de bière. Comment lui répondre sans paraître désespérée et sans lui donner l'impression qu'elle ne savait pas ce qu'elle voulait ?

Keely savait ce qu'elle voulait. Seulement, elle n'avait pas encore trouvé celui avec qui elle pourrait satisfaire cette envie. À moins que cela vienne de changer ?

Jacob choisit ce moment pour contourner le bar et s'approcher d'elle. Appuyé contre le plan de travail en marbre, il fixa sur elle des yeux si pleins de désir qu'elle se demanda si elle n'avait pas face à elle le partenaire idéal, le seul capable de comprendre sa vision des choses.

— Ces hommes-là ne pensent qu'à leur plaisir et n'ont aucun souci de l'autre. Ce n'est pas parce que je ne veux pas qu'on me passe la bague au doigt que j'ai envie d'être traitée comme un objet jetable.

Lentement, Jacob tendit la main vers le visage de Keely, lui laissant tout le temps de faire un mouvement de recul si elle le souhaitait. Il n'avait pas à s'inquiéter de cela. Elle brûlait de sentir sa main sur elle, même si c'était pour une simple caresse sur la joue.

Le geste qu'il fit ne fut pas aussi innocent. Il lui prit le menton et l'incita à le regarder dans les yeux. Il n'y avait pas d'erreur possible : c'était bien un désir ardent qui brillait dans ses pupilles.

— Tout homme incapable de voir la femme splendide que vous êtes est un imbécile qui ne mérite pas une seconde de votre temps, déclara-t-il.

— Pour un homme qui m'a rencontrée il y a quelques jours seulement, vous semblez bien sûr du jugement que vous portez sur moi.

— Dois-je comprendre que vous n'êtes pas d'accord avec moi ?

— Au contraire. Je sais ce que je vaux. Je me demande juste comment vous pouvez avoir un avis aussi catégorique alors que nous avons passé si peu de temps ensemble.

Il continua à soutenir son regard en silence, puis il prit le temps d'examiner en détail les traits du visage de Keely avant de lui répondre :

— Seul un imbécile pourrait vous regarder sans avoir conscience du trésor qu'il a devant les yeux. Je ne vois même pas comment on peut commettre une telle erreur.

Elle comprit au timbre suave de sa voix qu'il allait l'embrasser juste avant qu'il se penche doucement mais délibérément vers elle. Dès qu'elle sentit que leurs bouches n'étaient plus qu'à un souffle l'une de l'autre, elle entrouvrit les lèvres avec impatience.

Son désir était trop avide, trop visible. Elle le savait. Elle aurait mieux fait de lui montrer du détachement, voire de l'indifférence. Mais à quoi bon faire semblant ? Elle voulait l'embrasser. L'embrasser tout de suite.

Sans plus se soucier de faire bonne figure ou de jouer un rôle, elle agrippa le T-shirt de Jacob pour l'attirer contre elle et prendre possession de sa bouche.

S'il était gêné par son impertinence, il n'en montra rien. Au contraire, son baiser se fit plus ardent. Il enfouit les mains dans ses cheveux pour maintenir son visage contre le sien et alla à la rencontre de sa langue.

Elle laissa échapper un murmure de plaisir et posa la main à plat contre son torse. Les muscles qu'elle sentit n'étaient pas ceux d'un sportif de salle de gym. Elle était certaine que Jacob n'avait pas sculpté son corps puissant en soulevant des poids face à un miroir. Il avait acquis sa force en travaillant sur ses terres, en pleine nature, comme le vrai cow-boy qu'il était. Elle n'aurait su dire exactement à quoi il occupait ses journées, mais quelles que soient ses activités, elles avaient fait de lui un homme magnifiquement viril qui éveillait en elle des sensations qu'elle n'avait pas éprouvées depuis une éternité. Son baiser était en train de lui faire perdre tout contrôle.

Keely, tu n'es pas venue ici pour cela.

Elle ne parvint pas à se raisonner. Le fait est qu'elle n'était pas contrariée le moins du monde par la tournure des événements. Elle sentait tout son être vibrer de désir, et à cet instant, rien n'était meilleur que de sentir que Jacob éprouvait la même chose qu'elle.

Quand il se redressa doucement, elle était dans un tel état de fièvre qu'elle ne put distinguer la lumière de l'obscurité. Elle cligna plusieurs fois des yeux pour tenter d'y voir plus clair, mais rien n'y fit. Alors elle baissa de nouveau les paupières et s'appuya contre Jacob.

— Je crois que ton baiser m'a rendue aveugle, plaisanta-t-elle.

Elle sentit son corps secoué par le rire tandis qu'il la serrait dans ses bras.

— J'aimerais pouvoir m'attribuer ce mérite, murmura-t-il. J'avais oublié que cela pouvait être si bon d'embrasser quelqu'un. Mais je crois que si tu as soudainement perdu la vue, c'est davantage lié à une coupure d'électricité qu'à la qualité de mon baiser.

— Hein ? Quoi ?

Il l'écarta légèrement de lui et lui caressa la mâchoire du bout de l'index.

— Oui, dit-il. On dirait que le Slick Six a droit à son tour à une panne de courant.

- 10 -

Jacob braqua une dernière fois sa lampe de poche sur le générateur de secours pour s'assurer que le système était bien en état de marche.

Il avait fait la grimace en payant la facture de cet équipement au coût exorbitant, mais à présent il se félicitait d'avoir été assez prévoyant pour l'acquérir.

Se tournant vers Keely, il vit qu'elle était debout à côté de lui, les bras croisés et le visage marqué par l'inquiétude. Pour lui, c'était une habitude de se trouver dehors dans le noir. Cela ne l'avait jamais dérangé, au contraire. Mais il imaginait facilement que lorsqu'on venait d'une ville éclairée en permanence cette situation pouvait être déroutante sinon effrayante.

— Tout fonctionne bien ? demanda Keely.

Elle parlait d'une voix calme, mais il voyait bien qu'elle clignait nerveusement des yeux. Il tendit alors la main vers elle et hésita un bref instant avant de lui toucher le bras.

Juste avant la panne, il l'avait embrassée comme jamais il n'avait embrassé aucune femme. Il avait senti entre eux une passion qu'il n'avait pas connue auparavant. Mais le fait qu'elle ait répondu à son baiser tout à l'heure ne donnait pas à Jacob le droit de la toucher où il voulait, quand il voulait. Et ce même s'il souhaitait seulement la rassurer.

— Tout est en ordre, répondit-il. Je ne vois qu'un seul problème.

— Lequel ?

— Nous avons assez de propane pour avoir de l'électricité jusqu'à ma livraison de la semaine prochaine…

— Je ne vois pas bien en quoi c'est un problème, dit-elle.

Il lui adressa un sourire réconfortant. Keely était vive, pleine d'audace et d'énergie, qualités qu'il appréciait rarement chez les autres mais qu'il trouvait très séduisantes chez elle. Voilà pourquoi il n'aimait pas voir son visage radieux assombri par l'anxiété.

— Tu ne m'as pas laissé finir. Nous aurons de l'électricité jusqu'à ma livraison de la semaine prochaine à condition de couper le courant dans la dépendance. Si nous laissons l'électricité dans les deux bâtiments, nous consommerons tout le gaz en très peu de temps.

— Es-tu en train de me mettre à la porte ?

— De la dépendance ? Oui. Du ranch ? Non. Tu devras juste t'installer dans la grande maison avec moi.

— Oh ! soupira-t-elle. Il faut vraiment que l'univers me déteste !

Jacob ne put s'empêcher de rire en l'entendant.

— Je suis désolé que l'idée de venir chez moi te soit si désagréable.

Elle secoua la tête.

— Ce n'est pas toi, dit-elle d'une voix douce et résignée, presque découragée. Je te remercie beaucoup pour ton hospitalité. Le problème, c'est l'espace. L'espace et la solitude.

Elle dut deviner en regardant Jacob qu'il ne l'avait pas comprise car elle ajouta :

— La robe d'Ariana est blanche et immense et doit

être surveillée comme un trésor national. C'est une célébrité. La presse à scandale ferait n'importe quoi pour voir sa tenue de mariage en avant-première. C'est à moi de m'assurer que cela n'arrivera pas. En m'installant dans une maison où les gens vont et viennent, j'augmente le risque que la robe soit vue avant le jour J.

— C'est tout ? demanda-t-il.

Comme elle lui lançait un regard furieux, il leva les deux mains en signe de défense.

— Le grand salon est assez spacieux pour que tu t'y installes pour travailler, expliqua-t-il. Et sa porte à double battant a une serrure dont je suis le seul à avoir la clé. Tu pourras verrouiller la porte et fermer les volets à chaque fois que tu sortiras, et je t'assure que la robe sera protégée des regards indiscrets. Est-ce que cela te convient ?

Elle cligna des yeux, comme si elle n'était pas sûre d'avoir bien compris ce qu'il venait de lui dire.

— Oui, répondit-elle finalement, cela me convient. Merci.

— Tu as l'air étonnée que je veuille t'aider.

Le visage de Keely s'était éclairé, et il était sûr que, même sans la lumière de sa lampe de poche, il aurait vu sa beauté dans la nuit.

— Pour être franche…, commença-t-elle.

— Parce que tu sais ne pas l'être ? demanda-t-il en espérant aussitôt que son sarcasme n'allait pas la vexer.

Il fut soulagé de la voir rire.

— À vrai dire, non, concéda-t-elle. La spontanéité est l'un de mes traits de caractère.

Le sourire de Keely l'émerveilla au point qu'il se demanda s'il devait s'inquiéter de sa réaction. D'où cette femme tenait-elle le pouvoir de lui donner un tel sentiment de liberté et de légèreté ?

— Je ne suis pas étonnée que tu veuilles m'aider, dit-elle. Tu es quelqu'un qui fais attention aux autres, je l'ai vu dès mon arrivée chez toi. Le premier soir, quand tu es venu avec tes employés pour décharger mon coffre, j'ai remarqué que tu te comportais avec eux comme avec des amis. Et ce repas que tu prépares chaque semaine pour eux… Les patrons comme toi sont rares à mon avis. Non, ce qui me surprend, c'est que tu n'aies pas réfléchi à une solution pour que je m'installe ailleurs et que je ne t'encombre plus.

Elle avait raison. En temps normal, il aurait sûrement passé quelques coups de téléphone afin de lui trouver un autre hébergement. Mais à vrai dire, cela ne lui avait même pas traversé l'esprit. Il n'avait pas envisagé une seconde qu'elle puisse aller ailleurs que chez lui.

Oui, il pouvait se mentir en prétendant qu'il ignorait pourquoi. Mais c'était évident : la conversation qu'ils avaient eue et le baiser qu'ils avaient échangé avaient allumé quelque chose en lui. Il avait tout à coup envie qu'elle reste, ne serait-ce que pour lui prouver qu'il valait mieux que les hommes dont elle avait parlé.

Néanmoins il comptait bien se garder de le lui dire. Son expérience lui avait appris à ne pas faire miroiter à une femme des choses qu'il ne pourrait jamais lui donner. Il n'avait pas l'intention de jouer à cela avec Keely. Même s'il la connaissait à peine, il avait le plus grand respect pour elle. Il préféra donc éviter de lui dire l'entière vérité, de peur qu'elle le comprenne mal.

— Keely, répondit-il, je ne suis pas méchant au point de te mettre dehors quand tu as besoin d'un toit. D'autant plus que je passe la plupart du temps à l'extérieur et que nous ne nous verrons sans doute que le soir, pour dîner. Je pense pouvoir supporter cette petite intrusion dans ma vie de solitaire le temps de ton séjour. Et toi ?

Elle sourit et accepta d'un signe de tête.

Tandis qu'ils se dirigeaient vers le chalet, Jacob espéra ne pas avoir pris de mauvaise décision. Car Keely était la tentation faite femme et il avait beaucoup à perdre en cédant à ses désirs.

— C'était le dernier carton, Matt ?

— Oui, patron.

Matt était venu aider Jacob à transporter les affaires de Keely du chalet au salon de la maison principale.

— Tu as encore besoin de moi ?

— Non, Matt. Merci de t'être levé si tôt pour nous donner un coup de main.

— Tu sais que tu peux toujours compter sur moi, patron.

Matt avait beau s'obstiner à appeler Jacob « patron », ils savaient tous les deux que Jacob ne le considérait pas comme un simple employé. Matt était un ami précieux, ce qui expliquait sans doute pourquoi Jacob supportait tout ce qu'il se permettait de lui dire.

— Je t'en suis reconnaissant, dit Jacob. Et tu peux prendre ta matinée, je vais me charger de ce que tu avais prévu de faire ce matin au ranch.

Matt lui répondit avec un immense sourire :

— Tu n'auras pas à me le dire deux fois ! À tout à l'heure.

Il allait sortir de la cuisine quand Keely arriva.

— Merci pour votre aide, Matt, lui dit-elle.

Jacob admira son beau sourire et les traits détendus de

son visage. La citadine qu'elle était semblait beaucoup plus à l'aise dans son ranch qu'on aurait pu l'imaginer.

— Je vous en prie, répondit Matt. Au moins vous ne vous retrouverez pas toute seule dans le noir. Criez si vous avez besoin de quoi que ce soit. Jacob sait où me trouver.

Elle le remercia de nouveau et lui fit un signe pour lui dire au revoir. Quand il fut parti, elle se tourna vers Jacob.

— Il est vraiment très sympathique, dit-elle.

— Tu dis ça parce que tu ne le connais pas encore assez, répliqua Jacob avec un sourire narquois. C'est un excellent contremaître et un véritable ami, mais si tu savais comme il m'énerve parfois…

— C'est en partie ce qui caractérise les vrais amis.

Elle regarda autour d'elle avant de se tourner de nouveau vers lui.

— Je te suis sincèrement reconnaissante de t'être donné tout ce mal pour me loger, ajouta-t-elle.

— Tu veux faire quelque chose pour me remercier ?

Le regard appuyé de Keely lui fit aussitôt secouer la tête.

— Ne t'inquiète pas, dit-il, ce n'est pas ce genre de proposition. Puisque nous avons fini d'installer ton matériel dans le grand salon, que dirais-tu d'une promenade à cheval avec moi ?

Il devina à son expression que cette idée était loin de la rassurer. Cet air de méfiance qu'elle affichait régulièrement depuis leur rencontre amusait beaucoup Jacob.

— Pour remercier Matt de son aide, expliqua-t-il, je lui ai donné sa matinée en lui promettant de faire son travail à sa place. Je me trouve donc chargé de faire le tour des prés pour m'assurer que les clôtures sont en bon état et que les chevaux ne risquent pas de se sauver ou de se blesser. Je me disais qu'après nos efforts de ce matin tu aurais peut-être envie d'une pause.

Keely croisa les bras et inclina la tête.

— Cela dépend.

— De quoi ?

— De si tu as un cheval très calme et très gentil qui ne me fera pas tomber. Mon expérience en tant que cavalière est très mince et remonte à mon enfance.

— Il se trouve que oui, répondit-il. J'ai une jument qui s'appelle Tildy et qui est la monture la plus tranquille que tu puisses imaginer. Elle adore les humains, et si tu lui donnes une friandise, elle te sera éternellement loyale.

Tildy était si douce que Jacob ne la confiait pas à n'importe qui. Les cavaliers trop énergiques ou durs n'avaient pas le droit de s'approcher d'elle. Mais il avait confiance en Keely. Il sentait qu'elle allait bien s'entendre avec Tildy.

Keely savait prêter attention aux détails. C'était du reste une qualité qui devait lui être fort utile dans son travail. Elle avait prêté suffisamment d'attention à Jacob pour remarquer que quelque chose l'avait contrarié, et elle avait pris la peine de venir lui en parler pour arranger les choses avec lui. Il ignorait pourquoi, mais ce qu'elle avait fait l'avait touché. Et maintenant, il avait envie de passer un peu plus de temps avec elle.

Il chassa de son esprit la petite voix qui essayait de le rappeler à l'ordre. Puis il contempla avec bonheur le sourire de Keely et comprit qu'aucune petite voix ne parviendrait à lui faire retirer sa proposition.

— Alors d'accord, répondit-elle. Je veux bien venir avec toi. Laisse-moi juste le temps de courir à l'étage pour enfiler une tenue plus appropriée.

Fasciné, il la regarda monter l'escalier avec l'envie

folle de la suivre. Car c'était un fait : son attirance pour Keely Tucker était plus forte chaque minute.

Et c'était précisément ce dont il devait se méfier. Son ranch était son unique priorité, et rien ni personne, pas même la femme la plus sexy qu'il ait jamais vue, ne devait lui faire oublier les objectifs qu'il s'était promis d'atteindre.

- 11 -

— Cette écurie est vraiment immense.

Impressionnée, Keely avança puis tourna sur elle-même pour admirer le bâtiment. La seule autre écurie qu'elle ait visitée, à l'occasion d'une journée à la campagne avec sa classe, était une petite ferme sans comparaison avec ce ranch de luxe. Ici, tout était aussi vaste et majestueux que dans un palace.

— C'est correct, marmonna Jacob.

Keely vit à son sourire qu'en réalité il savait que c'était un endroit exceptionnel.

— Combien de chevaux y a-t-il ?

— Ici ? Cinq.

Keely cligna des yeux en regardant de nouveau autour d'clle. C'était trop grand pour cinq chevaux.

— Nous avons trois écuries, expliqua-t-il. Celle-ci comporte dix box. C'est la plus petite, celle que je réserve à mes chevaux personnels. Les deux autres comprennent cinquante places chacune. Elles sont destinées respectivement aux cheveux à vendre et à ceux qui sont en pension chez nous.

Keely resta bouche bée. Elle n'y connaissait rien, mais cela lui paraissait énorme.

— Tu as vraiment la place pour autant de chevaux ? Je ne parle pas seulement des box, mais aussi des prés.

J'imagine qu'ils ont besoin de sortir pour se dégourdir les jambes de temps en temps, non ?

— En effet, répondit-il tandis qu'ils avançaient dans l'allée. Avec sept mille cinq cents hectares, nous avons techniquement assez de terrain pour accueillir mille cinq cents chevaux.

Elle s'arrêta net et le regarda avec stupeur.

— Non, dit-il avec un sourire, nous n'en avons jamais eu autant en même temps. Ce n'est pas la place qui manque, mais plutôt le personnel. J'ai une soixantaine de personnes à temps plein. Un tiers des employés vivent ici, dans la propriété, et les autres font le trajet depuis chez eux chaque jour.

En disant ces mots, il s'approcha d'une table sur laquelle était posé un panier de pommes. Il en prit une avant de s'adresser à l'un des chevaux.

— Tildy, ma chérie, tu as de la visite.

Keely regarda la jument qui avait passé la tête au-dessus de sa porte. Elle avait le poil d'un beige doré et le nez blanc. Comme Jacob la caressait affectueusement, elle se frotta contre lui pour l'inciter à continuer.

Quelle chance elle a…

Keely secoua la tête en se demandant si elle était devenue folle. Elle devait vraiment être en manque d'affection si elle était jalouse d'un animal.

Elle se ressaisit et observa Jacob qui parlait à Tildy d'une voix douce. C'était surprenant de voir cet homme grand et fort murmurer à l'oreille d'une jument qui semblait comprendre tout ce qu'il lui disait. Au bout de quelques instants, il se tourna vers Keely et lui fit signe de s'approcher. Il passa le bras autour de sa taille et l'attira contre lui tout en restant entre elle et Tildy.

Keely qu'il comprit qu'il voulait les mettre en confiance l'une avec l'autre.

— Tu es prête à faire connaissance avec Tildy ? demanda-t-il finalement.

Elle acquiesça en silence.

— Quand tu t'approches d'un cheval, dit-il, fais toujours en sorte qu'il te voie venir. Keely pèse environ cinq cents kilos. Inutile de te dire qu'il vaut mieux éviter de l'effrayer quand tu te trouves à côté d'elle.

Keely hocha de nouveau la tête en écoutant ses consignes avec attention. Enfant, elle avait été trop inconsciente du danger pour se méfier des chevaux. Mais, en tant qu'adulte ayant appris qu'une petite dose de peur pouvait vous sauver la vie, elle était reconnaissante à Jacob pour les précautions qu'il prenait.

— Tildy est une jument fjord, dit-il. Les chevaux de cette race sont petits de taille, à peine un mètre quarante en général, mais râblés. Ils peuvent facilement porter des adultes. Ils sont aussi connus pour leur tempérament très calme. Ils ne s'affolent pas facilement, ce qui fait d'eux les compagnons idéaux pour les cavaliers débutants qui ont besoin d'être rassurés. Dès que tu te sens prête, donne-moi ta main et je te montrerai comment la caresser.

Keely tendit la main et sentit celle de Jacob l'envelopper délicatement.

— Dans le sens du poil, dit-il en accompagnant son geste sur l'encolure de la jument. C'est plus agréable pour elle. Lentement, doucement. Voilà, comme ça.

Keely s'appliquait à suivre ses instructions en se laissant bercer par sa voix profonde et apaisante. Elle comprenait l'affection que Tildy témoignait à Jacob. Keely elle-même se sentait plus sereine grâce à lui.

Ensemble, ils continuèrent à cajoler Tildy et lui offrirent la pomme qu'elle croqua avec enthousiasme. Puis ils attachèrent une longe à son licol et la firent sortir de son box pour aller l'attacher au mur de la sellerie, au fond de l'écurie. Quand la jument fut prête, Keely avait acquis une certaine aisance. Ce devait être aussi le cas de Tildy, car elle se mit à chercher ses caresses par des mouvements de tête, comme elle l'avait fait plus tôt avec Jacob.

Jacob sella sa propre monture, un grand cheval noir baptisé Midnight, et ils sortirent tous les quatre de l'écurie pour se retrouver au grand air. Après avoir aidé Keely à monter et lui avoir expliqué comment tenir les rênes et faire avancer Tildy, Jacob se mit en selle.

— Comme tu apprends, dit-il, nous resterons tranquillement au pas aujourd'hui.

Keely sentit une certaine appréhension. Jacob dut s'en rendre compte, car il se pencha vers elle et lui prit doucement la main. Ce contact suffit pour qu'il lui transmette sa chaleur et son assurance.

— Je suis un homme de parole, Keely, dit-il en la regardant dans les yeux. Tu peux me faire confiance. Avec Tildy et moi, tu ne risques rien.

Cela suffit à la détendre. Pourquoi lui faisait-elle aveuglément confiance ? C'était absurde, mais elle n'y pouvait rien. Et c'est ainsi qu'elle se retrouva à chevaucher à côté de lui.

— Alors, sommes-nous venus ici pour une raison particulière, en dehors de la leçon d'équitation que tu voulais me donner ?

En entendant la question abrupte de Keely, Jacob

se tourna vers elle en réprimant un sourire amusé. Il reconnaissait ce sentiment de légèreté, très nouveau pour lui, qu'il éprouvait à chaque fois qu'elle était là. Cela le changeait de sa solitude habituelle.

Il avait toujours cru que son penchant pour la solitude était une bénédiction. Il lui permettait de se concentrer sur son travail, et c'était en se concentrant sur son travail qu'il avait bâti son ranch à partir de rien. Aujourd'hui, le Slick Six était tout pour lui. Mais, en voyant avec quelle aisance et quelle audace Keely abordait chaque situation, il était obligé de reconnaître qu'elle lui apportait quelque chose de bon, quelque chose qui lui manquait depuis si longtemps qu'il ne s'était même pas rendu compte à quel point c'était essentiel : une compagne.

— Nous allons vérifier l'état du transformateur, répondit-il. Le ranch n'est pas relié aux transformateurs de la ville.

Elle le regarda, puis leva les yeux au ciel, comme si elle cherchait ses mots.

— Keely, tu peux me parler franchement. Si tu as quelque chose à me dire ou à me demander, vas-y, je t'écoute.

— Eh bien… Je comprends que tu veuilles t'occuper de ta propriété, mais tu ne penses pas que la réparation d'un transformateur relève des compétences d'un professionnel ?

En la voyant hausser ses sourcils parfaitement dessinés, il dut prendre sur lui pour se retenir de les caresser du bout de l'index.

Il s'éclaircit la voix avant de parler, faisant de son mieux pour dissimuler l'effet que sa voix et son impertinence avaient sur lui.

— Oui et non, répondit-il.

D'un signe de tête, elle l'encouragea à développer. En général, ses réponses laconiques étaient les seules qu'il acceptait de donner. Mais avec Keely tout était différent. Le fait était qu'il avait de plus en plus de mal à lui résister.

— Ce devrait en effet être le travail d'un professionnel, poursuivit-il, et si le problème est trop compliqué, j'attendrai la venue d'un spécialiste. Mais vu le contexte, les électriciens de la région doivent être tous mobilisés pour réparer la panne générale. Donc si la réparation est à ma portée, autant que je m'en charge tout de suite.

— Tu es pressé de te débarrasser de moi ?

Il ne répondit pas immédiatement. Il avait besoin de quelques instants pour réfléchir. Si elle lui avait posé cette question à son arrivée quelques jours plus tôt, il aurait pensé « oui » sans hésiter. Mais, maintenant qu'il connaissait le goût de ses lèvres, il était tout disposé à la garder près de lui.

— Si je ne voulais pas de toi, Keely, tu serais déjà partie.

Elle garda un visage impassible. Il aurait fallu qu'il la connaisse mieux pour savoir ce qu'elle pensait.

Comme ils arrivaient à la maisonnette qui jouxtait le générateur, Jacob descendit de cheval et aida Keely à en faire autant.

— Nous allons rendre visite à quelqu'un ? demanda-t-elle avec étonnement.

— Non. Personne n'habite ici, c'est l'une des petites maisons construites dans les zones les plus reculées du ranch. J'ai voulu prendre cette précaution pour éviter que quiconque se retrouve coincé loin de tout, sans provisions et sans moyen de communication. Chacune de ces cabanes est approvisionnée en denrées non périssables et équipée d'une ligne de téléphone fixe. Cela sert en cas d'urgence, ou simplement pour ceux qui ont un long travail à effectuer dans le coin.

Voyant que Keely prenait sa respiration, il devina ce qu'elle allait lui demander et l'interrompit d'un geste.

— Et pour répondre à ta prochaine question, dit-il, le transformateur se trouve juste derrière la cabane.

Il ôta les sacoches du dos des deux chevaux et les posa sur l'herbe verdoyante. Puis il leur parla en les caressant :

— Je compte sur vous deux pour être sages pendant que Keely et moi, nous allons voir le transformateur. C'est bien compris ?

Midnight tapa du pied et Tildy frotta sa tête contre l'épaule de Jacob.

— Bon. Et n'oubliez pas de revenir quand je vous appellerai.

Il les débarrassa de leur selle et de leur filet et leur donna une petite tape sur la croupe en disant :

— Allez-y, c'est l'heure de la récréation.

— Ils comprennent vraiment ce que tu leur dis ? demanda Keely en regardant les chevaux s'éloigner au petit trop.

— Je les ai eus tous les deux alors qu'ils étaient encore poulains. C'est moi qui les ai dressés. Ils comprennent les ordres que je leur donne. Mais surtout, ils comprennent mon langage corporel. Si je leur parle gentiment en les caressant, ils ne ressentent aucune peur ni aucun danger. Les chevaux sont très en phase avec les émotions des humains.

Ils entrèrent dans la maisonnette dont l'intérieur comportait une seule pièce. Contrairement à la belle dépendance dans laquelle il avait installé Keely, ces cabanes étaient conçues uniquement dans un but pratique.

La partie salon comportait un petit canapé et deux fauteuils, une cheminée et une télévision. La cuisine occupait un coin de la pièce et n'avait que quelques équipements de base.

Jacob s'efforça de ne pas regarder le grand lit placé contre le mur du fond. Il avait trop peur d'être tenté de prendre Keely par la main pour l'emmener de ce côté. Il était venu pour réparer le transformateur et non pour assouvir ses fantasmes.

— Et voilà, dit-il en faisant un geste pour montrer à Keely l'ensemble de la pièce. La salle d'eau est ici, ajouta-t-il en désignant une porte à côté du lit. Si tu as faim, il y a des provisions ici et dans les sacoches que j'ai apportées. Ne prends rien dans le frigo puisque l'électricité a été coupée.

Elle croisa les bras et le regarda dans les yeux. Il commençait à connaître cet air de défi et le trouvait de plus en plus sexy.

— Jacob, dit-elle, je ne suis pas montée sur cette adorable jument pour le seul plaisir de t'accompagner en promenade. Je ne compte pas rester ici pendant que tu t'occupes du transformateur. Je vais t'aider.

Il la fixa avec incrédulité.

— Keely. Tu y connais quelque chose en électricité ?

— Non, reconnut-elle en faisant la moue. Mais je peux te tendre tes outils, et si tu réussis à t'électrocuter, je serai là pour appeler à l'aide.

— Bonne remarque, répondit-il en riant. Alors suis-moi, c'est par-là.

Il la précéda en direction de la petite porte du fond. À peine était-il sorti qu'il identifia facilement l'origine de la panne : plusieurs branches du gros chêne voisin étaient tombées sur la cage en métal qui protégeait le transformateur. Pour autant, les dégâts ne semblaient pas suffisants pour avoir endommagé l'appareil.

— Je crois qu'il n'y a rien de cassé, dit-il. La chute des branches a dû entraîner des vibrations qui ont perturbé les connexions.

— Tu es capable de réparer ça ? demanda Keely avec une appréhension bien perceptible.

— Oui, à condition qu'il n'y ait pas d'autre problème. Autrement, nous devrons attendre la venue d'un électricien.

Ils se mirent au travail. Keely aida Jacob à ôter les branches, tâche qui leur prit du temps mais aurait été beaucoup plus longue et fastidieuse sans elle. Puis Jacob ouvrit la cage de protection et examina l'intérieur de l'appareil en l'éclairant avec sa lampe de poche. Il vit avec soulagement que deux câbles s'étaient seulement déconnectés.

— Est-ce plus ennuyeux que ce que tu pensais ?

En entendant la voix de Keely, il se retourna et la vit qui se penchait pour voir. Sa position dévoilait son sublime décolleté.

Il n'y avait absolument rien d'érotique dans le fait de réparer un transformateur avec elle. Mais il suffisait qu'elle soit près de lui pour qu'il n'ait plus les idées claires.

— C'est un… C'est…

Il n'arrivait même pas à former une phrase.

Inspirant profondément, il s'ordonna de se concentrer sur ses fils électriques, mais c'était plus facile à dire qu'à faire. Le V du T-shirt de Keely se trouvait juste au niveau des yeux de Jacob.

Sa poitrine était fascinante, mais il allait passer pour un voyeur s'il ne se ressaisissait pas tout de suite.

— C'est exactement ce que j'imaginais, dit-il. Je dois

juste retendre ces câbles, et j'espère que nous aurons de nouveau de l'électricité.

— Tant mieux. Parce que nous avons passé la journée dehors, et entre cette chaleur et les efforts que nous avons faits pour déplacer les branches, je ne te cache pas que j'ai hâte d'aller prendre une douche.

C'était exactement ce dont Jacob n'avait pas besoin. Des visions de Keely nue, couverte de mousse et d'eau. Si elle avait l'intention de le torturer, c'était réussi !

— Je vais faire aussi vite que possible, promit-il. Mais le soleil ne va pas tarder à se coucher. Si tu ne veux pas attendre que j'aie fini, je peux appeler un de mes hommes pour qu'il vienne te chercher. Que préfères-tu ?

Il se tourna vers elle et attendit patiemment sa réponse. Il ne lui avait pas fait de proposition explicite. Mais, à en juger par l'étincelle qui brillait dans son regard, elle avait saisi le sous-entendu dans sa question et prenait le temps d'y réfléchir.

Les secondes qui suivirent lui parurent des heures. Pour rien au monde il n'aurait insisté, et si elle lui disait non, il n'essaierait en aucun cas de lui faire changer d'avis. Mais il serait déçu. Cela, il ne pouvait pas le nier.

— Y a-t-il une douche dans la salle d'eau dont tu m'as parlé ? demanda-t-elle enfin.

— Oui.

— Alors si tu me laisses y aller en premier, je veux bien rester, dit-elle avec un clin d'œil suggestif.

Il la regarda avec un mélange d'excitation et de culpabilité. Il savait qu'il avait tort de se laisser guider par son désir pour elle, mais c'était plus fort que lui. Surtout quand il voyait qu'elle avait les mêmes envies que lui.

Que ce soit pour s'abandonner au plaisir ou pour

refaire le monde, il n'allait pas manquer cette occasion de passer la nuit avec Keely Tucker. Il lui donna donc la seule réponse qui s'imposait :

— Marché conclu.

- 12 -

— Ce que ça fait du bien !

Jacob leva les yeux du plan de travail sur lequel il préparait un repas et se figea en voyant Keely qui sortait de la salle d'eau.

Les placards de chaque cabane de secours contenaient des provisions, mais aussi des vêtements unisexes prévus pour dépanner ceux et celles qui devaient y passer du temps de manière imprévue. Il y avait principalement des sweat-shirts, des jeans, de grandes chemises en flanelle et des T-shirts. En un mot, des habits confortables, qui pouvaient aller à tout le monde mais n'étaient pas particulièrement flatteurs.

Sauf sur Keely Tucker.

Elle avait enfilé un bas de survêtement et un T-shirt blanc extra-large qui dénudait l'une de ses épaules comme s'il avait été conçu pour cela. Comment faisait-elle pour que ce morceau de tissu apparaisse à Jacob comme la lingerie la plus sexy qu'il ait jamais vue ? Il l'ignorait. Tout ce qu'il savait, c'était qu'il était soulagé que le bar se dresse entre elle et lui. Sans cette barrière, il aurait été tenté de faire quelque chose de stupide comme l'attirer contre lui pour sentir les courbes de son corps de rêve.

— Qu'y a-t-il pour le dîner ? demanda-t-elle. Ça sent très bon.

— Des restes de jambon que j'ai apportés dans un

sac isotherme. Ce ne sera pas un repas gastronomique, mais avec un assaisonnement bien choisi, cela nous fera un bon sandwich.

Elle s'assit en face de lui, sur un tabouret de bar, et le regarda fixement. Elle avait une façon de l'observer qui lui donnait l'impression qu'il ne pouvait rien lui cacher.

Jacob n'aimait pas se dévoiler. Il avait toujours préféré dissimuler ses émotions et ses pensées les plus intimes, même à ses proches. À vingt-neuf ans, c'était la première fois qu'il rencontrait quelqu'un face à qui il ne voulait plus se cacher. Keely lui faisait tout naturellement perdre l'envie de jouer un rôle ou de se renfermer pour se protéger. C'était incompréhensible, mais avec elle il était assez à l'aise pour désirer être lui-même, tout simplement.

— Tout va bien ? demanda-t-elle.

— Oui, oui. Je me sens juste un peu crispé après ce travail physique. Je vais me doucher pendant que le jambon chauffe. Si je ne suis pas revenu quand la minuterie sonnera, tu pourras le sortir du four ?

— Bien sûr.

Il lui fit un signe de tête et se dirigea vers la salle de bains. C'était une chose de vouloir baisser la garde face à Keely, mais son instinct persistait manifestement à l'en empêcher. Autrement, il lui aurait dit qu'elle était la plus belle femme qu'il ait jamais rencontrée, et que sa personnalité lui donnait envie de passer autant de temps que possible avec elle.

Se débarrasser de ses vieilles habitudes n'était pas chose facile, et comme Jacob avait toujours maintenu les femmes à une certaine distance, il avait du mal à faire autrement.

Il se déshabilla et se doucha à la hâte, en partie parce

qu'il ne voulait pas manger du jambon brûlé, mais aussi parce qu'il savait comment il voulait que la soirée se termine. Or s'il restait trop longtemps enfermé dans la salle de bains, il risquait de se raisonner pour se dissuader lui-même d'aller plus loin avec Keely.

— Arrête de te poser des questions, Jacob, chuchota-t-il. Retourne près d'elle, profite du dîner pour passer un bon moment et laisse les choses se dérouler naturellement à partir de là.

Cela faisait si longtemps qu'il n'avait pas joué ce jeu de séduction avec une femme qu'il n'était plus sûr de connaître les règles. Le sexe, il s'en souvenait. Mais l'approche qui précédait ne lui semblait plus aussi simple qu'autrefois.

Sa dernière petite amie était sortie de sa vie depuis plus d'un an. Depuis, il avait connu une ou deux relations d'un soir, mais ce n'était pas ce qu'il envisageait avec Keely. Il ne voyait pas comment il pourrait l'oublier au petit matin.

Déjà, il ne cessait de penser à elle depuis son arrivée. Elle avait commencé à l'obséder avant même qu'ils échangent un baiser. Il avait essayé de la chasser de son esprit, mais ces derniers jours sa présence était devenue si évidente qu'il se mettait à trouver cela bizarre quand elle n'était pas là.

— Calme-toi, Jacob.

Décidé à faire ce qu'il avait prévu, il enfila à peu près la même tenue que Keely, non sans s'apercevoir qu'il était loin d'avoir la même allure qu'elle avec des vêtements semblables.

Il retourna dans la pièce principale et la trouva debout devant le bar, en train de disposer le jambon et le pain dans deux assiettes.

— Tu n'avais pas à t'occuper de ça, dit-il.

Elle leva les yeux en entendant sa voix et lui sourit.

— Tu m'as fait à dîner deux soirs de suite et tu t'es démené pour que je ne me retrouve pas dans le noir. Je peux tout de même te servir une assiette, c'est la moindre des choses.

Il s'assit et la regarda en cherchant comment se donner une contenance. Au moins, quand il était en cuisine, il avait de quoi s'occuper. Mais, maintenant que c'était elle qui se chargeait de la préparation, il n'avait rien d'autre à faire que de la contempler.

Ce qui était un problème, car plus il la regardait, plus il avait envie d'enfreindre ses propres règles et de faire connaissance avec elle au lieu de se contenter d'un moment de plaisir.

Était-il prêt à prendre ce risque ? À se lier avec elle alors qu'il devait rester focalisé sur son travail ? Il n'avait qu'un rêve : faire de son ranch le plus grand élevage de chevaux du monde. Et rien ne devait se mettre en travers de son chemin, pas même son attirance pour une femme hors du commun.

Quand elle eut fini de préparer les sandwichs, elle vint s'asseoir au bar, à côté de Jacob. Elle ne le touchait pas mais se trouvait assez près de lui pour qu'il sente le parfum du gel douche à la vanille qu'elle avait utilisé. C'était un produit quelconque. Pourtant, mêlé à l'odeur de sa peau, il procurait à Jacob une sensation de plaisir et d'excitation indescriptible.

— Alors, dit-elle, raconte-moi comment tu es devenu éleveur et dresseur de chevaux. C'est une tradition familiale ?

Il aurait dû être soulagé qu'elle entame une conversation banale. D'autant plus qu'elle lui parlait de ce qui l'intéressait le plus au monde et qui occupait toute sa vie depuis huit ans.

— Pas exactement, répondit-il. Mes parents avaient une ferme. Ils adoraient leur travail et gagnaient très correctement leur vie, mais leur passion n'était pas la mienne. Je ne me voyais pas reprendre leur activité.

— Laisse-moi deviner, dit-elle avec un sourire espiègle, tu te trouvais trop raffiné pour ça ? Tu avais besoin d'un métier plus prestigieux ?

Il ne put qu'être amusé par le naturel avec lequel elle disait une fois de plus ce qu'elle pensait.

— Peut-être, oui, plaisanta-t-il. En fait, j'ai toujours adoré les chevaux. Mes parents m'ont eu tard et je suis fils unique. À défaut de frères et sœurs, j'ai eu les quelques chevaux de la ferme comme compagnons de jeu. Je passais tout mon temps avec eux pendant que mes parents travaillaient.

Keely l'écoutait en le regardant avec attention, comme si elle voulait retenir chaque détail de son histoire.

— Alors comme tu aimais jouer avec les chevaux, dit-elle, tu as décidé que quand tu serais grand, tu deviendrais une sorte de cow-boy ?

— J'imagine que tous les petits garçons en rêvent à un moment ou l'autre, mais ce n'était pas si évident pour moi.

Il ouvrit la bouteille d'eau fraîche qu'elle avait posée devant lui et but une longue gorgée en se remémorant le passé.

— Enfant, poursuivit-il, j'aimais les chevaux comme une sorte de loisir. Je ne me doutais pas que ce que je faisais avec eux pouvait devenir mon métier. Plus tard, alors que je faisais mes études de commerce, je suis allé avec des amis voir un spectacle équestre. Un dresseur n'arrivait pas à faire son numéro car l'un de ses chevaux était agité et refusait de coopérer. Je me suis approché de la piste pour lui demander si je pouvais essayer de le calmer. J'ai parlé au cheval, je lui ai montré de l'affection, et en quelques instants, j'ai gagné sa confiance et le problème était réglé. Le dresseur m'a dit que j'étais doué et que je devrais réfléchir à une carrière d'entraîneur. C'est là que l'idée a commencé à faire son chemin dans ma tête. J'en ai parlé à mes parents qui m'ont soutenu dans mon projet. Ils m'ont permis d'utiliser une partie de leur terrain et de commencer avec quelques chevaux de la région ici et là. J'ai eu du succès. Mon affaire s'est développée si rapidement que je n'ai pas tardé à gagner plus d'argent qu'eux. Ils m'ont laissé de plus en plus de place au fil des années, et quand ils ont pris leur retraite, ils m'ont transmis le ranch en me disant de réaliser pleinement mon rêve. Voilà comment est né le Slick Six Stables.

En relevant les yeux vers Keely, Jacob s'attendit à voir une expression d'ennui sur son visage. Ce fut tout le contraire. Elle paraissait fascinée par son récit.

— Je suis impressionnée, dit-elle. À la fois par ta ténacité et par la réaction de tes parents. Le soutien qu'ils t'ont apporté est remarquable.

Il crut percevoir une certaine mélancolie dans le ton de sa voix.

— Tu dis cela comme si c'était… rare, observa-t-il avec précaution.

Il ne la connaissait pas depuis assez longtemps pour l'interroger sans détour sur son passé. Mais il voulait qu'elle sache que si elle souhaitait en parler, parler de n'importe quoi, elle pouvait compter sur lui pour l'écouter avec intérêt.

— C'est le cas, confirma-t-elle. Mes parents ne m'ont pas soutenu quand ils ont su quel était le rêve que je voulais réaliser.

Jacob ne put masquer sa surprise. En général, les gens audacieux et confiants comme Keely étaient entourés de personnes qui leur répétaient qu'ils étaient les meilleurs.

Elle se tut un instant avant de poursuivre :

— Mes parents étaient formidables. Ils nous ont donné beaucoup d'amour, à ma sœur et moi. Seulement, quand nous étions petites, ils étaient pauvres. Nous habitions dans un ensemble de logements sociaux. Tu ne le sais peut-être pas, mais à New York, ce sont des immeubles sombres, humides et froids, qui ressemblent plus à des prisons qu'à des habitations.

Sans y avoir vécu lui-même, Jacob s'était intéressé au sujet et avait conscience de ce qu'étaient les appartements de ce type, au Texas comme à New York.

— Mes parents ont fait beaucoup d'efforts et de sacrifices pour que ma mère puisse finalement s'inscrire en école d'infirmières. Une fois qu'elle a été en poste, mon père a à son tour repris ses études pour devenir d'abord technicien en radiologie médicale, puis radiologue.

Keely parlait de ses parents avec une fierté touchante.

— Grâce à leur réussite, continua-t-elle, nous avons quitté notre logement social pour nous installer dans une maison à Washingtonville. C'était juste avant que j'entre au lycée. Leurs choix nous ont permis d'avoir une sécurité matérielle. Alors quand leur fille adolescente leur a annoncé qu'elle voulait faire une école de stylisme au lieu de se préparer à un métier plus classique et plus sûr, ils se sont fait du souci.

— Donc plus qu'un manque de soutien, c'est une

inquiétude qu'ils ont exprimée. Leur réflexion était fondée sur leur propre expérience.

Keely le fixa en fronçant les sourcils.

— De tous les gens à qui j'ai raconté cette histoire, confia-t-elle, tu es le premier à comprendre leur point de vue. J'aime mes parents et ils m'aiment. Ils étaient juste terrifiés à l'idée que je ne subvienne pas à mes propres besoins. Ils avaient connu la pauvreté et ne voulaient pas que j'y sois confrontée.

— Alors comment as-tu fait pour arriver à tes fins ?

— Nous sommes arrivés à un arrangement. Ils ont bien voulu payer mon école de stylisme, à condition que je fasse d'abord une formation d'infirmière et que je travaille ensuite à temps partiel dans le secteur médical tout en étudiant la mode. Ils voulaient être sûrs que j'aurais la formation et l'expérience nécessaires pour retomber sur mes pieds si mes projets ne se concrétisaient pas comme je l'espérais.

— Tes parents ont pris leur rôle très au sérieux.

De toute évidence, elle avait reçu une éducation très différente de celle de Jacob, mais il comprenait aisément les choix des parents de Keely. Ils avaient voulu la protéger autant que possible.

— Oui, approuva-t-elle. J'ai bien senti que je n'étais pas faite pour consacrer ma vie au métier d'infirmière, mais au moins, le fait de travailler pendant mes études m'a permis de constituer un petit capital que j'ai utilisé pour lancer mon affaire. Au début, j'en ai voulu à mes parents de m'imposer toutes ces contraintes, mais j'y ai finalement trouvé mon compte.

— Et ils acceptent ta décision aujourd'hui ?

— Oui. Mais je sais que l'incertitude de ma profession les inquiète toujours. Je le vois dans leurs yeux et cela me fait du mal. C'est l'une des raisons pour lesquelles je travaille aussi dur depuis le début. Je dois réussir pour moi, mais aussi pour eux. Je veux qu'ils cessent de se faire du souci pour moi. Donc je n'ai pas le droit d'échouer.

Jacob était bien placé pour comprendre la détermination de Keely et cette volonté de connaître le succès quel qu'en soit le prix. Il ressentait la même chose qu'elle depuis que ses parents lui avaient accordé leur confiance en lui donnant une portion de leurs terres. Il n'était pas question de les décevoir.

— Il n'y a pas de mal à avoir de l'ambition, Keely. Je suis sûr que tes parents sont très fiers de toi.

— Je le crois aussi.

Elle se tourna lentement vers lui et sembla chercher quelque chose dans son regard. De l'empathie ? De la compassion ? Du réconfort ? Il n'aurait su le dire, mais instinctivement il se pencha vers elle. Plus que de raison.

— Tu as raison, ajouta-t-elle. Il n'y a pas de mal à être ambitieux. Mais cela laisse peu de place au reste. Cela fait qu'on se sent parfois…

— Seul.

Elle eut l'air surprise qu'il prononce le mot juste. Mais, à chaque fois qu'il discutait avec elle, il se rendait compte qu'il la comprenait beaucoup mieux que la plupart des gens qu'il connaissait depuis bien plus longtemps.

— Ne sois pas si étonnée, dit-il. L'autre soir, quand tu as cru m'avoir vexé en évoquant la chance de la femme qui partageait ma vie, tu te trompais. Tes mots ne m'ont pas blessé. Ils m'ont juste rappelé qu'aucune femme n'aurait jamais cette *chance*, car mon travail sera toujours ma priorité.

Elle s'approcha un peu plus de lui, comme si elle

voulait absorber ses paroles. Comme si, peut-être, elle avait attendu longtemps que quelqu'un lui parle comme cela. Du moins, c'était ce que Jacob imaginait, car c'était ce qu'il ressentait quand il l'écoutait. Il n'avait pas pensé rencontrer un jour une femme ayant la même vision des choses que lui. Or, comme lui, Keely faisait passer son travail avant tout le reste.

— Les femmes que j'ai fréquentées depuis le lancement du ranch ont commencé par dire qu'elles comprenaient mon ambition. Mais après quelques rendez-vous annulés pour cause d'urgence liée à mon travail, elles ont toutes fini par se plaindre d'être délaissées. À force, j'en ai eu assez et il m'a paru plus simple de me résoudre à rester célibataire.

— Donc tu n'as eu…

— Que des aventures d'un soir, compléta-t-il. Aucune partenaire avec qui j'ai eu l'occasion de bavarder, de rire ou de philosopher sur les exigences de mes choix professionnels. Je n'ai plus essayé de me lier avec aucune femme, car mon manque d'implication a fait échouer toutes mes relations.

Keely posa la main sur la cuisse de Jacob, prenant appui pour approcher son visage du sien. Leurs lèvres n'étaient plus séparées que par un souffle.

— Et si tu rencontrais une femme qui était aussi concentrée sur sa carrière que toi ? demanda-t-elle. Une femme qui n'était pas non plus disponible pour s'engager dans une relation mais qui avait très envie de passer du temps avec un homme respectueux de ses choix ? Serais-tu partant pour t'accorder quelques moments de plaisir avec cette femme ?

La voix grave et sensuelle de Keely le fit frissonner de désir. Jamais il n'avait ressenti une telle excitation.

Lorsque, sans s'écarter de lui, elle entrouvrit très légèrement les lèvres et qu'il vit apparaître la pointe de sa langue, il lui donna d'une voix rauque la seule réponse possible :

— Oh ! oui.

- 13 -

Keely avait seulement prévu de presser sa bouche contre celle de Jacob pour sceller le pacte qu'ils venaient de conclure. Mais le baiser innocent qu'elle avait imaginé se transforma en quelque chose de beaucoup plus avide et passionné à la seconde où leurs lèvres se touchèrent.

Le corps en feu, elle sentit ses mains puissantes sur elle. Il lui caressa les jambes, remonta le long de ses cuisses et la saisit enfin par les hanches pour l'attirer contre lui.

Elle ne chercha pas une seule seconde à résister. Elle mourait d'envie d'être dans ses bras, de toucher son corps musclé et de déguster chaque recoin de sa peau.

La tenant fermement, il l'embrassa plus fort en ouvrant les jambes pour qu'elle avance vers lui. Il posa une main dans le bas de son dos, à l'endroit précis qui attisait son désir. S'il passait les doigts sous son T-shirt et touchait ce point sensible directement sur sa peau, elle était sûre de perdre tout contrôle.

Elle trouva la force de s'écarter de lui, non sans laisser échapper une plainte.

— Tu fais ça très bien, murmura-t-elle.

Elle fut troublée en entendant le timbre ô combien érotique de sa propre voix.

— Il y a d'autres choses que je fais très bien, tu sais.

Sa réponse l'excita autant que ses baisers et ses

caresses. Les hommes qui se vantaient d'être de bons amants étaient souvent décevants, mais ce ne serait pas le cas de Jacob. Elle en était convaincue. Le plaisir qu'il lui donnait rien qu'en l'embrassant était une sublime promesse pour la suite.

— Je te crois, assura-t-elle. Mais tu es sûr d'en avoir vraiment envie ? Tu tiens tellement à protéger ta liberté et ton intimité… Je ne voudrais pas que tu aies des regrets plus tard.

Elle laissa glisser ses mains le long de ses bras puissants et entremêla ses doigts aux siens.

— Pourquoi ne pas t'approcher un peu ? suggéra-t-il. Je suis sûr que tu comprendras tout de suite à quel point je suis intéressé par ta proposition.

Keely mourait d'envie de se laisser aller, de cesser de réfléchir et de n'écouter que son désir. Mais elle était venue à Royal pour une raison importante. Malgré le charme irrésistible de son hôte, elle devait avant tout s'assurer qu'ils avaient les mêmes intentions et les mêmes attentes. Elle ne pouvait pas se permettre de perdre de vue le réel motif de son séjour.

— Je suis sérieuse, Jacob. J'ai besoin de savoir que nous sommes bien d'accord. Nous voulons nous amuser et rien de plus. Il ne sera question ni de sentiments, ni d'engagement. Nous n'avons ni l'un ni l'autre de temps pour cela.

— Tu crois vraiment que je ne sais pas ce que je veux ?

Elle voyait le désir dans ses yeux et sentait son érection à travers leurs vêtements.

— Ce que tu veux maintenant me paraît assez évident, répondit-elle avec un sourire. Mais j'ai besoin d'entendre que tu acceptes vraiment qui je suis et quelle est ma priorité. J'ai connu des hommes qui prétendaient être d'accord au début, mais qui tôt ou tard finissaient par exiger que je leur accorde plus d'attention. Je dois rester focalisée sur la mission qui m'a conduite ici. Il n'est pas question que je me laisse distraire alors que je suis sur le point de me faire une place de choix dans le milieu de la mode.

Jacob se leva et fit tourner Keely de manière qu'elle ait le dos appuyé contre le bar.

— Keely, susurra-t-il en mettant les bras autour d'elle. Je suis un grand garçon et j'ai toujours été très indépendant. Je n'attends pas de toi que tu me dorlotes et que tu t'occupes de moi.

Sur ces mots, il se pencha vers elle et déposa de légers baisers sur sa joue, sur sa tempe et juste sous son oreille. Puis il descendit le long de son cou, jusqu'à son épaule dénudée. Alors qu'elle se cambrait en frissonnant d'excitation, il se redressa et la dévora des yeux.

— Alors ? demanda-t-il. Tu as encore besoin d'être rassurée ou tu es prête à passer à la suite ?

— Je suis prête.

— Alors viens par là.

Son sourire mêlé au son envoûtant de sa voix dissipa les derniers doutes de Keely. Comme Jacob lui prenait la main, elle marcha avec lui en direction du grand lit.

Au milieu de la pièce, elle s'arrêta pour attraper son petit sac à dos et en sortir le préservatif qu'elle avait toujours dans son portefeuille.

— Voilà, dit-elle en souriant à Jacob. Maintenant nous sommes prêts.

Vu le peu de temps que Keely allait passer à Royal, Jacob voulait savourer chaque seconde de cette étreinte qui serait peut-être la seule qu'il pourrait vivre avec elle. Il voulait prendre tout son temps.

Du moins, c'était ce qu'il s'était dit. Mais il s'était visiblement menti à lui-même, ce qui semblait devenir une habitude depuis sa rencontre avec Keely.

Dès qu'il eut sa main dans la sienne et qu'elle se laissa conduire vers le lit, un feu s'alluma en lui. Et lorsqu'il l'attira dans ses bras et sentit son corps chaud contre lui, il ne fut plus question de prendre son temps.

À en juger par les murmures d'excitation de Keely, elle était aussi impatiente que lui.

Sans cesser de se toucher et de s'embrasser, ils se débarrassèrent de leurs vêtements avec des mouvements précipités et désordonnés. Elle fut bientôt nue, allongée sur le lit comme une déesse attendant qu'il lui donne du plaisir. Comme il se figeait pour la regarder, elle l'attira sur elle en l'embrassant.

Comment se sentir digne d'une femme comme elle ? Une femme talentueuse, pleine d'assurance, incroyablement sexy… C'était impossible. Mais Jacob avait trop envie d'elle pour y penser.

Parvenant tout de même à garder un brin de lucidité, il songea à refréner son désir dévorant. À ralentir pour laisser à Keely le temps de prendre conscience de ce qui se passait entre eux.

Mais quand il voulut lui donner un peu d'air, elle enroula ses longues jambes autour de lui et les serra pour le retenir.

— Nous pourrons aller lentement une autre fois, dit-elle. J'ai envie de toi tout de suite.

Par quel miracle avait-il eu la chance de rencontrer ce trésor de femme ? Il avait l'impression qu'ils étaient faits pour s'entendre, qu'ils avaient vécu des vies parallèles et se comprenaient presque sans avoir besoin de se parler. Et voilà qu'ils découvraient que leur complicité était aussi forte dans l'intimité…

Elle lui lança le préservatif qu'elle avait sorti de son sac et ouvrit les jambes tandis qu'il se mettait à genoux le temps de se protéger. Mais en ouvrant le sachet il fut distrait par la vue de Keely qui commençait à se caresser en l'attendant. Il devint fou quand elle entra les doigts dans son sexe pour se donner du plaisir.

— Keely, tu me tortures.

— Je te suggère de te dépêcher.

Non sans mal, il parvint à se concentrer le temps de mettre le préservatif. Puis il s'étendit au-dessus d'elle et se plaça juste à l'entrée de son sexe, attendant son signal pour la pénétrer. Le regard brûlant, elle referma la main sur son érection et le fit entrer en elle. L'espace de quelques secondes, il resta immobile pour savourer le plaisir qui l'envahissait. Puis elle l'incita à bouger et il se mit à aller et venir en elle. Plus elle gémissait, plus il accélérait pour la mener vers l'extase. Puis il la prit par les hanches et changea légèrement l'angle de son mouvement. Alors elle cria plus fort, se serra autour de lui, et atteignit une jouissance qui la fit trembler de tout son être.

La force de son orgasme décupla l'excitation de Jacob. C'était si bon de voir que c'était lui qui lui faisait cet effet-là… Il aurait voulu suspendre le temps et la regarder ainsi éternellement.

Son corps en décida autrement. Ressentant l'urgence de la délivrance, il bougea plus vite, plus fort, et fut traversé par une extase plus intense que jamais.

À bout de souffle, il retomba sur Keely en enfouissant le visage dans son cou. Elle referma alors les jambes autour de lui et lui caressa doucement la nuque en l'embrassant sur le front.

Dans ce moment de félicité absolue, un problème lui vint à l'esprit. Maintenant qu'il avait fait l'amour avec elle une première fois, il n'avait qu'une seule envie : recommencer. Et il n'était pas sûr de pouvoir faire une croix sur elle quand viendrait l'heure de la séparation.

Il allait pourtant devoir y parvenir. Car ce moment arriverait, cela ne faisait pas de doute.

- 14 -

Assise dans la salle du fond d'un petit restaurant de Royal, Keely attendait la jeune femme avec qui elle avait rendez-vous. Elle but une gorgée de café en regardant l'écran noir de sa tablette posée devant elle. En temps normal, elle profitait de chaque moment libre pour griffonner quelque chose, créer ou améliorer ses croquis. Mais pas aujourd'hui. Depuis vingt minutes, elle était assise à cette table et ne faisait que penser à Jacob.

Et dire qu'elle l'avait prévenu avec insistance que cette liaison passagère ne devait en aucun cas les distraire de leur travail… C'était pour le moins ironique. Finalement, c'était elle qui se trouvait incapable d'appliquer la règle qu'elle avait fixée.

Keely, voyons, ne te mets pas dans cet état pour une simple nuit de plaisir. Ressaisis-toi. Ce n'est pas comme si c'était ta première expérience.

Oui, elle avait eu d'autres amants avant lui. Mais aucun d'eux ne lui avait offert de sensations aussi fortes. Aucun d'eux ne lui avait donné envie de rester au lit au point de peiner à se lever pour être à l'heure à son rendez-vous.

Elle aurait peut-être tourné la page plus facilement si elle était rentrée chez elle aujourd'hui. Mais la perspective de le retrouver ce soir l'obsédait déjà. Ils avaient prévu de sortir dîner ensemble et elle n'avait qu'une hâte :

passer une belle soirée, puis rentrer au ranch avec lui et se jeter de nouveau dans ses bras.

Ce n'est pas le moment, Keely, ce n'est pas le moment.

Elle leva les yeux à l'instant précis où Rylee Meadows, l'organisatrice du mariage d'Ariana, entrait dans le restaurant. Il était temps pour Keely de sortir du brouillard érotique dans lequel elle se trouvait et de se concentrer sur ce qu'elle avait à faire. Elle n'avait parlé qu'une fois à Rylee, par visioconférence, et avait eu un très bon contact avec elle. Elle n'avait aucune envie de lui faire mauvaise impression maintenant en ayant l'air d'avoir la tête ailleurs.

Elle reprit une longue gorgée de café juste avant de se lever pour faire signe à Rylee.

— Keely, dit la jeune femme en la rejoignant. C'est un plaisir de vous rencontrer.

Keely la salua en lui serrant chaleureusement la main, puis elles s'assirent l'une en face de l'autre.

— Je suis aussi très heureuse de vous voir, dit Keely. J'ai hâte d'échanger avec vous sur les idées dont vous m'avez parlé. J'ai rendez-vous la semaine prochaine avec la fleuriste et le traiteur pour voir comment nous pouvons incorporer des rappels de la robe d'Ariana aux bouquets et aux assiettes.

Rylee sortit son ordinateur portable de sa sacoche et l'ouvrit pour montrer à Kylee des images et des échantillons de couleurs.

— Ariana aimerait que la décoration soit faite sur le thème du vieux Hollywood, dit Rylee. Je pense que le blanc cassé, le doré et le noir seraient les bonnes couleurs pour évoquer cet esprit élégant et raffiné.

— Excellente idée, approuva Keely. Et la robe qu'a choisie Ariana s'accordera parfaitement avec cette atmosphère. Le seul problème, c'est qu'elle souhaite apporter à sa tenue une touche texane, en l'honneur des racines de Xavier.

Sur ces mots, Keely chercha une image sur sa tablette afin de la montrer à son tour à Rylee.

— J'ai pensé au lupin bleu, la fleur emblématique du Texas, poursuivit Keely. J'ai trouvé une façon de le faire apparaître sur la robe. Sa teinte violacée ira très bien avec le blanc cassé et le doré, mais je ne suis pas sûre que cela marchera si nous ajoutons du noir à ce trio de couleurs.

— Je vois, dit Rylee avec un air concentré.

Son regard alla de son écran d'ordinateur à la tablette de Keely.

— Dans ce cas, continua-t-elle après un temps de réflexion, je propose que nous abandonnions le noir et que nous utilisions le doré comme couleur principale, le bleu-violet comme couleur secondaire et le blanc cassé comme couleur tertiaire. Qu'en dites-vous ? Est-ce compatible avec le dessin et la texture de la robe ?

— Absolument ! Il ne reste plus qu'à espérer que la fleuriste pourra fournir suffisamment de lupins pour les bouquets, les boutonnières et la décoration de la salle.

Elles échangèrent un regard à la fois complice et optimiste.

— Ce sera magnifique ! s'exclama Rylee avec un enthousiasme contagieux.

Keely était soulagée d'avoir retrouvé son état normal. Après un moment d'égarement, elle était redevenue la professionnelle consciencieuse qui prêtait attention aux moindres détails et était déterminée à trouver des solutions pour toutes les difficultés qui se présentaient. C'était pour cela qu'elle était à Royal. Pour contribuer à faire du mariage d'Ariana et Xavier un moment exceptionnel qui resterait dans les mémoires. Et Rylee, qui tapait frénétiquement sur son clavier d'ordinateur, avait visiblement le même objectif qu'elle. Ensemble, elles pouvaient faire des merveilles. Keely en était certaine.

Tu vois de quoi tu es capable quand ton esprit est concentré sur les choses importantes ?

Comme par esprit de contradiction, ses pensées s'égarèrent de nouveau et des images de la nuit qu'elle avait passée avec Jacob dans la cabane lui revinrent en mémoire. C'était facile de se rappeler mentalement à l'ordre, mais comment faire pour obéir à ses propres injonctions quand elle était obsédée par le souvenir du corps nu de Jacob et de l'extase qu'elle avait connue dans ses bras ?

— Keely, vous vous sentez bien ? demanda Rylee d'un ton un peu inquiet. Vous avez les joues rouges.

Oui, ce n'était pas étonnant. Elle sentait un feu lui brûler le visage. Mais comme il n'était pas question de dire la vérité à Rylee, elle s'éventa avec sa main en souriant.

— C'est la chaleur du Texas, prétendit-elle. J'avoue que je n'y étais pas préparée.

— Bonjour, le dormeur.

Jacob entra dans l'écurie avec son gobelet isotherme de café à la main. La matinée touchait à sa fin et il commençait sa journée de travail seulement maintenant. Il aurait sûrement dû se sentir coupable, mais après avoir passé la nuit dans la chaleur du corps de Keely, il se moquait complètement des remontrances que son contremaître était sur le point de lui faire.

Keely et Jacob avaient dormi quelques heures avant

de quitter la cabane aux premières lueurs du jour. Jacob avait prévu de se changer aussitôt arrivé chez lui et de ressortir pour se mettre au travail, mais en voyant Keely se blottir dans son lit pour finir sa nuit il n'avait pu résister à la tentation de s'allonger avec elle. Il avait juste voulu la tenir contre lui encore quelques minutes avant de la quitter. Du moins, c'était le mensonge qu'il avait voulu croire. En réalité, il s'était réveillé longtemps après, une fois que le soleil était déjà haut dans le ciel. Seul dans son lit, il avait trouvé à la place de Keely le mot qu'elle lui avait laissé pour le prévenir qu'elle était partie en ville pour un rendez-vous.

— Je sais, je sais, répondit-il à Matt avec autant d'énergie que possible. Je suis en retard. Mais je suis là maintenant, alors mettons-nous au travail.

— Il suffit que j'arrive avec quinze secondes d'avance pour que tu me fasses une remarque, rétorqua Matt avec un sourire moqueur.

Curieusement, Jacob en fut plus amusé qu'agacé. Sans doute parce que sa nuit avec Keely l'avait mis de bonne humeur ; c'était la seule explication.

— Donc tu imagines bien que je ne vais pas laisser passer sans rien dire tes deux heures de retard, conclut Matt.

— Sinon tu ne serais plus Matt Santiago.

Matt acquiesça sans cesser de sourire.

— Je n'ai pas pu m'empêcher de remarquer que ton invitée et toi, vous n'étiez pas rentrés hier soir. Qu'est-ce que vous avez bien pu faire à la cabane pendant tout ce temps ?

— Nous avons joué aux échecs, répondit Jacob d'une voix neutre.

Peu importe que son ami le croie ou non, il s'en tiendrait à cette histoire.

— Aux échecs, répéta Matt. On appelle ça comme ça de nos jours ?

— Il me semble que je ne te paie pas uniquement pour m'énerver.

— C'est vrai. Mais le fait de pouvoir t'énerver est une sorte de prime à mes yeux.

Jacob ne put s'empêcher de rire. Les pitreries de Matt étaient depuis si longtemps sa seule distraction qu'il n'avait en fait aucune envie de le voir changer. Rien n'aurait été plus déroutant que de le voir travailler sérieusement, sans se moquer de Jacob à la première occasion.

— Les chevaux qui viennent d'arriver ont-ils tous leur entraîneur ? demanda Jacob.

— Oui, répondit Matt en tendant son bloc-notes à Jacob. Les employés ont reçu les consignes et font connaissance avec leurs nouveaux élèves. Et pendant que tu faisais la grasse matinée, j'ai répondu à un appel d'Ezra Stanley, propriétaire d'un champion du monde. Apparemment, il n'est pas satisfait de son entraîneur actuel et voudrait discuter avec toi. Il envisage de confier son cheval au Slick Six pour que nous le préparions aux prochaines courses de qualification.

Cette nouvelle laissa Jacob sans voix. Il avait entraîné des champions, mais aucun de ce niveau-là. Si ce propriétaire lui confiait son cheval et était satisfait du résultat, le ranch ferait un gigantesque bond en avant.

— Bon sang ! s'écria-t-il en jubilant.

Matt s'esclaffa. Il n'avait pas l'habitude de voir Jacob exprimer ses émotions.

— Doucement, doucement. Pour l'instant, précisa Matt, il veut juste programmer une visite du ranch, voir nos installations et rencontrer notre équipe d'entraîneurs. Ensuite seulement, il prendra sa décision. Je lui ai dit que tu le rappellerais pour fixer une date.

Jacob était si content qu'il ne sentait plus la fatigue de sa nuit mouvementée. C'était comme s'il avait reçu une piqûre d'adrénaline.

— Préviens le personnel que nous faisons tout de suite une réunion d'urgence. Rendez-vous chez moi, en salle de conférences. Que chacun arrive aussi vite que possible. Nous avons un champion du monde à courtiser.

Jacob quitta l'écurie pour se diriger aussitôt vers la maison. C'était l'occasion rêvée. Après toutes ces années de travail acharné, la chance qu'il avait espérée se présentait à lui et pouvait transformer sa vie.

Une fois chez lui, il se hâta de préparer la salle en luttant pour calmer sa nervosité. Il fit tomber au moins deux fois tout ce qu'il toucha, mais malgré cela il parvint à finir avant l'arrivée des employés.

En les attendant, il se mit à faire les cent pas dans l'espoir d'évacuer son trop-plein d'énergie.

— Jacob ? Jay ? Tu es là ?

Il s'arrêta net en entendant la voix de Keely dans le couloir. Son timbre grave et chaud l'apaisa instantanément. Impatient de la voir et conscient qu'il avait peu de temps devant lui, il se précipita à sa rencontre en évitant de se demander pourquoi sa seule présence dans la maison avait suffi à calmer ses nerfs.

Quand il la trouva dans la cuisine, il ne s'arrêta pas pour lui parler. Allant droit vers elle, il la saisit par la taille, l'attira contre lui et prit possession de sa bouche.

Elle laissa échapper un murmure et se cambra, lui faisant sentir son corps de la plus délicieuse des façons. La tentation de continuer à l'embrasser et à la caresser était grande, mais s'il ne voulait pas que toute son équipe les surprenne en pleine étreinte, il devait remettre ce plaisir à plus tard.

Il s'écarta à contrecœur et la regarda en souriant.

— Quel accueil chaleureux, dit-elle. Je me demande ce que j'ai fait pour le mériter.

— Je célèbre une nouvelle qui fait du bien, dit-il en cédant à l'envie de l'enlacer de nouveau. Et comme tu m'as fait du bien pendant toute la nuit, il me paraissait naturel de la partager avec toi en premier.

— C'est vrai que je me suis donné beaucoup de mal pour te faire du bien, murmura-t-elle avec un sourire irrésistible.

— Cela ne fait aucun doute.

Il profita de ce dernier instant seul avec elle pour lui voler un autre baiser.

— Mais tu m'as aussi laissé seul dans mon lit, souligna-t-il. Comme je me suis également donné beaucoup de mal, j'ai besoin d'une petite compensation.

— Oui, reconnut-elle en plaisantant. Notre dur travail mérite d'être récompensé.

— Exactement. Maintenant assieds-toi, que je t'annonce ma nouvelle pour que nous soyons tous les deux récompensés.

Il la libéra de ses bras et elle s'installa sur l'un des tabourets de bar qui entouraient l'îlot central.

— Vas-y, dit-elle. Je t'écoute.

— Aujourd'hui, nous avons reçu une demande de la part d'un propriétaire de chevaux qui possède un grand champion. Il envisage de nous le confier afin que nous l'entraînions pour la prochaine saison de courses hippiques. Mais avant cela, il compte venir visiter le ranch et rencontrer le personnel, pour avoir la confirmation des bonnes choses qu'il a entendues sur nous.

Elle écarquilla les yeux et son visage s'éclaira, comme si elle avait elle aussi attendu cet événement pendant de longues années.

— Jacob ! s'exclama-t-elle. Je n'y connais absolument rien aux chevaux, mais je vois bien que c'est une nouvelle incroyable. Félicitations !

Sa réaction donna envie à Jacob de la serrer de nouveau dans ses bras. Aucune de ses ex-petites amies ne s'était intéressée à des événements qui concernaient le ranch. Il ne s'en était pas étonné, du reste. Son métier n'avait rien de séduisant, hormis pour les passionnés de chevaux comme lui. Il pouvait même paraître ingrat vu de l'extérieur. Les femmes qu'il avait fréquentées s'étaient déjà plaintes du temps que lui prenait son travail ; pour rien au monde elles ne l'auraient en plus écouté en parler.

Keely venait de New York et personne n'était plus éloigné qu'elle de l'existence que menait Jacob. Pourtant, il voyait que son enthousiasme n'était pas feint, et cela le bouleversa. Mais il se rappela soudain l'autre chose qu'il avait à lui dire et se crispa instinctivemcnt. Dcs annonces comme celles-ci avaient été le point de départ de nombreuses disputes par le passé.

— Je suis sur le point de commencer une réunion avec mes employés afin d'organiser la visite de ce propriétaire et le rappeler au plus vite pour fixer une date. Ce qui signifie que je serai pris toute la journée et probablement une bonne partie de la soirée.

Elle l'observa avec attention, jusqu'au moment où il devina à son regard qu'elle avait compris où il voulait en venir. Il se prépara à recevoir la foudre qui lui était tombée dessus à chaque fois que son travail lui avait fait annuler un rendez-vous avec une femme.

— Jacob, répondit-elle, ne t'en fais pas pour notre dîner. Cette nouvelle est beaucoup plus importante que notre sortie dans les rues de Royal. Nous avons conclu un pacte, tu te rappelles ? Notre travail est notre priorité à tous les deux. Ce qui se passe entre nous ne doit pas nous distraire de ce que nous avons à faire. Une occasion énorme se présente à toi. Il n'est pas question que tu la mettes en péril au profit d'un dîner au restaurant avec moi. Même si tu voulais le faire, je te l'interdirais.

Incroyable. Alors qu'il croyait avoir compris comment tournait le monde, cette femme hors du commun venait remettre ses certitudes en question.

Il resta immobile, sans rien dire, tout simplement parce qu'il ne savait pas comment réagir. Il s'était tellement attendu à une cascade de reproches en annulant leur premier véritable rendez-vous que la compréhension de Keely le prenait au dépourvu.

Le bruit des vieilles santiags sur les marches du perron le sortit de sa stupeur. Il regarda Keely.

— Quelle chance j'ai d'avoir trouvé une amie aussi merveilleuse que toi, murmura-t-il.

Elle sourit et haussa les épaules.

— C'est vrai que je suis assez géniale.

Oh ! elle pouvait faire semblant de se vanter. Ils savaient tous les deux qu'elle disait la vérité.

Il s'approcha d'elle et jeta un coup d'œil par la fenêtre pour s'assurer qu'il n'y avait aucun spectateur. Il déposa un baiser sur ses lèvres et lui chuchota à l'oreille :

— Oui, tu es géniale.

— Ravie que tu en aies conscience. Et si tu travailles

dur jusqu'à ce soir, je ferai en sorte que tu sois dûment récompensé une fois que nous serons seuls dans la maison.

— C'est vrai ?

Elle acquiesça en silence, et de nouveau Jacob se demanda quelle aurait pu être sa vie sentimentale s'il avait connu une partenaire aussi compréhensive que Keely.

— C'est on ne peut plus vrai, cher monsieur. Allez, au travail, ce contrat est pour toi.

Jacob regarda une dernière fois la femme fascinante qui se trouvait face à lui et la salua en touchant le bord de son stetson imaginaire.

— Oui, chef, dit-il avant de sortir de la cuisine.

Elle était sublime, talentueuse et intelligente. Mais ce qui plaisait encore plus à Jacob, c'était qu'elle avait le même rapport que lui au travail et le comprenait sans qu'il ait besoin de lui expliquer son point de vue.

Keely était la femme dont il aurait pu rêver, et s'il ne faisait pas attention, il risquait fort de s'attacher à elle.

- 15 -

Keely quitta sa machine à coudre de voyage et s'étira pour soulager son dos et ses bras endoloris. Après avoir laissé Jacob rejoindre sa réunion, elle s'était enfermée dans le grand salon pour travailler sur la traîne d'Ariana. La cliente de Keely lui avait demandé une traîne amovible, afin qu'elle puisse la détacher de sa robe à l'issue de la cérémonie et profiter en toute liberté de la soirée dansante.

Cette option avait permis à Keely de lui dessiner une très longue traîne, digne de la star de cinéma qu'elle était, et qui aurait même pu rendre jalouse la princesse Grace de Monaco.

Elle était faite de deux couches de tissu superposées. La première couche en mousseline était du même blanc cassé que la robe et ornée de festons couleur de lupin bleu. La couche supérieure formait un ornement de dentelle assorti aux manches délicates de la robe, moucheté de pétales en satin bleu que Keely avait brodés à la main. Maintenant que les deux couches étaient cousues ensemble, Keely avait devant elle une traîne majestueuse d'un mètre quatre-vingts qu'Ariana allait forcément adorer.

Debout au milieu de la pièce, elle contempla son œuvre avec fierté. Vu l'état léthargique dans lequel elle avait commencé sa journée, elle pouvait se féliciter d'avoir finalement réussi à se concentrer pour arriver à ce résultat. Ces dernières heures avaient été très productives, car elle avait aussi appelé la fleuriste et le traiteur pour organiser ses rendez-vous à venir et leur demander de préparer des échantillons. Une fois qu'elle aurait vu à quoi allaient ressembler les bouquets et les assiettes, elle saurait exactement quelles touches finales apporter à la robe pour que tous les éléments soient en parfaite harmonie.

Comme le soleil brillait encore, elle décida de sortir et de se rendre à Royal pour faire quelques courses. Cela lui permettrait de prendre l'air tout en faisant un usage utile de son temps.

Elle retrouva facilement son chemin jusqu'au centre-ville et à la rue principale. L'atmosphère était relativement animée à cette heure-ci, mais beaucoup plus détendue que dans une métropole telle que New York ou Los Angeles. Les trottoirs n'étaient pas bondés et on pouvait circuler normalement en voiture.

Une fois garée, Keely se mit à flâner en regardant les vitrines. Elle espérait reconnaître l'objet qu'elle cherchait en le voyant. À mesure qu'elle avançait dans le quartier commerçant, elle eut l'impression que les passants se faisaient plus rares et se demanda si c'était toujours comme cela ou si la panne générale y était pour quelque chose. Puis elle se posa la même question en voyant la grille de certains magasins baissée. Fermaient-elles toujours plus tôt que les autres ou rencontraient-elles des problèmes techniques à cause de la coupure d'électricité ?

Après tout ce qui s'était passé entre Jacob et elle, elle était bien placée pour savoir que cette panne avait le pouvoir de bouleverser les vies. Son séjour ne s'était pas du tout déroulé comme prévu, et ce pour son plus grand bonheur.

Une boutique de bougies attira son regard, et sans se poser de questions elle poussa la porte et entra. À l'intérieur, le décor était fait de couleurs pastel et un doux parfum flottait dans l'air.

La jeune femme qui se tenait derrière le comptoir avait des cheveux brun foncé et des yeux bleus. Elle accueillit Keely avec un grand sourire.

— Bonjour, bienvenue chez Flicker, lui dit-elle. Je m'appelle Jen. En quoi puis-je vous aider ?

Keely avança tout en regardant autour d'elle.

— Bonjour, répondit-elle. J'ai de la chance de trouver votre boutique ouverte. J'avais peur que la plupart des commerces aient dû rester fermés à cause de la panne générale. Par bonheur, vous êtes là, et votre vitrine m'a attirée dès que je l'ai vue.

— Je suis heureuse qu'elle vous plaise, dit la jeune femme avec douceur. Je crois que dans l'ensemble les commerçants surmontent les problèmes liés à la panne. Certains ont juste fermé leur porte parce que les gens restent chez eux pour gérer les conséquences de cette situation. Au demeurant, rien ne nous empêche de poursuivre notre activité. Grâce aux nouveaux moyens de paiement, nous pouvons vendre nos produits sans avoir forcément besoin de brancher une caisse enregistreuse traditionnelle.

Keely ne pouvait que compatir. Même si, au début, elle s'était installée chez Jacob à contrecœur, elle avait eu la chance de trouver un hébergement dans lequel elle avait accès à l'électricité. Elle était bien mieux lotie que la plupart des habitants de Royal.

C'était en partie sa gratitude envers Jacob qui l'avait incitée à venir ici cet après-midi. Il avait fait preuve de générosité en l'accueillant chez lui, et pour le remercier, elle tenait à lui préparer un moment agréable qui l'aiderait à se remettre de sa longue journée de travail.

Elle inspira lentement et profondément et sut qu'elle était au bon endroit.

— Votre boutique est ravissante et sent merveilleusement bon, dit-elle à Jen.

Elle percevait des senteurs de fruits rouges, de vanille, de lavande, et bien d'autres encore qu'elle ne savait pas identifier.

— Je vais avoir du mal à faire un choix.

Jen rit comme si elle entendait la même chose à chaque fois qu'un client passait la porte de sa boutique.

— Eh bien, je suis là pour ça, répondit-elle. Dites-moi à qui vous voulez offrir une bougie et pour quelle occasion, et je ferai de mon mieux pour vous guider en fonction de cela.

Keely imagina Jacob nu, en train de se prélasser dans un bain, éclairé par la lumière douce et chaude des bougies. Cette vision la fit sourire malgré elle. Jen dut s'en rendre compte, car sans hésitation et avec le plus grand naturel du monde elle sourit à son tour et lui dit :

— L'idée est de créer une atmosphère romantique, c'est bien cela ?

Keely acquiesça et Jen poursuivit :

— La personne à qui vous pensez a une énergie plutôt masculine ou féminine ?

— Il est très masculin, répondit Keely. Il aime le travail physique, la terre et les animaux. Mais il sait aussi se montrer doux et attentionné. C'est une facette plus secrète de son caractère, qui s'exprime quand il fait la cuisine pour les autres ou qu'il s'occupe de ses chevaux. Vous avez quelque chose qui conviendrait à une personnalité comme la sienne ?

— Certainement, répondit Jen. Je pense qu'une association de santal et de vanille lui irait très bien. C'est la combinaison parfaite entre les deux énergies. Je vous propose une dominante de santal, avec une pointe de vanille pour marquer la douceur. J'ai justement fait une série de bougies de ce type il y a deux jours.

Jen guida Keely jusqu'au rayon qui occupait le fond du magasin et prit une bougie présentée dans un élégant bocal en verre. Après avoir ôté le couvercle du pot, elle tendit la bougie à Keely pour la lui faire sentir.

— Vous pensez que cela lui plaira ? demanda Jen.

Keely huma l'odeur de la cire avec délice.

— J'en suis sûre, répondit-elle gaiement. Je vais prendre toutes celles que vous avez.

— Entendu. Vous avez quelques minutes devant vous, le temps que je les emballe ?

— Bien sûr. Je vais continuer à découvrir vos produits en attendant.

— Pour vous remercier de votre confiance, dit Jen, je vais ajouter un petit cadeau à votre paquet.

La jeune femme s'approcha d'un autre rayon sur lequel étaient exposés des flacons d'huile odorante. Elle en choisit un et le fit sentir à Keely.

— C'est ma meilleure vente, confia Jen. Une huile de massage qui rend la peau souple et soyeuse. Si vous le souhaitez, je peux la personnaliser en y ajoutant quelques gouttes d'huile essentielle. Par exemple du santal et de la vanille, pour aller avec les bougies que vous avez choisies. Ce sera offert par la maison.

— Excellente idée ! répondit Keely sans masquer son excitation. Merci beaucoup !

C'était toujours agréable d'avoir un produit gratuit,

surtout lorsqu'il était de cette qualité et donné avec autant de gentillesse.

Keely paya sa commande et se promena dans la boutique en attendant son paquet. Quelques minutes plus tard, Jen lui tendait deux jolis sacs en papier en lui adressant un sourire chaleureux.

— J'espère que vous serez satisfaite de votre achat, dit Jen. J'ai l'impression que vous préparez une grande occasion.

Keely se rendit compte que Jen avait raison. La soirée qu'elle préparait lui tenait à cœur. Elle avait bien l'intention de savourer tout ce que Jacob avait à lui offrir, ce qui était considérable. Elle le savait déjà puisqu'il le lui avait prouvé ces derniers jours. À vrai dire, elle l'appréciait autant comme ami que comme amant. Et de surcroît ils devaient célébrer la nouvelle qu'il lui avait annoncée tout à l'heure.

Donc Jen avait vu juste, cet achat était destiné à une grande occasion.

Cependant, si Keely se réjouissait d'avance de passer ce moment avec lui, ce n'était pas seulement pour le plaisir physique qu'il allait lui donner. C'était aussi parce qu'elle était heureuse de partager un événement important avec l'homme qui avait commencé à se faire une place dans son cœur. Car, même si cela lui faisait mal de l'admettre, l'évidence s'imposait à elle. Elle était en train de s'attacher à Jacob.

Elle salua Jen et quitta la boutique. Une fois sur le trottoir, elle regarda les gens aller et venir autour d'elle et sourit intérieurement de voir que le monde continuait à tourner normalement alors qu'elle vivait un tremblement de terre intérieur. Ce qui se passait entre Jacob et elle était si fort et si inattendu qu'elle sentait naître au fond d'elle une véritable crise existentielle.

Respirant profondément, elle s'efforça de sourire et de prendre un peu de recul.

Détends-toi, Keely, tout va bien se passer. Profite de ce qui t'arrive et n'en fais pas une montagne.

En entrant par la porte de la cuisine, Jacob trouva toutes les lumières éteintes à l'exception de celle qui éclairait la cuisinière. Cela donnait à la pièce une atmosphère plus chaleureuse que d'habitude.

Généralement, quand il rentrait tard le soir, il restait dans la cuisine juste assez longtemps pour avaler un repas léger avant d'aller se doucher et se mettre au lit. Mais, après avoir passé ces dernières heures à préparer la visite d'Ezra Stanley, il sentait encore les effets de l'adrénaline et savait qu'il lui faudrait du temps avant de trouver le sommeil.

Le grand jour aurait lieu dans une semaine. Jacob avait rappelé le propriétaire qui s'était libéré pour venir découvrir le Slick Six. Si tout se passait bien, le projet de Jacob de faire franchir un cap à son ranch allait enfin se concrétiser. Il avait envie de fêter cet événement, et il n'avait pas honte d'admettre qu'il y avait une seule personne avec qui il désirait partager sa joie ce soir : Keely.

Espérant qu'elle était toujours debout, il monta deux par deux les marches de l'escalier et avança dans le long couloir en direction de sa chambre. Il n'entendait pas un bruit. Arrivé devant sa porte, il contint son impatience et la poussa tout doucement, de peur de réveiller Keely si elle était déjà endormie. Mais en entrant il ne la trouva pas au lit. La seule présence qu'il remarqua fut celle de deux bougies posées sur les deux tables de chevet.

— Keely ? appela-t-il.

— Je suis là.

Sa voix venait de la salle de bains attenante. Il s'y rendit aussitôt et vit que là aussi les lampes étaient éteintes, et que là aussi la lumière provenait de la flamme de plusieurs bougies. Il posa les yeux sur la commode, puis sur la douche, et enfin sur la grande baignoire qui occupait le fond de la pièce.

Keely était là, allongée, la tête appuyée contre un coussin et le corps plongé dans un bain moussant parsemé de pétales de roses. L'un de ses bras reposait avec langueur sur le rebord en porcelaine tandis que l'autre disparaissait sous la mousse.

Jacob se souvint que des années plus tôt, lorsqu'il avait fait rénover sa chambre, la décoratrice d'intérieur et l'entrepreneur l'avaient presque obligé à faire installer cette somptueuse baignoire à remous. Il avait cédé mais ne s'en était jamais servi. Ce soir, pour la première fois, il se félicita d'avoir fait cette dépense. Le spectacle qu'il avait devant les yeux la justifiait largement.

Il admira le visage, le cou et les épaules de Keely, dont la peau paraissait un plus foncée dans cette ambiance tamisée. Elle était si belle qu'il mourait encore plus d'envie de la toucher. Quand elle laissa échapper un murmure sensuel, il la regarda sortir sa main de l'eau, la poser sur son cou et la faire glisser lentement le long de ses seins et de son ventre. Puis elle le regarda dans les yeux et il crut qu'il allait prendre feu sur place.

— Tu comptes me rejoindre un jour ou il te faut une invitation formelle ? demanda-t-elle avec un sourire malicieux.

Ses yeux pleins de désir exigeaient de lui une réponse. Et il allait la lui donner. Mais pas verbalement. Les mots n'étaient pas ce dont ils avaient besoin à cet instant. Il leur fallait des actes.

Sans un mot, il se déshabilla et entra dans la douche pour se laver rapidement. Même s'il avait passé la plus grande partie de la journée en salle de conférences, il revenait de l'écurie et ne voulait pas gâcher les efforts que Keely avait faits pour créer cette ambiance féerique. Par respect et reconnaissance pour elle, il tenait à être à la hauteur de la surprise qu'elle lui avait préparée.

Dès qu'il eut fini, il courut de la douche à la baignoire sans se soucier de mouiller le sol. Il ne voulait pas perdre une seule seconde.

Il entra dans le bain et se plaça derrière Keely, en la prenant entre ses jambes. Dès qu'elle eut le dos appuyé contre son torse, il l'enlaça et mit les mains sur ses seins.

— Quand tu m'as dit que je serais dûment récompensé ce soir, tu ne plaisantais pas, hein ?

Il lui dévora le cou de baisers et la sentit frissonner contre lui.

— Je ne plaisante jamais avec mes récompenses, cow-boy. Quand on travaille à fond, il faut savoir aussi se détendre à fond. C'est une règle que j'applique depuis toujours et qui me réussit pas mal.

Il garda une main sur son sein et fit descendre l'autre le long de son ventre pour la mettre entre ses cuisses. Dès qu'il commença à caresser son sexe, elle se cambra et bougea contre ses doigts, lui faisant sentir son excitation.

— C'est moi qui suis censée te récompenser, dit-elle entre deux murmures sensuels.

— Justement, susurra-t-il en appuyant légèrement sur son clitoris. Te sentir contre moi, te toucher et te donner du plaisir, c'est la seule récompense dont j'aie envie pour l'instant.

Il était on ne peut plus sincère. Quand Keely s'abandonnait entre ses bras, il éprouvait une excitation indescriptible. Jamais aucune femme ne lui avait procuré de sensations aussi intenses.

À chaque mouvement de bassin de Keely, Jacob sentait ses fesses frotter contre son érection et poussait un soupir rauque. Bientôt, elle ouvrit un peu plus les jambes et il accéléra le mouvement de ses doigts sur son sexe. Elle gémit de plus en plus fort et s'agrippa aux rebords de la baignoire. Comprenant qu'elle était tout près de l'orgasme, il se pencha et lui murmura des paroles érotiques à l'oreille. Alors tout son corps se tendit et elle cria avant de retomber inerte dans les bras de Jacob.

Elle mit un long moment à se remettre. La laissant reprendre son souffle, il la tint contre lui en songeant que l'expérience qu'il vivait avec elle resterait sûrement unique jusqu'à la fin de sa vie.

Après de longues minutes, Keely se redressa, se mit à genoux et se retourna pour être face à Jacob. D'une main, elle prit son sexe dans sa main pour le caresser. De l'autre, elle attrapa le préservatif qu'elle avait posé à côté de la baignoire. Quand elle eut déroulé le préservatif sur son érection, elle se mit au-dessus de lui et le fit lentement entrer en elle. Elle se pencha en avant pour l'embrasser langoureusement, puis se redressa et ondula avec habileté en le regardant dans les yeux. Cette femme allait le rendre fou.

— À mon tour maintenant, murmura-t-elle en souriant. Tu vas voir, je vais te rendre la pareille.

Il lui sourit en retour et répondit :

— Ne t'en prive surtout pas.

- 16 -

— Bon sang, Matt, qu'est-ce que c'est que cette histoire ?

Jacob marcha à grands pas pour rejoindre son contremaître, qui se trouvait au bord de l'une des trois carrières de dressage du ranch. Matt parut se crisper au son brutal de la voix de Jacob.

— Que se passe-t-il, patron ? demanda-t-il avec un regard inquiet.

Il avait de bonnes raisons de poser cette question. Jacob reconnaissait qu'il n'avait pas pour habitude de parler sur ce ton, et surtout pas à Matt qui avait toujours été irréprochable. Mais en ce moment rien n'était comme d'habitude. Dans deux jours, Ezra Stanley allait venir visiter le ranch afin de décider s'il voulait oui ou non y amener son champion pour l'entraînement d'intersaison. Dans l'esprit de Jacob, cela signifiait que toute l'équipe devait être sur le qui-vive et aussi perfectionniste que lui.

— Matt, je t'ai demandé de prendre personnellement en charge les entraînements le jour de la visite de Stanley. Et je viens de voir sur le calendrier que tu avais mis mon nom à la place. Tu peux m'expliquer ?

Matt eut l'air quelque peu soulagé. Il décontracta les épaules et esquissa un petit sourire.

Comme Jacob ne voyait vraiment pas ce qu'il y avait de drôle, il dut lutter pour contenir son énervement.

— Ça ne me fait pas rire, ajouta-t-il. Tu es la personne en qui j'ai le plus confiance ici. Si ce n'est pas toi qui te trouves dans la carrière de dressage le jour J, cela pourrait avoir un impact négatif sur la décision finale de Stanley.

— Jacob, dit Matt avec calme. Tu ne m'as pas demandé de prendre personnellement en charge les entraînements pendant la visite. Tu m'as demandé de les confier au meilleur entraîneur présent ce jour-là.

— Exactement. Et c'est toi.

Matt secoua la tête.

— Jay, tu es le meilleur entraîneur que le Slick Six ait jamais eu. Tu connais le ranch comme ta poche parce que c'est toi qui l'as créé de A à Z. Tu es l'homme qui murmure à l'oreille des chevaux. Personne ne sait faire ça aussi bien que toi. Ni ici, ni ailleurs si tu veux mon avis. Crois-moi, mon ami, c'est toi que Stanley doit voir au travail avec les chevaux à son arrivée. Pas moi. C'est toi qui le convaincras de nous confier son champion. Pas moi.

Jacob recula d'un pas et fixa son ami avec étonnement. Ce n'était pas qu'il doutait de ses propres compétences. Il savait qu'il était bon dans ce qu'il faisait, il avait tellement travaillé pour cela ! Mais maintenant qu'il était tout près d'atteindre son objectif, il commençait à douter.

— Désolé, Matt. J'ai eu tort de m'emporter.

Matt rit et Jacob se sentit encore plus ridicule d'avoir réagi de cette manière.

— C'est vrai, plaisanta Matt. Mais je ne t'en veux pas. Tu n'arrêtes pas depuis la semaine dernière. C'est normal que tu sois à cran. Tu devrais peut-être trouver un moyen d'évacuer un peu la pression d'ici après-demain.

— Pas le temps.

Matt avait sans doute raison de considérer que Jacob manquait de sommeil, mais c'était ainsi : la journée il travaillait comme un fou, et la nuit il faisait l'amour avec Keely. C'était très bien comme cela et il n'avait aucune envie que cela change.

La présence de Keely lui donnait de l'énergie, un second souffle dont il avait besoin en ce moment plus que jamais. Peut-être qu'il aurait été de meilleure humeur en se reposant davantage, mais tant pis. Il voulait profiter d'elle pendant qu'elle était là.

— J'ai de la paperasse à faire dans mon bureau dit-il. Quand j'aurai fini, je rentrerai directement dîner avec Keely.

— Dîner ? plaisanta Matt. On dit ça maintenant ? Car vu la façon dont vous vous regardez, il me semble évident que vous ne faites pas que dîner ensemble.

— Et voilà, grommela Jacob. Tu n'auras eu besoin que de quelques minutes pour redevenir insupportable.

— C'est un don, tu sais.

Matt tapota l'épaule de Jacob en souriant. Il ajouta :

— Et tu sais quel est le tien ?

Jacob se demandait bien quelle ânerie Matt allait encore prononcer. Il avait une telle créativité dans ce domaine !

— Non, répondit-il, mais je suis sûr que tu vas me le dire.

Matt fit un signe de tête en regardant derrière Jacob.

— Cette femme sublime qui vient dans notre direction avec un sourire beau comme un soleil. Car malheureusement pour moi, je ne crois pas que ce don-là me soit destiné.

Jacob se retourna en oubliant presque instantanément que son ami était à côté de lui. Son cerveau était déjà focalisé sur celle qui l'avait ensorcelé. Elle marchait tranquillement, avec un balancement de hanches qui avait le pouvoir de lui faire perdre ses moyens.

— Essaie de faire en sorte que ton *dîner* ne dure pas toute la nuit, chuchota Matt. Le Slick Six a besoin de toi en pleine forme pour que cette visite soit concluante.

Jacob savait que cette fois Matt était la voix de la sagesse. Mais cela ne changeait rien à son programme pour ce soir. C'était plus fort que lui, voilà tout.

Il réfléchirait plus tard au problème qui se présentait à lui. Pour l'instant, tout ce qu'il voulait, c'était rentrer chez lui aussi vite que possible pour consacrer tout le temps nécessaire au corps irrésistible de Keely, dont il ne serait sans doute jamais rassasié.

Pourquoi cet homme est—il aussi sexy avec son jean poussiéreux et sa vieille chemise usée ? Cela devrait être interdit.

Keely ne comprenait toujours pas comment une citadine comme elle pouvait être aussi attirée par un cow-boy qui passait sa vie dans les prés et fuyait les grandes villes. Elle avait toujours vécu entourée de béton et, jusque-là, elle ne s'était jamais sentie à l'aise à la campagne. La verdure la rendait nerveuse. Mais, au Slick Six Stables, la terre, les arbres et l'odeur du foin constituaient sa nouvelle oasis. Tout cela pour une raison qui tenait en deux mots : Jacob Chatman.

Jacob Chatman était en train de la transformer lentement mais sûrement, et elle n'aurait fait que se mentir en prétendant qu'il ne se passait rien d'important.

Si elle avait le moindre doute, il lui suffisait de le regarder. Debout au milieu de ses terres, aussi sexy que s'il posait pour un calendrier de cow-boys, il lui faisait oublier tout le reste du monde.

Le fait qu'elle se trouve ici au lieu de dessiner dans son carnet ou de coudre les innombrables boutons de la robe d'Ariana était la preuve que Jacob occupait toutes ses pensées.

Matt la salua avec sa bonne humeur habituelle.

— Bonjour, Matt, lui répondit-elle.

Mais son regard fut aussitôt aimanté vers Jacob. Elle entendit le rire de Matt à côté d'elle.

— Bien, je vais vous laisser tous les deux, dit le contremaître. Je vois que Jacob a trouvé le remède pour soigner sa mauvaise humeur.

Keely l'avait entendu sans vraiment l'écouter. Dès qu'il fut parti, elle oublia où ils étaient et qui pouvait les voir. Elle tendit les mains vers Jacob et les noua autour de son cou.

Elle ne mit qu'une seconde à prendre conscience de ce qu'elle était en train de faire. Jacob et elle n'avaient jamais évoqué la possibilité d'exprimer leur affection en public. Il était au travail, et même s'il était le patron, il n'avait pas forcément envie de s'afficher devant ses employés. Elle avait peut-être eu tort d'agir aussi spontanément.

Il dut sentir son hésitation, car juste au moment où elle pensait s'écarter de lui il la prit par la taille et l'attira dans ses bras.

— Ne doute jamais de mon envie d'avoir tes mains sur moi, dit-il en la regardant dans les yeux.

— Merci, murmura-t-elle en l'enlaçant de nouveau. Mais j'aurais dû te demander la permission avant de faire ça. Enfin. Tu peux m'expliquer la remarque de Matt à propos de ton humeur ?

Elle sentit les muscles de ses épaules et de son cou

se contracter sous ses doigts. Machinalement, elle se mit à le masser.

— Est-ce que tout va bien ? insista-t-elle.

— Oui et non, répondit-il avec un soupir de fatigue. C'est juste cette visite qui me rend nerveux. Il y a tellement de choses à préparer pour être sûrs de faire bonne impression… Je suis épuisé. Je ne suis pas fier d'avoir passé mes nerfs sur Matt.

Keely eut envie de le réconforter. Elle comprenait qu'il soit sous pression, particulièrement en ce moment. La vie d'entrepreneur n'allait pas sans une bonne dose d'anxiété.

— Je peux faire quelque chose pour t'aider ? demanda-t-elle.

— Oui, mais il vaudrait mieux rentrer pour cela.

Elle secoua la tête en riant. La pression et l'anxiété ne lui avaient manifestement pas fait oublier l'alchimie entre leurs corps.

— C'est mignon que tu aies cru pouvoir m'emmener dans ton lit aussi facilement, le taquina-t-elle.

— Allez, Keely, s'il te plaît, lui murmura-t-il à l'oreille. Tu as dit que tu voulais m'aider.

Elle appréciait ces moments de complicité presque enfantine autant que leurs étreintes passionnées. Ces plaisanteries contribuaient à créer un lien entre eux. Elle n'était même pas encore là depuis deux semaines, mais elle se sentait déjà si bien avec lui qu'elle avait des raisons de s'en inquiéter.

Des raisons de reprendre ses distances.

Pourtant elle ne le faisait pas. Elle savait désormais avec certitude qu'elle aurait le cœur brisé le jour où elle devrait quitter Royal, mais cela ne changeait rien. Elle s'autorisait à s'attacher chaque jour un peu plus à Jacob.

Keely n'était pas masochiste. Elle ne recherchait pas la souffrance. Elle était en train de tomber amoureuse de Jacob et trouvait cela très agréable. Ce qu'elle vivait avec lui était exceptionnel et elle avait décidé d'en profiter au jour le jour, en évitant de penser à la séparation inévitable qui les attendait.

— Nous pourrons faire tout ce que tu voudras ce soir, une fois que nous aurons fini notre journée de travail, dit-elle. Mais si je peux me rendre utile autrement en attendant, je serai heureuse de donner un coup de main.

Il leva les sourcils et la dévisagea avec étonnement.

— Tu es sérieuse ? demanda-t-il.

— Bien sûr. De quoi as-tu besoin ?

Jacob fixa le ciel avec concentration, comme s'il cherchait la force de parler. Quand il regarda de nouveau Keely, elle vit dans ses yeux que son anxiété était revenue.

— C'est facile pour moi de parler du ranch et de nos activités, expliqua-t-il. Mes résultats sont éloquents. Mais avec quelqu'un comme Ezra Stanley, il faut savoir entretenir la conversation sur des sujets plus généraux, or je ne suis pas le meilleur dans ce domaine. Voilà pourquoi je pourrais avoir besoin de toi.

— Comment ça ?

— Je dois l'inviter à dîner au Texas Cattleman's Club à l'issue de la visite. J'ai peur de ne pas savoir bavarder avec lui, de dire quelque chose d'idiot. Si tu acceptais de te joindre à nous pour ce dîner, tu m'éviterais sûrement de me ridiculiser.

Keely prit son téléphone dans sa poche pour consulter son calendrier. Elle eut hélas la confirmation de ce qu'elle savait déjà : elle avait quelque chose de prévu ce soir-là. Mais quand elle releva les yeux et rencontra le regard suppliant de Jacob, elle sut qu'elle devait trouver une solution pour se libérer et être là pour lui.

— J'ai rendez-vous avec la fleuriste du mariage, dit-elle.

Elle lut la déception sur les traits de son visage. Il s'attendait visiblement à ce qu'elle dise non, et c'était la réponse qu'elle aurait dû lui donner compte tenu de l'importance de ce rendez-vous.

— Cela ne fait rien, Keely. Je ne te demanderai jamais de compromettre ton travail en faveur du mien.

Elle lui sourit, heureuse d'avoir entendu ce qu'il venait de dire.

— Merci de respecter mon travail autant que le tien, répondit-elle.

Elle inspira profondément et réfléchit à ce qu'elle pouvait faire pour réorganiser son emploi du temps.

— Je vais appeler la fleuriste pour lui demander si nous pouvons nous voir un peu plus tôt que prévu. Je n'aime pas faire des changements de dernière minute, mais cette fois c'est important. Tu es important.

L'espoir qu'elle vit briller dans ses yeux lui procura une joie inexprimable.

Keely, bon sang. Qu'est-ce que tu fabriques ?

- 17 -

— Bienvenue au Sheen. En quoi puis-je vous aider ?

Keely leva les yeux vers le grand jeune homme aux cheveux brun foncé qui l'accueillait.

— Bonjour, répondit-elle, je suis Keely Tucker de Low-Kee Designs. J'ai rendez-vous avec Corryna Lawson.

— Oui, elle vous attend. Suivez-moi, je vous prie.

Keely traversa le restaurant avec lui, non sans admirer la décoration élégante de la salle.

— Madame Tucker, voici Mme Lawson, dit l'hôte quand ils furent arrivés à la table de Corryna. Madame Lawson, je vous présente Mme Tucker de Low-Kee Designs.

Elles le remercièrent et il leur adressa un signe de tête avant de s'éloigner.

Keely serra la main dc Corryna avant de s'asseoir en face d'elle et de sortir sa minitablette pour prendre des notes. Elle en profita pour regarder l'heure. Elle ne devait pas perdre une minute si elle voulait être à l'heure au bras de Jacob pour son dîner.

— J'ai une chose à vous demander, dit Keely après avoir échangé quelques mots d'introduction avec Corryna. Si vous y arrivez, vous rendrez notre mariée heureuse.

Corryna fixa sur Keely ses grands yeux verts en attendant qu'elle fasse son annonce.

— Je vais avoir besoin d'une quantité astronomique

de lupins bleus, dit Keely. À la fois pour les bouquets et les boutonnières, la décoration du lieu de la cérémonie, les centres de table et la salle de réception. En fait, j'aimerais savoir si vous pouvez faire pleuvoir des lupins bleus. Est-ce possible ?

Un sourire se dessina sur les lèvres de Corryna, qui finit par répondre simplement :

— Bien sûr que oui.

— Keely, nous allons être en retard.

Plus nerveux que jamais, Jacob faisait les cent pas dans la cuisine en regardant toutes les deux minutes l'horloge accrochée au mur. Il s'était levé avant le soleil afin de s'assurer que tout était en ordre pour la visite d'Ezra Stanley. Puis il avait escorté son invité aux quatre coins du ranch en répondant à toutes ses interrogations et en s'efforçant de présenter au mieux ses méthodes de dressage et d'entraînement.

Ezra était un homme trapu aux cheveux blonds et aux yeux marron, qui portait de grosses lunettes de soleil et un grand chapeau. Sa connaissance et son amour des chevaux se ressentaient dans chacune de ses prises de parole et ses questions étaient plus précises que celles de tous les inspecteurs à qui Jacob avait eu affaire au cours de sa vie.

Cependant, à la fin de cette journée éprouvante, Jacob avait eu la sensation de l'avoir convaincu et d'être tout près de signer un contrat très lucratif. Il ne restait plus que l'épreuve du dîner, et si Jacob avait bien cerné le personnage, ce n'était pas pour faire des mondanités qu'Ezra tenait à ce moment. Ce qu'il voulait, c'était regarder Jacob dans les yeux et voir s'il était digne qu'il lui confie son cheval adoré.

— Keely ! appela-t-il de nouveau en se frottant la nuque pour essayer de se calmer.

Le fait de se crisper maintenant n'allait sûrement pas l'aider à faire bonne impression.

— Jacob, arrête de faire trembler les murs. Cela prend du temps d'élaborer ce genre de perfection.

Il se retourna pour lancer une pique à Keely mais resta bouche bée en la voyant.

Si Jacob avait eu le sentiment de faire un gros effort en mettant un costume pour se rendre au Texas Cattleman's Club, que dire de Keely ? La robe blanche qu'elle portait était moulante et la rendait encore plus étincelante que d'habitude.

— D'accord, je me tais, dit-il simplement.

Il ne pouvait être en colère contre elle, ni pour sa remarque, ni parce qu'elle avait mis du temps à se préparer. En la regardant passer fièrement devant lui, perchée sur des talons aiguilles, il comprit deux choses. La première, c'était qu'elle savait qu'il avait une chance folle de l'avoir. La seconde, c'était qu'elle savait aussi qu'il le savait.

— Keely, reprit-il, le but de ta présence à ce dîner, c'est que tu me calmes, pas que tu fasses grimper ma tension.

Elle se tourna lentement et attendit qu'il la rejoigne. Quand il fut près d'elle, elle lui caressa la joue et lui fit un clin d'œil enjoué.

— Le but de ma présence à ce dîner, rectifia-t-elle, c'est de te faire oublier ton anxiété pour que tu puisses être sympathique avec Stanley. Alors dis-moi, est-ce que tu penses à ton anxiété en ce moment ?

C'était effectivement la dernière chose à laquelle il était en train de penser.

Sachant qu'elle avait eu le dernier mot, elle se dirigea vers la porte.

— Allez, Jacob, lui dit-elle. Je ne voudrais pas que tu sois en retard.

En retard ? Il n'en avait plus rien à faire d'être en retard. Il voulait seulement la regarder défiler comme sur un podium, puis s'approcher d'elle pour l'enlacer et la caresser.

Mais le devoir l'appelait. Il se promit donc de faire de son mieux pour que le dîner se passe bien et qu'il décroche ce contrat, après quoi il pourrait faire l'autre chose qui comptait le plus à ses yeux : rentrer avec Keely et lui ôter cette robe.

Il la regarda descendre nonchalamment les marches du perron en se laissant hypnotiser par le balancement de ses hanches. Puis il accéléra le pas pour aller lui ouvrir sa portière.

Au moment de s'asseoir au volant, il vit qu'elle était en train de fouiller dans son petit sac à main.

— Tu as oublié quelque chose ? lui demanda-t-il.

Elle respira profondément et regarda Jacob.

— Non, non, répondit-elle en lui montrant la clé du grand salon. J'ai dû me changer tellement vite que je voulais m'assurer d'avoir cette clé avec moi. J'ai toujours peur d'oublier des choses quand je change de sac à main.

— Vite ? répéta-t-il avec ironie. Tout est relatif.

Elle rit et lui donna une tape sur la cuisse tandis qu'il démarrait.

— Je t'ai dit que c'était long d'atteindre ce niveau de perfection. Tu ne te rends pas compte, c'est un miracle que j'aie réussi à me préparer en moins d'une heure.

— Mais je ne sais pas pourquoi tu as tenu à emporter cette clé. Tu aurais pu la laisser dans ma chambre.

— Jamais de la vie, répondit-elle en secouant la tête. Elle ne doit jamais me quitter. Tant que la robe d'Ariana se trouve dans cette pièce, personne d'autre que moi n'a le droit d'y mettre un pied.

— Cela intéresse à ce point les gens de savoir ce que portera Ariana Ramos le jour de son mariage ? Je sais que c'est une célébrité, mais ici, pratiquement personne ne se soucie de sa notoriété ou de celle de Xavier. Pour nous, ils sont comme tout le monde.

— Alors cet endroit est unique, répondit Keely. Tu peux me croire, ailleurs, c'est très différent. Ariana ne peut pas traverser la rue sans que quelqu'un la prenne en photo. Et il se trouve qu'un paparazzi les suit particulièrement à la trace en ce moment pour obtenir la moindre information au sujet de leur mariage. S'il fait une découverte, il s'empressera de la publier sur les réseaux sociaux pour avoir des réactions de ses abonnés. Ce serait terrible pour le moral d'Ariana et pour ma réputation. Plus aucune célébrité ne voudrait me faire confiance.

Il sentit de la tension dans la main qu'elle avait laissée posée sur sa cuisse.

— Je sais qu'aux yeux de la plupart des gens, ce que je fais ne paraît pas si important que cela, poursuivit-elle. Mais c'est ma passion et je la prends au sérieux.

Il eut l'impression que ce n'était pas la première fois qu'elle éprouvait le besoin de se justifier. À aucun moment il n'avait voulu dévaloriser son travail, mais apparemment elle avait un peu trop l'habitude de devoir défendre ses choix.

Il regretta d'être en train de conduire et de ne pouvoir la serrer dans ses bras pour la réconforter. Il dut se contenter de lui prendre la main et de la porter à ses lèvres pour lui donner un baiser.

— Ton métier n'a absolument rien de frivole, dit-il. Si je t'ai donné l'impression que je le pensais, j'en suis désolé. C'est que je me suis mal exprimé. Je vois bien que tu travailles dur. Tu es exigeante jusque dans les moindres détails.

— Tu as vu mon travail ?

Sa réaction fit plaisir à Jacob. Il aimait la surprendre, surtout pour lui montrer combien il s'intéressait à elle.

— Bien sûr, répondit-il. Voyant quelle implication tu mettais afin de créer la robe parfaite pour Ariana, j'ai été curieux de voir ce que tu avais déjà fait. Il se pourrait même que j'aie acheté un article ou deux de ta collection pour hommes.

Elle se tourna vers lui et lui adressa un sourire à la fois amusé et troublé.

— Je me demande bien à quelle occasion un cow-boy qui passe sa vie en jean enfilera l'une de mes créations.

— Dans des occasions comme ce soir, lorsque je suis obligé de quitter mes chevaux pour revenir à la civilisation. Ou bien le jour où je viendrai à New York pour t'inviter dans un grand restaurant.

Voyant qu'elle ne répondait pas, il craignit de s'être trop avancé. Keely n'avait jamais évoqué son envie de continuer à le voir après son départ de Royal.

— Je veux dire… Si tu es d'accord pour que je vienne te voir, bien sûr, ajouta-t-il avec prudence.

Ils arrivèrent au Texas Cattleman's Club avant qu'elle ait eu le temps de réagir. Juste devant eux, Ezra Stanley descendit de voiture et confia sa clé au voiturier.

Finalement, ce n'était pas l'issue de son dîner

professionnel qui allait inquiéter Jacob pendant toute la soirée. C'était l'attente de la réponse de Keely.

— Croyez-moi, je me suis attablé dans certains des meilleurs restaurants du monde, et personne au monde ne sait faire griller un steak aussi bien que les Texans.

Keely regarda Ezra planter sa fourchette dans sa dernière bouchée de steak et sourit malgré elle de ses pitreries. Elle n'avait pas su à quoi s'attendre avec lui. Pendant sa visite du ranch, elle avait travaillé dans le grand salon sans même l'apercevoir par la fenêtre tant elle était concentrée. Toutefois, en voyant Jacob aussi nerveux, elle avait imaginé un homme hautain et désagréable.

— Je ne dis pas cela pour vous vexer, Keely, poursuivit-il en mangeant avec un murmure de satisfaction, mais même à New York, on ne trouve pas d'aussi bonnes grillades.

— Je ne suis pas vexée, répondit-elle. C'est l'entière vérité. Cette viande est extraordinaire.

Elle regarda Jacob qui mâchait un brocoli sans enthousiasme.

— Belle, intelligente, honnête et qui sait reconnaître les bonnes choses, dit Ezra. Jacob, où donc avez-vous trouvé une telle femme ?

Sans attendre la réponse de Jacob, Ezra se tourna de nouveau vers Keely et lui demanda en souriant :

— Auriez-vous une sœur ?

Un autre homme aurait pu lui paraître lubrique en adoptant cette attitude, mais Ezra savait manier le second degré.

— J'ai effectivement une sœur, répondit-elle. Mais elle est également en couple.

Elle porta son verre de vin à ses lèvres et prit conscience de ce qu'elle venait de dire. Machinalement, elle jeta un coup d'œil vers Jacob pour voir s'il avait relevé sa remarque. Elle rencontra son regard et eut la réponse à sa question : il l'avait parfaitement entendue.

Son regard se fit plus perçant et sa mâchoire se contracta. Comment devait-elle interpréter sa réaction ? Avait-il bien ou mal pris ce qu'elle avait dit ?

Elle eut comme des sueurs froides et craignit d'avoir jeté un malaise.

— Je ne l'ai pas trouvée, dit enfin Jacob. C'est elle qui m'a trouvé.

Tout en répondant à la question d'Ezra, il fixait Keely avec une intensité qui la fit frissonner.

— Et chaque jour depuis notre rencontre, je me réveille en me demandant ce que j'ai fait pour mériter une chance pareille.

Keely eut soudain la sensation qu'ils étaient tous les deux seuls au monde. Les voix des gens qui les entouraient se firent lointaines. Manquant d'air, elle frissonna et eut des picotements dans les doigts. C'est alors que, sans comprendre comment, elle renversa son verre de vin sur la table.

Elle le releva aussitôt et s'exclama :

— Pardonnez-moi ! On dirait que ces longues heures passées à coudre m'ont engourdi les doigts.

Elle voulut éponger avec sa serviette le vin qui tachait désormais la nappe, ce qui rendit ses mains poisseuses.

— Messieurs, veuillez m'excuser, dit-elle en se levant. Je dois vous laisser un instant pour aller me laver les mains.

Elle se leva et partit se mettre à l'abri du regard de Jacob. Car ce qui venait de se passer entre eux sortait complètement du cadre de leur pacte. Il n'était plus question de légèreté et d'amusement mais de quelque chose de beaucoup, beaucoup plus sérieux.

- 18 -

— Qui es-tu ?

Assise sur un tabouret de la luxueuse antichambre des toilettes des dames, Keely se regardait dans la glace avec incompréhension.

Par chance, la pièce avait été vide quand elle y était entrée un instant plus tôt, presque en état de panique. Tout en profitant de ces quelques minutes de solitude, elle songea que quelqu'un pouvait entrer d'une minute à l'autre et qu'elle devait se ressaisir au plus vite.

Comment en était-elle arrivée là ?

Bien sûr, elle savait ce qui l'avait mise dans cet état d'agitation extrême. Se sentant de plus en plus à l'aise avec Jacob, elle avait fini par laisser échapper cette phrase qui laissait entendre qu'elle était en couple avec lui. Quand elle s'en était rendu compte, il était trop tard.

Ce qui l'angoissait le plus, c'était que cette remarque révélait ce qu'elle voulait vraiment. Être avec Jacob. Pas seulement pour leurs nuits de plaisir, aussi délicieuses soient-elles. Elle le voulait tout entier, elle voulait qu'il soit rien qu'à elle et que tout le monde le sache.

Elle soupira et se força à accepter l'évidence. Elle voulait que Jacob soit à elle et elle voulait être à lui.

Cette révélation provoqua en elle un chaos qui lui fit peur. C'était impossible ! Ce rêve n'était tout simplement pas compatible avec sa vie.

Elle était venue à Royal pour travailler. Oui, elle avait eu plusieurs rendez-vous utiles, mais elle n'avait pas autant avancé sur la robe d'Ariana qu'elle aurait dû. Elle allait partir la semaine prochaine et un premier essayage devait être fait d'ici là.

Si elle avait été chez elle, dans son petit atelier, rien n'aurait pu perturber sa concentration. Mais, en séjournant chez Jacob, elle avait négligé sa tâche, préférant être dans ses bras que seule avec ses fils et ses aiguilles. Ce n'était pas lui qui avait réclamé sa présence. C'était elle qui n'avait pas pu se passer de lui, qui avait laissé le plaisir lui faire oublier ses objectifs.

Elle n'avait rien à reprocher à Jacob. Ce n'était pas un égocentrique qui avait exigé qu'elle lui consacre son temps et son attention. Il ne se comportait jamais comme si le travail de Keely était moins important que son ranch. Elle était l'unique responsable et c'était à elle de se remettre sur le droit chemin. Elle allait devoir trouver la force de résister à son attirance pour Jacob. Sinon, elle risquait de mettre sa carrière en danger, et si la situation dégénérait, elle ne pourrait s'en prendre qu'à elle-même.

Forte de ses bonnes résolutions, elle ouvrit son sac à main et prit son rouge à lèvres pour rafraîchir son maquillage. Puis elle se sourit dans la glace et se parla pour s'encourager.

— Tu peux le faire, Keely. C'est ton rêve de toujours qui est en jeu. Tu as fait des millions de sacrifices pour arriver aussi loin. C'est juste un de plus.

Elle remit son rouge à lèvres dans son sac et prit le temps de s'assurer que la clé du grand salon était toujours là. Elle chercha une première fois sans la trouver. Elle recommença, en vain. Prise de panique, elle vida le contenu de sa pochette sur une table en espérant que la clé s'était seulement coincée sous son poudrier. Mais non. Entre le moment où elle était sortie de la voiture et celui où elle était entrée dans le club, elle avait perdu la clé. Tout cela parce qu'elle avait davantage pensé à Jacob qu'à ce qui aurait dû rester sa priorité absolue.

— Vous êtes un sacré veinard.

Jacob détacha son regard de Keely qui s'éloignait de la table et se tourna vers Ezra. Ce ne fut pas chose facile, tant il était préoccupé par ce qui s'était passé entre elle et lui juste avant qu'elle se précipite aux toilettes.

— Croyez-moi, j'en ai conscience, répondit-il.

Il ne voyait pas l'intérêt d'édulcorer sa réponse ou de faire comme s'il n'avait pas compris à quoi Ezra faisait allusion. Quand il s'agissait de Keely, Jacob n'avait aucune envie de faire semblant.

Keely était une femme unique et n'importe quel homme aurait eu une chance folle d'être avec elle. Le fait qu'elle l'ait choisi, lui, lui donnait un curieux sentiment d'invincibilité. Si Keely Tucker s'intéressait à lui et avait décidé de lui consacrer son temps précieux, alors il avait la force de surmonter n'importe quoi.

Il secoua doucement la tête en esquissant un sourire. Il avait cette femme dans la peau et le seul fait d'en avoir conscience aurait dû l'inquiéter, l'effrayer même. Il aurait dû réfléchir à la meilleure façon de prendre ses distances avec elle. Au lieu de cela, il brûlait de courir la retrouver et d'annoncer au monde entier qu'il était l'homme le plus chanceux de la terre.

— Cela me plaît, dit Ezra.

— Quoi donc ? demanda Jacob avec étonnement.

Il se demanda s'il avait manqué un bout de conversation pendant qu'il pensait à Keely.

— Le fait que vous soyez fou amoureux de Keely et que vous ne vous sentiez pas obligé de le cacher. Cela me plaît que vous n'ayez pas honte de reconnaître que votre compagne est un pur joyau. Votre attitude avec elle me prouve que vous avez les qualités nécessaires pour prendre soin de mon cheval.

— Vous allez appuyer votre décision sur le fait que vous approuvez mon choix en matière de femme ?

Jacob eut peur que sa question paraisse quelque peu abrupte. Jusqu'à maintenant, Ezra n'avait dit que des choses agréables, mais cela pouvait changer à tout moment.

— Je ne suis pas à ce point naïf ou sentimental, répliqua Ezra. Vos installations sont très haut de gamme et vos techniques d'entraînement sont parmi les plus innovantes que j'aie vues. Sans compter que vos succès parlent pour vous. Vous savez ce que vous faites avec les chevaux, cela ne fait aucun doute. Mais pour vous différencier des autres excellents entraîneurs, il fallait que vous ayez quelque chose en plus.

Jacob inclina la tête en se demandant où Ezra voulait exactement en venir.

— Et vous pensez que Keely est ce quelque chose en plus ?

Ezra se pencha en avant en posant les avant-bras sur la table.

— Keely est une femme forte et sûre d'elle, répondit-il. Certains hommes auraient la bêtise de vouloir étouffer le feu qui émane d'elle. Mais vous êtes assez sage pour comprendre que contrôler la force et la beauté est beaucoup moins gratifiant que de leur laisser toute la place nécessaire pour s'exprimer et se développer. Si vous avez su le comprendre pour Keely, je peux compter sur vous pour aller dans la bonne direction avec mon cheval. C'est à vous que je désire le confier. Je suis prêt à signer le contrat quand vous voudrez.

Ezra se leva et serra la main de Jacob.

— Je vous laisse. Saluez Keely de ma part, je vous prie. Mes avocats vous contacteront dès demain. Je me réjouis de travailler avec vous.

Il serra de nouveau avec enthousiasme la main de Jacob puis quitta le restaurant.

Jacob se rassit, subjugué par la scène qu'il venait de vivre. Il avait certes invité Keely à se joindre à lui dans l'espoir qu'elle l'aide à obtenir ce contrat, et c'était en effet ce qui s'était passé. Mais elle n'avait pas du tout joué le rôle qu'il avait imaginé. Ezra Stanley était vraiment un homme surprenant.

Surprenant mais clairvoyant. Et la justesse de ses observations à propos de Keely donna à Jacob l'envie urgente de parler sérieusement avec elle.

Leur pacte ne lui convenait plus. Il ne voulait plus se contenter d'une liaison légère et sans engagement. Le cœur battant, il se tourna vers l'endroit où elle était partie en attendant son retour avec impatience. S'il était aussi chanceux que le croyait Ezra, alors peut-être qu'elle allait accepter de devenir plus que son amie. Car plus il passait de temps avec elle, plus elle prenait de place et d'importance dans sa vie. Qu'elle se montre séductrice, sérieuse ou à l'écoute, il était émerveillé par ce qu'elle dégageait. Il admirait à la fois le soutien qu'elle lui apportait et ses propres talents d'entrepreneuse et de créatrice. Keely était la femme dont il aurait rêvé s'il avait pu imaginer qu'elle existait. À présent, il n'avait plus qu'à l'en convaincre.

Mais, en la voyant revenir vers lui d'un pas nerveux, il remarqua tout de suite que quelque chose n'allait pas. Les traits tirés de son visage le lui confirmèrent. Il se leva pour aller à sa rencontre et prit son visage dans ses mains pour essayer de l'apaiser.

— Que se passe-t-il ? lui demanda-t-il.

— C'est la clé, Jacob. J'ai perdu la clé.

Saisi par la crainte, il attrapa sa main et retourna auprès de leur table pour récupérer leurs affaires. Puis il fit signe au serveur qui vint aussitôt.

— Mettez l'addition sur mon compte, dit-il en lui donnant un généreux pourboire.

Puis il reprit la main de Keely pour quitter le restaurant. Il se sentait tout à coup aussi mal qu'elle. Non seulement parce qu'il partageait son angoisse, mais aussi pour une raison beaucoup plus égoïste. S'ils ne retrouvaient pas rapidement cette maudite clé, il pouvait dire adieu à son projet de parler à Keely de leur avenir.

Arrivé dans le garage, Jacob coupa le moteur et déverrouilla les portières. Le plus souvent, il laissait sa voiture dans l'allée, mais ce soir il avait besoin des lumières puissantes de l'intérieur du bâtiment.

Il regarda Keely qui se tenait raide comme un piquet, le corps presque vibrant de tension. Voyant qu'elle allait ouvrir sa portière, il posa la main sur sa cuisse en lui donnant une légère pression. Ce n'est pas un geste de désir. Tout ce qu'il voulait, c'était lui montrer qu'il était là pour elle et l'aider à se défaire de sa frayeur.

À leur sortie du TCC, il avait fait de son mieux pour fouiller la voiture à l'aide de la lumière de son téléphone, mais la clé était restée introuvable.

— Nous allons la retrouver, Keely, lui promit-il. Tu me l'as montrée tout à l'heure, juste avant que nous partions. Elle a dû glisser au moment où tu as voulu la remettre dans ton sac.

Elle lui sourit avec douceur, visiblement pour le rassurer. Mais il voyait bien qu'elle se sentait terriblement mal.

— Monte te changer si tu veux, et ensuite nous fouillerons la voiture de fond en comble.

Elle acquiesça et descendit de voiture en silence. Jacob en fit autant, puis il ôta sa veste et se dirigea vers le mur auquel étaient accrochés les outils de son père. Là, il prit une grosse lampe et la brancha avant de s'agenouiller sur le sol en béton pour inspecter le siège côté passager. Tant pis pour son pantalon de costume, songea-t-il. C'était un petit prix à payer pour la tranquillité d'esprit de Keely.

Il chercha sur le siège, dans les fentes, sur le sol, entre les coussins et dans le compartiment de la portière. Ce ne fut qu'après avoir ouvert la portière arrière, pour explorer la zone depuis la banquette, qu'il aperçut quelque chose qui brillait dans le faisceau de la lampe. L'objet se trouvait coincé entre le siège et la paroi de la voiture, dans un recoin trop étroit pour qu'il puisse y mettre la main. Il ressortit pour aller chercher un tournevis plat et parvint ainsi, en quelques secondes, à faire glisser l'objet brillant jusqu'à lui.

C'était bien la clé du grand salon.

Il la ramassa en poussant un soupir de soulagement. S'ils ne l'avaient pas retrouvée, il aurait simplement fait changer la serrure, mais cela aurait dû attendre le lendemain et il n'aurait pas supporté de laisser Keely passer une nuit d'angoisse.

Il sourit en la voyant revenir dans le garage et, quand

il se releva pour lui montrer la clé, il fut récompensé de ses efforts par son expression de joie.

— Merci ! s'exclama-t-elle. Où l'as-tu trouvée ?

— Coincée entre ton siège et la paroi de la voiture. Il fallait vraiment faire une fouille approfondie pour la repérer.

Il s'approcha d'elle et mit la clé dans le creux de sa paume. Dès qu'il l'eut lâchée, elle la serra fort dans sa main. Il remarqua alors que sa joie avait été de courte durée et qu'elle affichait de nouveau un visage sérieux et préoccupé. Était-ce seulement qu'elle avait besoin de temps pour se remettre de ses émotions ?

Il l'embrassa furtivement sur les lèvres et attendit en vain qu'elle réponde à son baiser. Comme elle restait sans réaction, il fit un pas en arrière et chercha son regard.

— La journée a été longue et tu viens d'avoir une grosse frayeur, dit-il. Veux-tu que je te fasse couler un bain ou que je te masse pour t'aider à te relaxer ?

— Merci pour ta proposition, répondit-elle en mettant un peu plus de distance entre eux. C'est très tentant, mais je préfère reporter à une prochaine fois. J'ai de la couture à faire ce soir.

— À cette heure-ci ?

— Nous sommes des chefs d'entreprise. Tu sais que nous n'avons pas d'horaires.

Elle tourna les talons et rejoignit la porte qui menait directement du garage à l'intérieur de la maison. Juste avant de sortir, elle se tourna et lui dit :

— Ne m'attends pas, je sais que tu dois te lever tôt.

Puis elle lui fit un signe de tête et s'en alla.

Il n'aurait su dire ce qu'elle avait, mais après cela il ne pouvait avoir qu'un mauvais pressentiment.

- 19 -

Keely se baissa pour étaler la traîne de la robe qu'elle s'apprêtait à montrer à Ariana par vidéo. Elles avaient convenu d'un rendez-vous téléphonique pour que Keely lui présente les derniers éléments qu'elle avait ajoutés à la robe.

En se relevant, elle sentit une douleur dans son cou et dans son dos. Voilà ce qui arrivait quand on dormait sur un canapé plusieurs nuits de suite pour éviter l'homme qui occupait un lit confortable au premier étage.

Elle se massa la nuque en essayant de chasser les pensées contradictoires qui se bousculaient dans sa tête. Elle avait presque réussi à se focaliser de nouveau sur la robe quand elle entendit de petits coups secs frappés contre la porte.

— Keely ?

Elle n'avait pas besoin d'ouvrir pour savoir qui l'appelait. Une seule voix avait le pouvoir de la charmer au point de lui faire perdre toute volonté de résistance.

C'est sa maison, Keely. Ce n'est pas comme si tu pouvais refuser qu'il entre.

Oui, elle était chez lui. Mais elle connaissait suffisamment Jacob pour savoir qu'il ne lui imposerait pas sa présence s'il sentait qu'il n'était pas le bienvenu, même dans une pièce de sa maison.

Il frappa de nouveau, plus fort cette fois, comme pour

contredire ses pensées. Réflexion faite, il valait mieux qu'elle aille lui ouvrir, sinon il risquait de défoncer la porte pour voir pourquoi elle ne répondait pas.

— J'arrive, dit-elle.

Elle ouvrit et se trouva face à lui. Vêtu de sa tenue habituelle, un jean et une chemise en flanelle, il lui parut plus sexy que jamais. Elle admira malgré elle ses bras forts sous ses manches retroussées et ses longues jambes dont elle devinait chaque muscle.

Quand il avança dans la pièce, elle se retourna et contempla son dos et ses fesses en frémissant de désir.

Garde ton sang-froid, Keely. Pense à ton travail. C'est la seule chose qui compte.

Elle inspira profondément et referma la porte en se répétant cette phrase encore et encore, dans l'espoir qu'elle allait obéir à cette petite voix qui était celle de la raison. Tout ce qui n'était pas en rapport avec son entreprise, elle devait le mettre de côté. C'était la clé de la réussite.

— Tu as besoin de quelque chose ? demanda-t-elle.

Il la dévisagea en plissant les yeux, comme s'il essayait de lire dans ses pensées.

— Écoute, commença-t-il prudemment. Je ne veux pas te déranger ni te contrarier, mais je sens que quelque chose a changé entre nous, et pas dans le bon sens.

Elle s'approcha de son mannequin placé au centre de la pièce et se pencha sur l'un de ses ourlets pour l'examiner de près. Il n'y avait rien à redire, il était parfaitement cousu, comme Keely savait le faire quand elle était concentrée sur son travail. C'était justement cela, le problème. Elle n'était plus assez concentrée depuis sa rencontre avec Jacob.

— Je ne suis pas sûre de te suivre, prétendit-elle en relevant les yeux vers lui.

— Je parle du fait que je ne t'ai pas vue depuis des jours. Je commence à avoir l'impression que tu m'évites.

Manifestement, Jacob n'avait pas eu de mal à comprendre la réalité de la situation. Mais rien n'obligeait Keely à reconnaître tout haut qu'il avait vu juste. C'était plus simple de nier en bloc.

— Jacob, dit-elle en essayant de parler d'une voix neutre, sans trahir ses propres émotions. Je ne sais pas exactement ce que tu imagines, mais comme tu sais, j'ai du travail. Je ne suis pas venue à Royal pour des vacances. J'ai des choses à faire, voilà tout. Je ne sais pas pourquoi tu fais des histoires.

— Pourquoi je fais des histoires ? répéta-t-il avec une colère contenue. Je sais ce que tu fais, Keely. Mais il n'y a pas de raison.

La déception qu'elle lut dans ses yeux la fit tellement souffrir qu'elle préféra tourner la tête. Si elle le regardait, elle ne parviendrait pas à lui résister.

— Ne sois pas lâche, Keely, insista-t-il. Cela ne te ressemble pas. Tu es au-dessus de ça. Parle-moi franchement au moins, au lieu d'avancer des prétextes absurdes !

Elle n'y arriverait pas. Ses sentiments pour lui étaient trop forts. Sa rencontre avec Jacob l'avait changée, et en l'entendant sortir de la pièce, elle se demanda si elle redeviendrait un jour celle qu'elle avait été avant son arrivée au Slick Six Stables.

Pendant un quart d'heure, Keely resta debout au milieu du grand salon, à espérer le retour de Jacob. Et en même temps elle le suppliait mentalement d'être assez fort pour deux et de garder ses distances. Elle peinait à respirer et avait l'impression que son cœur était serré dans un étau.

Elle aurait voulu se rouler en boule sur le canapé et pleurer toutes les larmes de son corps. Mais le devoir l'appelait. Seulement quelques minutes la séparaient de son rendez-vous téléphonique avec Ariana et elle devait finir de s'y préparer.

Saisissant le dossier d'une chaise en bois, elle l'agrippa de toutes ses forces jusqu'à ce qu'elle ait mal aux doigts. Elle savait qu'elle n'avait pas à se punir ainsi, mais si la douleur physique pouvait lui faire oublier sa souffrance intérieure, elle aimait mieux cela.

Mais tandis que les derniers mots de Jacob résonnaient dans son esprit, elle se rendit compte qu'elle le punissait pour une faute qu'il n'avait pas commise. Il n'avait rien fait de mal et ce n'était pas à cause de lui qu'elle avait ressenti le besoin de s'isoler. C'était à cause de ses propres émotions, qui l'avaient troublée et détournée de ce qui devait rester sa priorité. Mais si elle expliquait cela à Jacob, elle avait peur de ne plus avoir la force de rester loin de lui.

Chaque soir depuis qu'elle avait pris cette décision, elle continuait à travailler aussi tard que possible, jusqu'à ce qu'elle n'ait même plus la force de monter l'escalier. Alors elle s'installait sur le canapé et s'endormait.

Elle sursauta quand sa tablette se mit à sonner, lui annonçant l'appel d'Ariana en FaceTime.

— Salut, Ariana.

— Salut, Keely, répondit la future mariée avec un immense sourire. Alors, est-ce que ma robe avance bien ?

— Je ne vais pas te mentir, bien que je t'aie fait cette suggestion moi-même, j'ai mis un certain temps à trouver comment y incorporer les lupins bleus. Mais je crois que j'ai trouvé. Tu es prête ?

En découvrant sa robe, Ariana poussa un cri aigu. Sa réaction remonta le moral de Keely.

— Je sais qu'il manque encore pas mal d'ornements, dit Ariana d'une voix enjouée, mais elle est déjà magnifique. J'ai hâte de l'essayer. Tu as eu une idée géniale avec les lupins.

Keely sentit de nouveau une tension dans son cou et le frictionna machinalement pour essayer de se soulager.

— Tu te sens bien ? demanda Ariana en la voyant faire.

C'était une question anodine, mais Keely ne sut comment y répondre. Physiquement, à part les quelques nœuds qu'elle avait ici et là à force de dormir dans une mauvaise position, elle allait bien. Mais comment expliquer ce poids qui l'écrasait et l'empêchait de respirer ? Cette douleur de plus en plus présente à mesure qu'elle restait loin de Jacob ?

— Oui, oui. Merci, répondit-elle. Je suis juste un peu engourdie parce que j'ai cousu trop longtemps sans faire de pause.

— Je ne peux pas accepter ça, dit Ariana avec un regard malicieux. Dès que j'aurai raccroché, je vais prendre rendez-vous pour toi au spa pour que tu te fasses bichonner pendant une journée entière.

— Non, Ariana, je ne peux pas accepter ! s'exclama Keely. Tu me paies déjà très généreusement pour la robe. C'est amplement suffisant.

Ariana secoua la tête comme une institutrice mécontente.

— Je ne veux rien entendre, riposta-t-elle. C'est décidé.

Keely tenta de protester mais Ariana la fit taire en levant l'index avec autorité.

— Eh bien, merci beaucoup, dit finalement Keely.

Je suis très touchée. Et après tout, je pourrais en parler à Zanai et Morgan. Si elles veulent se joindre à moi, ce sera l'occasion de passer du temps ensemble et de discuter des robes des demoiselles d'honneur.

— Excellente idée. Dans ce cas convenez d'un jour où vous êtes libres toutes les trois, et c'est moi qui ferai la réservation pour vous. Je n'admettrai aucune objection. Je compte sur toi pour me transmettre la date de votre choix. À plus tard !

Ariana raccrocha sans avoir laissé à Keely le temps de répondre. Ce n'était pas étonnant qu'elle soit aussi bonne actrice et productrice. Elle savait obtenir ce qu'elle voulait.

Keely prit aussitôt son téléphone pour appeler Zanai. Passer un bon moment avec son amie d'enfance l'aiderait peut-être à dissiper la brume qui envahissait son esprit.

Keely soupira de plaisir en sentant son corps enfin libéré des tensions accumulées ces derniers jours. Elle rassembla juste assez d'énergie pour tourner la tête vers Zanai et Morgan, qui se trouvaient à peu près dans le même état qu'elle. Zanai était étendue sur le dos, et Morgan, allongée sur le côté, caressait tendrement son ventre arrondi. Keely était sur le ventre, les bras croisés sous le coussin qui soutenait sa tête.

— Ça, c'est la vie, dit Zanai en réponse au soupir satisfait de Keely.

— Tu veux dire que les gens riches ne s'offrent pas des soins en institut toutes les semaines ? demanda Keely.

— Oh ! que non, répondirent en chœur les deux jeunes femmes.

— Nous sommes trop occupées à nous tuer au travail, dit Morgan.

Cela fit rire Zanai.

— En plus, dit Zanai, depuis que j'ai coupé les ponts avec mon père, je n'ai plus de grands moyens. Je ne pourrais pas m'offrir une journée comme celle-ci. Je n'ai pas fini de remercier Ariana pour ce cadeau.

— Mais tu as un petit ami très riche qui serait ravi de te gâter si tu l'y autorisais, lui rappela Morgan.

— Sérieusement ? demanda Keely. Mais pourquoi tu ne le laisses pas faire, Zanai ?

— Personnellement, dit Morgan, je n'empêche pas Ryan de me chouchouter, surtout depuis que je suis enceinte.

— Profitez-en ! s'amusa Keely. Au nom de toutes celles qui n'ont pas votre chance !

Elles s'esclaffèrent.

— Plus sérieusement, dit Morgan, je ne peux pas croire qu'une femme comme toi n'ait pas toute une cour de prétendants. Je suis sûre que si tu voulais un compagnon, il te suffirait de battre des cils et tu n'aurais que l'embarras du choix. Sinon, c'est que ces types de Hollywood sont tous aveugles.

Keely aurait bien aimé que Morgan ait raison. Mais elle ne rencontrait de gens que dans le contexte professionnel, et comme elle ne voulait pas mélanger travail et plaisir, elle restait désespérément célibataire.

— Premièrement, je n'habite pas à Hollywood. Je suis de New York. Mais de toute façon, je n'ai pas de temps à consacrer à une relation amoureuse.

Zanai lui lança un regard moqueur.

— Donc tu veux nous faire croire que tu n'as personne en vue ?

Keely était sur le point de répondre par un mensonge, mais elle rencontra leur regard et n'eut pas l'énergie de faire semblant. Alors elle s'assit sur sa table de massage et se prépara à ouvrir son cœur. Le fait de se confier l'aiderait peut-être à se sentir mieux.

— Ce que je vais vous raconter devra rester entre nous, dit-elle.

Elles s'assirent à leur tour et acquiescèrent toutes les deux avec énergie, ne cachant pas leur impatience d'en savoir plus.

— Jacob Chatman et moi, nous avons eu une petite aventure pendant deux semaines et c'était merveilleux.

Comme elle disait cela avec un air abattu, les deux jeunes femmes se penchèrent vers elle.

— Tu en parles comme d'une mauvaise nouvelle, dit Morgan d'un ton plein de compréhension.

— Oui.

— Mais pourquoi ? demanda Zanai.

— Je dois rester concentrer sur mon travail. Jacob représente une distraction. Une distraction très, très sexy, mais une distraction quand même. À chaque fois qu'il me regarde, qu'il me touche et qu'il me fait des compliments sur mes formes, il me distrait.

— C'est un bon point pour lui s'il apprécie tes formes.

Morgan avait raison. Keely connaissait par cœur le milieu de la mode et les standards de beauté qu'on imposait aux femmes. Toutes celles qui ne rentraient pas dans une taille trente-six étaient censées avoir honte de leur corps. Mais Keely ne s'était jamais sentie trop grosse et elle avait pu constater que, contrairement aux idées reçues, sa silhouette plaisait à beaucoup d'hommes.

— Alors explique-nous, ajouta Morgan. Si cela se

passe aussi bien entre vous, pourquoi ne peut-il y avoir de la place dans ta vie pour ton travail *et* Jacob ?

— Parce que contrairement à toi, dit Zanai, Keely ne sait pas encore que les cheffes d'entreprise peuvent aussi avoir une vie. C'est pour cette raison que nous ne nous sommes pas vues depuis si longtemps.

Keely fit la grimace en écoutant son amie. Elle savait au ton de sa voix qu'elle n'avait pas voulu la blesser, mais elle se sentit tout de même coupable.

Zanai dut s'en rendre compte car elle lui adressa un sourire affectueux.

— Keely, je sais que ce n'était pas intentionnel de ta part. Je suis très fière de toi et du chemin que tu as parcouru. Mais je te mentirais si je te disais que tu n'as pas besoin de faire de la place aux gens qui t'entourent et qui tiennent à toi, comme moi et comme… Jacob, apparemment.

— Je ne suis pas sûre qu'il ait envie que je lui fasse de la place.

Zanai et Morgan échangèrent un regard confus avant de se tourner vers Keely.

— Jacob est tout aussi obnubilé par son travail que moi, expliqua Keely. Il ne veut pas s'engager dans une relation sérieuse. Donc même si j'avais envie de donner une chance à notre histoire, je ne pense pas que ce serait réciproque. Nous nous étions mis d'accord dès le début : notre priorité à chacun restait notre travail et notre liaison ne devait en aucun cas empiéter sur nos obligations. Je ne vais pas changer les règles maintenant.

Morgan descendit de sa table de massage et s'approcha lentement de Keely.

— Si, tu peux, assura-t-elle d'une voix douce. Il arrive que les sentiments évoluent. Et si tu es aussi bien avec lui que tu sembles le dire, tu ne penses pas que cela vaut la peine de te lancer, quitte à prendre un risque ?

— Dans un monde imaginaire, je répondrais que oui, admit Keely.

Elle tapota la table des doigts avant de poursuivre :

— Mais nous sommes dans la réalité. Et dans ma réalité, si je ne reste pas pleinement concentrée sur mon travail, je ne pourrai pas bâtir l'empire dont je rêve. J'ai consacré tout ce que j'avais à mon entreprise. Je ne peux pas la laisser tomber du jour au lendemain parce que j'ai croisé la route de l'homme le plus sexy du monde.

Zanai s'éclaircit la voix pour attirer l'attention de Keely.

— Permets-moi de mettre ma casquette de thérapeute pendant quelques minutes, dit-elle. Il est vrai que je ne pratique pas la psychologie générale, mais j'ai suffisamment de souvenirs de mes études pour te donner un petit conseil. Keely, je ne crois pas du tout que ton entreprise soit le problème. Je pense que la question est plus large que cela.

Keely croisa les bras comme elle l'avait fait petite, quand elle avait su que Zanai allait lui dire quelque chose qui n'allait pas lui plaire.

— Vas-y, docteur Z. Ta patiente t'écoute.

Zanai rit avant de reprendre :

— Je ne crois pas que le problème soit la distraction que Jacob Chatman représente pour toi. À mon avis, ce qui te gêne, c'est que tu es tombée amoureuse de lui. Tu es tellement décidée à lutter contre tes sentiments que tu es prête à utiliser n'importe quel prétexte pour t'éloigner de lui.

Keely dut se cramponner à sa table de massage pour ne pas s'effondrer sous le coup de l'émotion. Ce que Zanai venait de lui dire l'avait touchée en plein cœur.

Elle fut prise d'un sentiment de panique mais parvint de justesse à dissimuler ce qui lui arrivait, car elle refusait d'explorer cette possibilité. Elle n'était pas prête à un tel bouleversement, et surtout, ce n'était ni le lieu ni le moment d'en parler. Cela impliquait trop de choses qu'elle ne voulait pas regarder en face.

— Alors c'est ça ta théorie ? plaisanta-t-elle en regardant Zanai. J'ai peur d'être amoureuse de Jacob ? J'ai hâte que tu m'expliques pourquoi.

— Ça, Keely, c'est à toi de le découvrir.

Zanai s'approcha de Keely et posa la main sur son épaule.

— Quand tu le sauras, ajouta-t-elle, tu devras parler à Jacob. Il n'y a pas de plus grand regret que celui de n'avoir pas essayé.

Keely ferma les yeux et eut toutes les peines du monde à retenir ses larmes. Zanai avait raison au moins sur un point : Keely avait un sérieux travail à faire sur elle-même. Mais, avec quelques jours seulement devant elle avant son départ de Royal, arriverait-elle à définir ce qu'elle voulait avant qu'il soit trop tard ?

- 20 -

— Dois-je comprendre que tu ne cherches plus à m'éviter ?

La froideur de la voix de Jacob parvint à Keely avant même qu'elle soit entrée dans l'écurie. En s'approchant de lui, elle vit que l'expression de son visage était aussi dure que son ton.

— Jacob, je ne veux pas me disputer avec toi.

Il s'écarta de sa jument pour se tourner vers Keely et son regard la glaça.

— Il me semble que depuis quelque temps tu ne veux plus faire grand-chose avec moi. Tu as au moins le mérite de la cohérence.

— Jacob.

Elle répétait son prénom dans l'espoir de calmer son irritation, mais visiblement elle allait devoir se donner beaucoup de mal pour y arriver.

— Qu'est-ce que j'ai fait ? demanda-t-il avec un mélange de colère et de peine.

— Comment ça ?

Il mit les mains sur les hanches et la regarda droit dans les yeux.

— Tout se passait très bien entre toi et moi, Keely. Je n'avais pas imaginé cela. Et brusquement, tu m'as tourné le dos.

Elle secoua la tête, non parce que ce qu'il disait

n'était pas vrai, mais parce qu'elle n'avait jamais voulu le blesser ni le mettre en colère contre elle.

— Ne le nie pas, poursuivit-il. Tu t'es délibérément enfermée dans le grand salon pour ne plus t'approcher de moi. Et j'ai besoin de savoir pourquoi. Qu'est-ce que j'ai fait pour que d'une minute à l'autre tu ne supportes même plus de me voir ? Quelle faute me vaut cette punition ?

Le mélange de colère et de tristesse qu'elle perçut en lui la bouleversa. Des larmes se mirent à lui brûler les yeux. Incapable de les contenir, elle baissa les paupières et pleura.

— Tu n'as rien fait, Jacob, murmura-t-elle d'une voix tremblotante. Je ne voulais pas te punir.

Plus elle parlait, plus elle sanglotait, et plus son orgueil fondait. Finalement elle confessa :

— C'est moi que j'essayais de punir.

Jacob ne voyait plus que les larmes de Keely qui coulaient sur ses joues. Répondant à un instinct primaire et protecteur, il ouvrit aussitôt les bras pour la serrer contre lui. Il avait oublié son irritation et ne voulait plus que la consoler jusqu'à ce qu'elle cesse de pleurer.

— Je suis désolée, dit-elle en enfouissant le visage dans le creux de son épaule.

Ses mots étaient étouffés mais il les comprenait. C'était ainsi depuis le début avec Keely : dès leur rencontre, il y avait eu cette alchimie entre eux. Une alchimie qui n'avait fait que grandir au fil des jours, en même temps que le désir et les sentiments que Jacob éprouvait pour Keely.

Finalement, ce désir était devenu un besoin essentiel.

— Moi aussi, je suis désolé, dit-il en lui frottant

doucement le dos. Je n'aurais pas dû m'énerver. J'ai perdu le contrôle de mes nerfs alors que j'aurais dû…

— Non, dit-elle en se redressant d'un coup pour le regarder dans les yeux. Je te défends de t'excuser. Tu avais raison quand tu as dit que j'étais lâche et que cela ne me ressemblait pas. J'aurais dû accepter de te parler au lieu de continuer à te fuir. Tu méritais au moins cela, après la façon dont je t'ai traité.

Elle reprit une respiration haletante et s'appuya contre lui, comme si elle craignait de tomber.

Que c'était bon de la retrouver, de la tenir de nouveau dans ses bras… Rien ne lui faisait autant de bien que d'être près d'elle. Mais il savait qu'il ne pouvait pas encore lui parler à cœur ouvert. Keely était aussi craintive qu'une pouliche qui venait d'arriver au ranch, et il était prêt à parier qu'elle partirait au galop s'il ne trouvait pas un moyen de la rassurer.

— Tu veux bien que nous rentrions à la maison pour parler ? demanda-t-elle. Je n'ai vraiment rien contre Tildy, au contraire, mais je n'ai pas forcément envie d'avoir cette conversation devant elle.

Tildy souffla avec mécontentement, montrant qu'elle n'appréciait pas la remarque de Keely. C'était une jument de très bon caractère, mais qui avait aussi sa susceptibilité.

Jacob caressa la joue de Keely. Il avait besoin de la toucher, c'était ainsi. Il était malheureux dès qu'elle s'éloignait de lui.

— J'ai une meilleure idée, répondit-il. Tu es partante pour une promenade à cheval ?

Il vit à son expression qu'elle voulait refuser. La maison était plus près, mais il se passait quelque chose de magique quand on parcourait ces terres. Et à cet instant, ils étaient si tendus l'un et l'autre que le fait d'être en mouvement les aiderait peut-être à retrouver leur calme et à avoir les idées plus claires.

— Je crois que cela nous aiderait à évacuer le malaise qui s'est installé entre nous ces derniers jours et à trouver les bons mots pour nous parler.

Elle finit par acquiescer d'un hochement de tête.

— Bon, ajouta-t-il avec un sourire, sache que je ne t'oblige à rien, mais à mon avis, ce serait bien que tu présentes tes excuses à Tildy avant de monter sur son dos. Il n'y a rien de plus désagréable que de rentrer de promenade avec un mal de dos après avoir monté un cheval qui en avait après toi.

Keely rit et fit un câlin à la jument.

Après avoir sellé Tildy et Midnight, ils chevauchèrent en silence jusqu'à la cabane dans laquelle ils avaient passé leur première nuit ensemble. Ce soir-là, ils avaient tous les deux fait tomber les barrières, faisant en sort qu'il se passe entre eux quelque chose d'extraordinaire. Jacob était persuadé que le fait de se retrouver au même endroit leur permettrait d'oublier tout le reste, et peut-être de refaire ce chemin l'un vers l'autre.

En arrivant, ils mirent pied à terre et Jacob débarrassa son cheval de sa selle et de son filet. Alors qu'il s'attendait à ce que Keely s'approche, il vit qu'elle était en train de parler tout bas à Tildy en la caressant. Il n'entendait pas ce qu'elle lui disait, mais quels que soient ses mots, Tildy devait les apprécier car elle baissa la tête pour encourager Keely à continuer.

Jacob eut le cœur serré en les voyant. Il se souvint que Keely allait bientôt quitter le ranch et cela le fit souffrir au plus profond de lui. Les joies simples qu'elle lui avait données, telles que celle qu'il ressentait en la voyant avec Tildy, allaient disparaître après son départ, sans doute pour toujours.

Au bout de quelques instants, ils libérèrent les chevaux comme ils l'avaient fait la première fois et entrèrent dans la cabane.

— Tu veux que je prépare quelque chose à manger ? proposa-t-elle. Je suis sûre qu'il y a de quoi faire un repas sur le pouce.

Il lui prit la main et la serra légèrement pour lui apporter le soutien dont elle avait besoin.

— J'aimerais mieux que nous nous asseyons pour parler, dit-il. Vu le peu de temps qu'il nous reste avant ton départ, n'attendons pas une minute de plus pour apaiser les tensions.

Tout en lui caressant le dessus de la main avec le pouce, il la conduisit jusqu'au canapé. Lorsqu'ils furent assis côte à côte, il garda la main de Keely dans la sienne, certain qu'ils communiquaient mieux quand ils se touchaient.

Elle le regarda et murmura :

— J'ai eu peur.

Il vit dans ses yeux combien elle était sincère mais préféra rester silencieux. Elle était venue le trouver parce qu'elle avait ressenti le besoin de lui parler. Par respect et par reconnaissance, il ne souhaitait faire qu'une chose : l'écouter.

— Au début, poursuivit-elle, nous nous amusions bien, et même si je me demandais par moments si cette liaison était une bonne idée, je n'avais pas envie d'y mettre un terme. Je voulais profiter de chaque instant. J'avais le sentiment que nous allions dans la bonne direction.

Il était entièrement d'accord. Il avait toujours senti qu'être avec elle avait du sens.

— Mais le soir du dîner avec Ezra, dit Jacob, quand

ta langue a fourché, tu as été prise de panique et ta peur t'a poussée à fuir pour te cacher plutôt que d'entamer une discussion.

Elle le dévisagea avec stupeur.

— Je remarque tout ce qui se passe en toi, Keely, expliqua-t-il.

Elle sembla accueillir son aveu avec sérénité. Mais, en la sentant se crisper à côté de lui, il comprit qu'elle avait tout de même du mal à accepter cette idée.

— Jacob, ce qu'il y a entre nous… Cela a commencé avec cette explosion de complicité et de désir. J'ai cru que cela pourrait rester sympa et léger. Je… Je…

Elle secoua la tête et regarda le plafond en ayant l'air de chercher ses mots. La seule fois où il l'avait vue aussi mal, c'était à la fin de leur dîner avec Ezra Stanley.

— Keely, dit-il. Tu as régulièrement affaire à des célébrités prétentieuses et exigeantes. J'imagine qu'elles ne te rendent pas toujours les choses faciles, et pourtant, tu t'en sors très bien apparemment. Pourquoi est-ce si compliqué et éprouvant de me parler ?

— Parce que c'est important, répondit-elle d'une voix douce.

Elle posa de nouveau les yeux sur lui et ajouta :

— Parce que tu es important. Parce que tu comptes pour moi comme personne n'a jamais compté et que cela me fait peur.

Elle se mit à serrer la main de Jacob comme si c'était un point d'ancrage dont elle voulait vérifier la solidité. Comme si elle redoutait qu'il rompe et que tout s'effondre d'un coup.

Pourtant, elle n'avait aucune raison de s'inquiéter. Rien ni personne n'aurait pu attirer Jacob loin d'elle à cet instant. Les battements effrénés de son cœur le lui interdisaient.

— J'ai tout donné à ma carrière pour arriver où j'en suis aujourd'hui, Jacob. Mes parents ne croient toujours pas que j'ai un vrai travail. Ils se demandent constamment si j'ai de quoi subvenir à mes propres besoins, si je suis assez prévoyante et capable d'assurer mon avenir. Et ici, pour la première fois depuis que j'ai créé Low-Kee Designs, je me suis trouvée incapable de me concentrer exclusivement sur mon travail.

Elle baissa les yeux et respira lentement, profondément. Puis elle releva la tête et rectifia :

— Non, ce n'est pas vrai. Ce n'est pas que je ne pouvais pas me concentrer sur mon travail. La vérité, c'est que je n'en avais pas envie. Je ne voulais penser qu'à ce qui se passait entre nous. Et sans même que je m'en aperçoive, à force de penser à toi et de passer tous ces moments avec toi, je t'ai laissé devenir plus important que ma carrière. Je t'ai donné la priorité sur mes rendez-vous professionnels et sur le temps que j'étais censée consacrer à mon entreprise.

Jacob devina son angoisse en la voyant plisser le front. Il tendit la main pour caresser son visage du bout des doigts, espérant l'aider à se détendre. Il ressentait le besoin de la réconforter, mais aussi de lui parler en toute franchise.

— Je n'ai jamais demandé à être plus important que ton travail, Keely. Je tiens absolument à faire la paix avec toi, mais cette accusation-là, je ne peux pas l'accepter. Nous nous étions mis d'accord. C'est toi qui as proposé ce pacte. Nous ne devions pas laisser cette relation nuire à notre carrière.

Elle hocha la tête de haut en bas, mais malgré ce

signe apparent d'acceptation une ombre triste demeura dans ses yeux.

— Tu as raison, approuva-t-elle, nous avons conclu cet accord. Et c'est vrai que tu ne m'as rien demandé de plus. Mais je crois que c'est aussi pour cette raison que j'étais si préoccupée. J'aurais voulu que tu me le demandes. Et comme tu persistais à ne rien me réclamer, j'ai essayé de faire marche arrière et de prendre mes distances. Je me suis plongée dans le travail. Mais cela ne m'a servi à rien. Pendant que tu signais le contrat de ta vie, j'arrivais à peine à coudre un bouton correctement.

— Tu sais, dit-il avec une pointe d'humour, j'espère que ce ne sera pas le contrat de ma vie et qu'il y en aura d'encore plus importants.

Elle plissa les yeux avec un air féroce, ce qui le fit rire franchement. Elle était adorable, même quand elle luttait contre une véritable crise existentielle.

— Je suis désolé, dit-il. Je comprends ce que tu veux dire. Mais je dois aussi te dire la vérité : j'étais tout aussi distrait que toi. C'est l'une des raisons pour lesquelles je t'ai demandé de participer à mon dîner avec Ezra. Je savais que je ne pouvais pas me permettre de penser à toi au moment où je devais à tout prix me concentrer sur ce que j'avais à faire. Il m'a semblé que si tu étais là, j'aurais moins de risques d'être distrait. Je serais présent physiquement et mentalement, avec toi et avec Ezra.

Elle rejeta la tête en arrière en soupirant. Il voyait combien elle souffrait et voulait trouver les mots pour arranger les choses entre eux.

Ils le méritaient tous les deux.

— Keely, ce n'était pas par manque d'envie que je

ne t'en demandais pas plus. Crois-moi, c'est même tout le contraire. Je voulais aller plus loin avec toi. Mais j'avais peur de te faire fuir en devenant trop insistant. Je t'avais promis de ne pas empiéter sur ton travail. Pour rien au monde je ne t'aurais fait les reproches que d'autres hommes t'ont faits avant moi, ou que d'autres femmes m'ont faits par le passé. Je savais combien la mission que tu étais venue accomplir ici te tenait à cœur.

Elle lui sourit avec douceur et la pièce s'illumina d'un seul coup.

— Tu veux aller plus loin avec moins ? demanda-t-elle en lui serrant la main encore plus fort.

— Oh ! oui.

— Mais comment faire une fois que je serai repartie à New York ? Au mieux, nous devrons faire quatre heures d'avion pour nous retrouver. Tu te sens vraiment partant pour cette aventure ?

Keely avait raison. Ce n'était pas facile d'entretenir une relation à distance. Mais par chance Jacob n'avait jamais été attiré par la facilité.

— Oui.

Elle le regarda dans les yeux, longuement et fixement. Si elle cherchait un signe de son manque de sincérité, elle ne risquait pas de le trouver. Il pensait tout ce qu'il venait de lui dire.

— Pourquoi ? demanda-t-elle. Pourquoi te lancer dans cette histoire compliquée pour une femme que tu ne connaissais pas il y a trois semaines et qui est venue t'envahir chez toi ?

Il se pencha pour mettre son visage à quelques centimètres seulement de celui de Keely. Lorsqu'elle se passa la langue sur les lèvres, il faillit céder à l'envie de prendre possession de sa bouche. Mais c'était trop important. Ce qu'il avait à lui répondre était trop important.

— Parce que je l'aime, murmura-t-il. Parce que je t'aime, Keely.

Elle était figée comme une statue. Seule l'inspiration qu'elle prit laissa penser qu'elle l'avait entendu. Aurait-il mieux fait de se taire ? Était-il trop tôt pour lui déclarer ses sentiments ?

Non, il ne pouvait pas regretter ses mots. Quelle que soit la réaction de Keely, même si elle décidait d'en rester là avec lui, il continuerait à penser qu'il avait eu raison de lui ouvrir son cœur. Il avait besoin qu'elle sache qu'il l'aimait, sans doute pour toujours.

— Si tu ne…

Il ne put pas finir sa phrase. Keely l'en empêcha en se jetant contre lui et en le faisant tomber à la renverse sur le canapé. Il eut juste le temps d'inspirer avant qu'elle plaque ses lèvres contre les siennes pour le dévorer de baisers.

— Je t'aime aussi, Jacob, dit-elle en riant, les yeux brillants de bonheur. J'ai passé une si grande partie de mon existence à dessiner chaque petit détail de mon projet professionnel que j'en ai oublié de vivre. Je n'avais pas prévu de te rencontrer. Je ne me doutais pas que ce jour où j'ai sonné à la grille de ton ranch deviendrait le plus important et le plus beau, celui dont je me souviendrai éternellement.

— J'étais tout aussi loin de l'imaginer. Et je ressens exactement la même chose que toi.

Il la serra fort dans ses bras en se délectant du contact de son corps contre lui. Elle le rendait fou de désir, d'amour, d'espoir…

Avant leur rencontre, il avait vu l'amour comme une entrave, quelque chose qui l'empêcherait de réaliser ses rêves. Il n'avait pas imaginé que c'était justement en aimant Keely qu'il finirait par réaliser tous ses rêves.

Retrouvez prochainement,
dans votre collection

PASSIONS

Une famille pour Connor, de Marie Ferrarella - N°1088

Connor vient à Houston avec une mission : retrouver la personne qui ne cesse d'attaquer sa famille. Afin de se faire aider, il engage Brianna, une collectrice d'informations. Son attirance pour elle est instantanée et inexplicable, la vie de la mère célibataire étant aux antipodes de celle de Connor qui fuit tout type d'engagement. Il est pourtant bouleversé par Brianna, au point de remettre en question son désir de liberté…

Attirée par le play-boy, de Sophia Singh Sasson

Rani, architecte d'intérieur, ne laissera plus jamais un homme compromettre sa carrière ou son indépendance ! Une résolution difficile à tenir quand elle découvre que son nouveau client n'est autre qu'Arjun Singh, élu play-boy le plus sexy d'Inde. Elle est fascinée par son charme irrésistible et leur relation devient vite sensuelle. Mais leur liaison ne doit surtout pas être révélée, Arjun étant promis à une autre femme par sa famille…

Une brûlante liaison, de Cynthia St. Aubin - N°1089

SÉRIE : LES HÉRITIERS KANE 3/3

Marlowe Kane se rend à la distillerie 4 Thieves pour effectuer un audit. Sa rencontre avec le propriétaire, Law, fait tout de suite des étincelles ! Une tempête la contraint à rester sur place… et à partager le lit de Law, qui lui fait découvrir des plaisirs insoupçonnés. Le lendemain, Marlowe part, bien décidée à oublier cette liaison forcément éphémère : un souhait impossible, d'autant plus lorsqu'elle apprend qu'elle est enceinte de lui…

Sentiments inattendus, de Shirley Jump

Pour Viviane, brillante avocate, fonder une famille n'a jamais fait partie de ses projets. Jusqu'à ce que sa nièce Ellie, âgée de trois mois, soit abandonnée dans une auberge à Stone Gap, la veille de Noël. Viviane est tout de suite projetée dans un rôle de maman sans y être préparée ! Heureusement, Nick, le chef cuisinier de l'auberge, s'occupe d'Ellie à merveille. Bientôt Viviane éprouve des sentiments inattendus pour lui, bouleversant ses certitudes…

Une vengeance si parfaite, de Katherine Garbera - N°1090

SÉRIE : SCANDALEUSES IMAGES 1/3

Maintenant que Dante Russo, propriétaire d'une fabrique de bière, est célèbre, il doit à tout prix améliorer son image publique. Entre en scène l'attachée de presse Olive Hayes – la femme qui l'a cruellement rejeté à l'université ! Aujourd'hui, les rôles se sont inversés et Olive ne cache pas son attirance pour l'homme qu'il est devenu. Dante y voit l'occasion rêvée de se venger, mais il ne doit pas se laisser emporter par son désir…

L'espoir de Noël, de Jo McNally

Amanda, décoratrice d'intérieur, a été embauchée par Blake afin de restaurer son château en ruine. Elle est ravie de ce beau projet mais, lorsqu'elle s'installe dans les lieux pendant les travaux, la cohabitation avec Blake la trouble au plus haut point… Amanda a perdu confiance en les hommes et souhaite avant tout se protéger, cependant elle ne peut nier les doux sentiments qu'elle commence à éprouver pour lui et qui l'emplissent d'espoir…

Indomptable passion, d'Yvonne Lindsay - N°1091

SÉRIE : PETITS SECRETS, GRAND AMOUR 3/4

En découvrant l'identité de la personne qui a racheté l'entreprise de son père, Sally sent une colère noire la gagner. Son nouveau patron n'est autre que Kirk Tanner, l'homme entre les draps duquel elle a laissé libre cours à son désir, lors d'une nuit de passion. Contrairement à elle, Kirk ne semble absolument pas surpris de la compter parmi ses employés. Aussi Sally s'interroge-t-elle. Lui a-t-il menti ou, pire, a-t-il orchestré leur rencontre ?

Enceinte d'un inconnu, d'Andrea Laurence

SÉRIE : PETITS SECRETS, GRAND AMOUR 4/4

Lorsqu'elle reconnaît le tatouage sur la main de Jonah Flynn, Emma peine à reprendre ses esprits. Le motif, une moitié de cœur, correspond à celui qu'elle-même porte sur la peau. Ainsi, le patron de FlynnSoft, l'entreprise où elle mène une expertise comptable, n'est autre que son amant d'une nuit ! Alors qu'Emma croyait ne jamais revoir cet homme, voilà qu'ils sont désormais liés irrémédiablement. Non seulement par cette marque, mais plus encore par l'enfant qui grandit en elle…

Trop proche de son ennemi, de Heidi Betts - N°1092

SÉRIE : SÉDUCTION ET TALONS HAUTS 1/2

Lily Zaccaro, styliste new-yorkaise, découvre que ses modèles sont copiés par une maison de couture à Los Angeles. Furieuse contre Nigel Statham, le directeur d'Ashdown Abbey, et résolue à découvrir comment il a obtenu ses croquis, elle se fait embaucher incognito chez son rival. Mais, une fois devenue l'assistante de Nigel, Lily est vite déstabilisée par les sensations que son séduisant patron fait naître en elle...

Une mariée en fuite, de Heidi Betts

SÉRIE : SÉDUCTION ET TALONS HAUTS 2/2

Juliet Zaccaro, créatrice d'accessoires de mode, découvre le jour de son mariage qu'elle est enceinte. Or le bonheur qu'elle éprouve cède vite la place à la panique. Car le père de son bébé n'est pas son futur mari. Bouleversée, elle s'enfuit dans un blanc nuage de tulle... mais ne tarde pas à être retrouvée par Reid McCormack, le détective privé embauché par sa sœur Lily. De tous les hommes, il est précisément celui que Juliet a toutes les raisons d'éviter...

VOTRE COLLECTION PRÉFÉRÉE DIRECTEMENT CHEZ VOUS

Vous souhaitez découvrir nos collections ? Une fois votre 1er colis à prix mini reçu, si vous souhaitez continuer à recevoir nos livres, cela se fera automatiquement. Vous n'avez aucune obligation d'achat et cette offre est sans engagement de durée !

Dans votre 1er colis, 2 livres au prix d'un seul
+ en cadeau le 1er tome de la saga *La couronne de Santina*.
8 tomes sont à collectionner !

☛ COCHEZ la collection choisie et renvoyez cette page au
Service Lectrices Harlequin – CS 20008 – 59718 Lille Cedex 9 – France

Collections	Prix 1er colis	Réf.	Prix abonnement (frais de port compris)
❑ **AZUR**	4,75€	AZ1406	6 livres par mois 31,49€
❑ **BLANCHE**	7,40€	BL1603	3 livres par mois 25,15€
❑ **PASSIONS**	7,90€	PS0903	3 livres par mois 26,79€
❑ **BLACK ROSE**	8,00€	BR0013	3 livres par mois 27,09€
❑ **HARMONY***	5,99€	HA0513	3 livres par mois 20,76€
❑ **LES HISTORIQUES**	7,40€	LH2202	2 livres tous les deux mois 17,69€
❑ **SAGAS***	8,10€	SG2303	3 livres tous les 2 mois, 29,46€
❑ **VICTORIA**	7,90€	VI2115	5 livres tous les 2 mois 42,59€
❑ **GENTLEMEN***	7,50€	GT2022	2 livres tous les 2 mois 17,95€
❑ **NORA ROBERTS***	7,90€	NR2402	2 livres tous les 2 mois prix variable**
❑ **HORS-SÉRIE***	7,80€	HS2812	2 livres tous les 2 mois 18,65€

*livres réédités / **entre 18,75€ et 18,95€ suivant le prix des livres

F23PDFM

N° d'abonnée Harlequin (si vous en avez un) |_|_|_|_|_|_|_|

Mme ❑ Mlle ❑ Nom : ____________________

Prénom : ____________________ Adresse : ____________________

____

Code Postal : |_|_|_|_|_| Ville : ____________________

Pays : ____________________ Tél. : |_|_|_|_|_|_|_|_|_|_|

E-mail : ____________________

Date de naissance : ____________________

Date limite : 31 décembre 2023. Vous recevrez votre colis environ 20 jours après réception de ce bon. Offre soumise à acceptation et réservée aux personnes majeures, résidant en France métropolitaine, dans la limite des stocks disponibles. Prix susceptibles de modification en cours d'année. Vous pouvez demander à accéder à vos données personnelles, à les rectifier ou à les effacer. Il vous suffit de nous écrire en nous indiquant vos nom, prénom et adresse à : Service Lectrices Harlequin CS 20008 59718 LILLE Cedex 9. Service Lectrices disponible du lundi au vendredi de 9h à 17h : 01 45 82 47 47.